过完今生
我们再恋爱

八戒老公　著

CTPH　中国出版集团
中译出版社

图书在版编目（CIP）数据

过完今生我们再恋爱 / 八戒老公著 . -- 北京 : 中
译出版社 , 2020.12
ISBN 978-7-5001-6531-6

Ⅰ . ①过… Ⅱ . ①八… Ⅲ . ①长篇小说—中国—当代
Ⅳ . ① I247.5

中国版本图书馆 CIP 数据核字 (2021) 第 002315 号

出版发行 : 中译出版社
地　　址 : 北京市西城区车公庄大街甲 4 号物华大厦 6 层
电　　话 : (010) 68005858，68358224（编辑部）
传　　真 : (010) 68357870
邮　　编 : 100044
电子信箱 : book@ctph.com.cn
网　　址 : http://www.ctph.com.cn

策划编辑 : 刘永淳　范　伟
责任编辑 : 范　伟　张若琳
装帧设计 : 王　青

排　　版 : 王　青
印　　刷 : 固安兰星球彩色印刷有限公司
经　　销 : 新华书店

规　　格 : 710 毫米 × 1000 毫米　1/16
印　　张 : 18.25
字　　数 : 247 千字
版　　次 : 2020 年 12 月第一版
印　　次 : 2020 年 12 月第一次

ISBN 978-7-5001-6531-6　　　定价 : 68.00 元

中 译 出 版 社

目 录

过完今生我们再恋爱

自 序

请容许我说一说这篇小说的创作意图和过程。

前者浪漫感人，后者曲折漫长。

这篇小说是为了我生命中出现过的、爱过的两个女人所写。我一写就停不下来，写了 16 万字。

世人皆知徐志摩情诗写得好，擅长给心爱的姑娘写情诗，但他应该没给心爱的姑娘写过 16 万字的长篇小说。

所以，我可以觉得自己比徐志摩更厉害、更深情吗？

因为我不仅给心爱的姑娘写情诗，而且还写小说，并完美地合二为一。至少我这样认为。

希望徐志摩情圣地下有知，虽含恨但别怪我。

小说里的两个姑娘一个叫王宁，一个叫小猪（网名），用的都是真实称呼。而男主"我"用的也是真名，即我自己的姓名：王斌。

因为用第一人称写代入感会强，而我又是为心爱的女人写，感情自然更充沛，再加上我用真名，这样也许会让人觉得我在写自传，其实不然。

因为无论我叙述的口吻还是写作的技巧，都符合小说的特点。

换言之，小说的主角起什么名字，并不改变小说的本质。

所以我全用真名，这样才能真正说明这篇小说是我为爱而写。

太深情了！

徐志摩前辈若地下有知，怕也会为我起立鼓掌十分钟吧？

至于内容是不是也深情得让人感动，甚至让情圣徐志摩汗颜，我只能说：请你相信，一个视爱情为生命，却被爱情无情地打击过 n 次的人，写出来的爱情小说一定是深刻、感人和催人泪下的。

但光感人和深刻还不行，为了不沉闷，我还得把故事写得生动、有趣、睿智，写得让人脸红心跳，让人血脉偾张……

请原谅我，不能提前透漏内容。因为你知道，一个绝色美人如果直接脱光站在你面前，那就没意思了。她应该先穿好衣服，并戴上面纱，身姿优美红唇微露，等着你去一层一层、一点一点拨开她的美……

请再次原谅，我用蒙面纱的绝色美人来比喻我的作品。

我相信，也但愿，您在看完全文后会认同这个比喻。

徐志摩前辈若能看到，怕也会把他的名句重新修改成：

遗憾的我走了，不似我骄傲地来，我遗憾地招手，作别痴情的八戒。

这篇小说的创作过程很曲折，也很漫长。

2011 年，因被前女友王宁甩了，我遭受感情的沉重打击，于是激发写作冲动，想写本小说送她，并告诉她：我可以给你的浪漫，是别人用再多钱也买不到的。

那时，我在读研，写了两三万字小说，就忙于撰写毕业论文。

于是，小说搁浅。

这一搁就是好几年。毕业后回到家乡淮南的能源企业工作，工作很忙，而我又是与世无争的性格，在黑暗的职场里屡遭毒手、暗箭，弄得心绪不宁，也没灵感继续写小说，倒是写了上百篇我认为优美而且也深刻的诗词。

比方：《卜算子·咏船夫》

无意弄沉浮，却陷浮沉内。浪卷桅帆半已湿，步履千般累。

咫尺变天涯，雨雾交相锐。不恨来时不恨天，有梦何曾畏！

当然，这是后话。

还有就是那会儿我刚结婚，要照顾孩子，和爱人一起带孩子，自己累掉一层皮，也没心情写小说。

直到 2016 年，在遇到贵人领导帮我"渡劫"后，工作环境宽松了，我才重新又有了写作的时间和力量。

我决定，无论如何也要不忘初心，把小说写完。

之后断断续续有灵感了才动笔，直到 2018 年才完成处女座爱情小说《过完今生我们再恋爱》。

过往的打击越沉重，受到的伤害越惨痛，写作的力量就越惊人。

所以我把我的青春、我的遗憾和我的热望，全都写进这篇小说了。

写作的过程并不风顺，有过"瓶颈"。

在这里，我要感谢我写作的启蒙恩师、人生的灵魂导师痞子蔡——蔡智恒老师！

我是读蔡老师书长大的。

对我来说，蔡老师是偶像，是恩师，也是令我五体投地、万分景仰的天神。

我整个青春里记忆最深的除了初恋，就是"痞子蔡"这三个字。

而当我有幸在南京蔡老师的签售会过后单独和他相约时，在等待他下楼的那几分钟紧张不安的时间里，我才知道，"痞子蔡"就等于"初恋"！

痞子蔡老师就是我的"初恋"！

这种"初恋"的美妙感觉最初源于他的成名神作《第一次的亲密接触》。

时隔十几年，我仍清楚地记得初读《第一次的亲密接触》时内心的震撼、悸动和热爱。

之后的作品更加让我弥足深陷，彻底"爱"和膜拜上蔡老师。

从未想过，拙作能有幸得到蔡老师的指导！

当写作进入"瓶颈"，我曾怀着大海捞针的心情和比太阳还热烈的渴望，通过微博致信蔡老师，祈求能得到他的指导，并能为我答疑解惑。

我仍记得当微博弹出蔡老师回信时，我激动、爆炸的心情，还有热切回复他的那些文字：

"哇！菩萨终于显灵了！激动！

在我印象里，菩萨从没显过灵。

我曾泪流满面地向菩萨乞求，求她让初恋对象看到我的一片真心和可爱之处，结果菩萨没有显灵，初恋对象仍不理睬我。

在我得知被我视为生命般宝贵的初恋对象被人拥有与抛弃后，我再次泪流满面地向菩萨乞求，希望初恋能够看到我的好。

如果她能回头，我还是会心里流着血地接受她。

这次菩萨显灵了，初恋果然主动联系我，并告诉我她终于明白谁才是真正爱她的人。但是很抱歉，她还是不爱我。

从此我不再乞求菩萨，因为我知道：痴心无用，乞求也是白费。

我万念俱灰，此后多年一蹶不振，直到后来读了您的《第一次的亲密接触》和《檞寄生》以及后来的一系列作品，我才终于又拾起爱的勇气。于是，遍体鳞伤的身体长出一双翅膀，翅膀的中间连着一颗真心。我重新飞了起来，并找到属于自己的爱情。

衷心地，衷心地，谢谢蔡老师！

也是因为蔡老师的这些作品，让我发现文字的奇妙。

我读过古龙，读过金庸，读过萧鼎，但自始至终，夺走我灵魂的文字是而且仅仅只是蔡老师一个人的！

就像情场高手无情夺走少女的初夜一样，我的灵魂也被蔡老师无情夺走。

而最丢脸的是，我并不是内心柔弱的少女，而是男人。

蔡老师，您真是男女都不放过呀！

自从被您的文字征服后，我便彻底"爱"上您。

这些年来经常重温您的作品，并在那些充满睿智、幽默而又温暖人心的文字中得到鼓励和慰藉。

无论岁月流走了多少，您的文字始终放飞我的心灵。

凭着一颗追求单纯、美好的勇敢的心。

激情可以重新洋溢，心灵可以回到起点，但年龄真的无法挽回了。

于是，我也开始学着像蔡老师那样，试着用文字记录自己的故事。

那些文字里我相信有蔡老师的风格，虽然也仅仅只能学到一丁点儿您的风格，但也足以令我引以为豪！

无论是过去无数次拜读蔡老师的作品时，还是在自己尝试创作的过程中，我都觉得蔡老师好像就在我面前，对我悉心教导，对我耳提面命，对我耐心帮助……好像那些文字就是蔡老师的化身，而蔡老师始终站在我的面前。

孙悟空可以灵魂出窍，您也可以。

很多时候，我都怀疑您就是无所不能的孙悟空，或是孙悟空转世。

我相信我的这种观点如果放在您的'粉丝'群里一定会得到普遍认可。

我看到了您的化身，多么希望可以看到您的真身，并在您真身面前五体投地。

多少个受您文字感染的日夜，我都希冀有朝一日可以赴台拜访您，一睹您的真身，并在您真身面前深深鞠躬，恭敬地喊上一句'老师'。

也想亲手为您敬上一杯咖啡（拜师应该用茶，但我知道您一定更偏爱咖啡）。

这种赴台找您的想法在前一阵子一度达到顶峰，我达到不立刻动身就寝食难安的地步，但考虑到目前的经济状况以及两岸的紧张关系，只好想法搁浅。

于是，我再次想起了救苦救难的观世音菩萨。

菩萨仍在，痴心不改！

这一次，不知道菩萨可否如我心愿。

直到今天早晨来到单位，看到网上挂了几天的微博弹出新消息提示，打开您发来的消息的瞬间我欢呼雀跃，在同事面前严重失态。

我经营了那么久的庄重、沉稳、严肃而又略有深度的形象，顷刻间毁于一旦！

痞子蔡老师，还我的形象来！"

所谓心诚则灵，我的坚持得到了蔡老师温暖的回应。

人活到三十多岁，菩萨终于显灵了！

请你注意，这里我用了"菩萨"一词。

也请你注意，我的意思是蔡老师就是我人生路上的菩萨。

我仍清楚地记得，蔡老师指导我修改处女作时的金玉良言：

"1. 好的小说；2. 时下畅销小说。

这两个概念是不一样的。

只是为了出书，你可能必须选择 2。

但你心里要明白，你只是选择 2。不代表 2 是对的。"

所以，我致力于争取将这篇小说写好，为大家奉献一篇"好的小说"。

我深深感激我人生路上、灵魂成长途中的菩萨——蔡智恒老师。

同时，我也深深感激我职场上的另一位菩萨——逆境时帮我"渡劫"的老领导，淮南某煤矿党委书记。

因为如果没有老领导的开导、点拨和大力支持，这篇小说就没有全心全力创作的时间和空间。

那是 2016 年的事了，在我经历职场最黑暗、人生最低谷的时期，在我拿着不公的薪水却保持着与世无争的心态但还要遭受小人往死里迫害的时期，在我不堪羞辱差点宁愿带老婆孩子饿死街头也要愤怒辞职的时期，是老领导诚挚地挽留我，并开导我说：

"你被狗咬了一口，如果你反咬回去，那你也成狗了。你是人，人和狗不一样的地方就是人被狗咬了之后会回去默默制造武器。等将来武器做好了，你想杀狗还是不想杀狗，完全在你一念之间。但我想，那时你应该也不屑于去杀那条狗了。因为，他就是条狗而已。"

老领导的话句句知心，我泪流满面。

其实我与老领导的认识很有缘，那是老领导在井下带班时无意中看到我登在企业期刊上的一篇诗歌，老领导觉得写得不错，想认识我，让部门领导安排我们单独见面。

我仍记得当我踏进老领导办公室时，平日里口蜜腹剑、两面三刀的部门领导做贼心虚、死皮赖脸地跟进来，怕我说他的不是。

老领导在听完我的自诉后，指着部门领导的脸说："今年年终测评如果王斌再出问题，我唯你是问！我们欠王斌这个中级工程师职称两年了，今年必须评上！"

但我觉得，有老领导这句话，评不评职称真的无所谓了。

我备受鼓舞，回去后挥笔题诗：

一狗疯咆空吠影，招来百犬吠声随。

纵有空巷无处过，唯蒙狗主放人归。

有了狗主人的命令，狗很听话，回去后我成为企业唯一单独发文件补聘的工程师。

谢谢老领导！

后来老领导又安排我参加淮南第一届企业高管研修班，我是学员里面唯一没有职务的人。

那个研修班，都是处级干部参加的。

而我最低，只是一个小小的工程师。

但参加学习培训的15天里我灵感激增，现场作了20首诗赠予学员或老师，备受好评。

我没有什么喜悦，只想让他们知道：机会不易，我很感激老领导。

有了老领导的支持，我工作的人文环境终于宽松了，终于可以屏息凝神，一鼓作气将小说写完。

再次感谢老领导知遇之恩！

蔡智恒老师在《不换》一书的后记里写到：菩萨有"逆行"的法门，凡是打击你、压迫你、刺激你、欺负侮辱你、使你爬不起来的人，都可能是逆行的菩萨。

与这个概念相对应，我觉得也有"正行"菩萨一说。

意为凡是帮助我、指点我、安慰我、鼓励鞭策我、使我立身为人的人，都是正行的菩萨。

谁都希望人生一帆风顺，不得已才经历磨难。

谁也不会找虐，希望遇到各种"逆行"菩萨。

而且如果你懦弱，被打趴下后从此一蹶不振、消极堕落，没有人会可怜你、同情你，那些坏人也会更加觉得自己英明神武。

所以那些打击你的人，并不是真正的"逆行"菩萨。

真正的"逆行"菩萨，是一个人心中的自尊、自信、自强、自爱。

但我应该感谢我生命中的"正行"菩萨。

一位是痞子蔡老师，一位是老领导某党委书记。谢谢你们！

周星驰电影《大话西游之大圣娶亲》里，至尊宝驾着七彩云去救紫霞仙子。

而我，也想驾着我的七彩云，捧着已经出版的书去见现实中的小猪和王宁，并告诉她们：

"看，你现在是人尽皆知的女主角了！"

我希望我的七彩云是用读者的掌声和赞叹声做成的。

我也希望，我写得还不错，能得到蔡老师您的认可。

实现我的心愿。

最后，再次感谢我的"正行"菩萨痞子蔡老师和老领导。

谢谢你们！

01

楔子

她叫小猪。

大小的"小"，猪头的"猪"。

这两个字本身没有问题，放在一起也没问题，但是作为女生给自己取的名字，我只能说逊色！而且叫起来总感觉怪怪的。

不过她却异常喜欢这名字，也不知是不是脑筋不好。虽然我每次叫她都能联想到猪，但她坚持让我叫她小猪。

她说喜欢别人叫她为猪是因为她喜欢猪，而且此生夙愿就是希望能做一只宠物猪，活得跟猪一样。

至于具体怎样，用她的话说是："没心没肺，啥也不会。不用干活，只管酣睡。美食面前，绝不后退。体重增倍，也无所谓。"

这也能说得一套一套的，有意思。

而且不但押韵，内容也被编得确实有点猪样。

我曾一度想跟她说："帮你再加四句会更有猪样，那就是——心情明媚，便想人'喂'。你来我往，爽还不累。"

这样不仅完整，而且押韵。

好吧，我就叫你小猪吧！

既然大名你不想说，我也不必多问。在这种压力山大、节奏快的年代，你的理想，我基本认同。

我和小猪的认识没有压力，却很高效。那又是一个网聊惹起的令人血脉偾张的爱情故事。

在说这个故事之前，得先说一下我自己。

我是微信控。

自从初中被暗恋的女孩深深伤害后，我便从一个活泼开朗、热情好动的男生，变成一个伤春悲秋的宅男，有点风吹草动都会容易感伤。

比如，看到别人甜蜜我会感伤：看到别人感情遭遇打击，我也会感伤。

除了书本以外，微信是伴我成长的益友，但并非良师。

微信取代QQ得以盛行的原因，莫过于它有强大的"摇一摇"和"附近的人"功能。

很多男生会筛选性别后搜索"附近的人"，加些异性朋友聊天，美其名曰交友，但其实真正目的是猎艳。

当然也有喜欢玩"朋友圈"的，比如我。

这是一块虚拟的网络空间，你可以在里面发文字表达心情或看法，也可以分享美照。

我就常在朋友圈强颜欢笑，发些自以为幽默的文字吸引大家评论互动，我以为一片笑声中伤痛可以释然，但其实笑过之后只会感到更加孤单。

偶尔我也会用"附近的人"搜些女生出来聊天，并和她们互诉心声。不管是我抚慰了她们还是我被她们抚慰，我都需要用这种方式来减轻内心的疼痛。

有时饥渴了，我也会对她们产生一些邪恶想法，邪恶程度毋庸置疑。

我认为男人都有"狼"性的一面，同时也有诗性的一面。

所谓狼性，在我看来是一种需要异性的动物本能，我相信男人都渴望拥有女人，他们在本能驱使下会肆无忌惮地幻想每一个完美的身体。可一旦遇到真正喜欢的女生，他们又变成内心十分文艺的人，想用最美、最纯的方式去爱她、去保护她。

而我的致命弱点，就是每次面对女生时都会让诗性彻底压住兽性。

所以至今，我仍单身一人。

当然我也有过接近成功的机会，却总在临门一脚时功亏一篑。

换句话说，我总会莫名其妙地被女生认为是好人。

我这样可以算是善良的人吗？

说到善良，又勾起我的惨痛回忆。

记得有次一个女孩找我微信视频，看到人后我惊呆了，对方十足是一个水灵灵的美女，样子真的惹人怜爱。

美女看到我异常激动，一直道谢。她说以前和我聊过，那时因为听了我金玉良言般的开导才没有选择富二代，而是嫁给善良上进的好青年，现在很幸福，对我特感激。

我真是太震惊了，想不到我成了别人感恩戴德的大好人了！这种感觉真好！只是把一个美女开导到了别人那边而不是到我自己这边，这开导得会不会有点太好了？

真的觉得还可以继续开导，其实我也很善良很上进啊！

正因为如此，很多时候连我都恨自己会不会太善良了。但善归善，我狼性还是很强大，聊天时偶尔会跟女生开些过分的玩笑。

反正网络聊天没有面对面的尴尬，平时因脸皮薄而讲不出口的话，在网上往往能超常发挥。

我因此知道，我大概是典型的有贼心没贼胆的人。

有一句话说得好，大多数人年轻时都是有贼心没贼胆，等到老了，贼心、贼胆终于都有了，可贼没了。

好在我正值当打之年，贼比较多。

只是我从未真正同她们"同流合污"过，即使屡屡受伤，我也仍然坚持要做一个善良的人，因为我相信付出和尊重才是真正的爱。

好像扯远了，言归正传。

我和小猪的相遇其实纯属偶然，回想起来颇有点痞子蔡遇到轻舞飞扬般的意味。起初是她在朋友圈看到我改编的一首小诗，那是我想起一个人时写的。诗很简单，就三句话：

我将痛苦煮成茶，

任凭眼泪似水花，

从此甘苦不为她。

一个微名为"小猪"的女性微友在诗后给我评：

痛苦岂能煮成茶，

眼泪再流亦非花，

从此多情愿为他。

我不知道她末尾那个"他"字是不是打错了，本来是"她"却误打为"他"；又或者没打错，说的就是她心里的那个他。

不过不管怎样，在我舔舐伤口时冒出个人来和我斗嘴，总归是令我反感的。于是我再回她：

　　为他也是白被压，

　　不如转念来我家，

　　包你明年就生娃。

　　不知道我是不是回得有点过，她怒怼我："臭流氓，还以为你是痴心汉，原来是个臭色狼！"

　　什么！色狼？流氓？

　　"好！我色狼你圣人，这样行吗？"我义愤填膺，"但总有一天，你也会床上人一躺，色狼又何妨？再把腿一扬，疯狂做色狼！"

　　……

　　后面的刀光剑影你可想而知。

　　于是，我们俩像前世结仇一直追杀到今生一样，你砍我一刀，我刺你一剑，你反劈回来，我再直削过去。

　　一阵激战下来，结果两败俱伤，然后各自养伤。

　　也许伤痛最能激起人类对生活的领悟，所以恢复元气后再次狭路相逢已是一个月后，我们早已冰释前嫌不计旧怨。

　　之后我们聊得很投机，这大概就叫不打不相识。

　　至于为何出现这么大转变我也不明白，可能是因为激烈的斗争最终会导致更好的结合吧！

　　自从那次后我们便经常微信聊天。或许性格使然，我们都爱捉弄对方，开对方玩笑，这样一来二去，自然便越发热乎起来。

　　她开始叫我"猪头"，并乐此不疲。真是可恶！而我呢，干脆投其所好，就叫她"小猪"。

　　一段时间后，我们变得相当熟识，甚至亲密。

　　渐渐地，我开始由语言上的亲密过渡到幻想与她发生身体的亲密。

　　请原谅我又狼性大发，身为男女比例严重失调的工科院校的我，实在无法摆脱这种低俗的条件反射。

　　因为聊得来，后来我们决定见面，日期被我选在 2013 年立春那天。

所谓立春表示新一年春季的开始，换言之也就是"开春"，所以选在这天见面具有象征意义。而见到她，我除了暗叹自己的英明睿智、目光如炬外，更庆幸自己的运气。

如果要我用一句话来形容第一眼看到她时内心的真实感受的话，那就是我很感激腾讯微信，而且誓死支持腾讯微信。

不好意思，我多说了两句，因为激动。

至于我和她之间的故事，从第一次见面开始说。

02

相见的路

冷。

清晨六点半从房间出来，感觉很冷。

迎面扑来的风吹出刺骨的疼。

虽然日历已经宣告春天到来，但是刚刚过去的寒冬却做着最后的顽固抵抗，仿佛在暗示人类：春天来之不易。

那么，爱情呢？

路上行人寥寥无几。

这种鬼天气上班族一定还在跟热被窝做斗争，只有零星几个卖早点的摊子一早便生炉起火，散发热气。

这世上总会有些人，宁愿自己冷也要给别人暖。

也许就像几年前的我……

但寒风真的吹疼了我，把衣领再束紧些，我赶紧钻进去火车站的公交车。

车上应该会温暖点吧？想不到寒意更浓。

因为坐我对面的是个高跟鞋配丝袜打扮热辣的二八女子。她不停揉搓冻得发红的小手，哈气暖手的姿势略显夸张，并不时搔首弄姿。而她二郎腿跷起来的高度和短裙的短度，则很难说她不是在有意撩拨坐在对面的男乘客。

不过我敢打赌，没有一个男乘客会去看她，绝对没有。

有的话我愿意自断命根。

看着车窗上厚厚的水蒸气，我不禁感叹女人是种很耐寒的奇特生物，哪怕地冻三尺也可以一丝不挂。

尤其是丑女。

而小猪她会是怎样一个女孩？

是正常的女孩，还是奇怪的女孩？

我不做让自己抱有希望的猜测，因为我不想失望。

我知道往往让人失望的并非别人，而是自己。

我只希望她不要穿高跟鞋配丝袜就好！

车厢播报火车到站时，我看了看表，正好 10:00。

坐车的过程似乎没有什么特别，我只是以平常心等待见一个网友，女网友。

这是我平生第一次见网友耶！

我本应该紧张，现在反而平静，或许是因为到目前为止我还不确定对方到底是人是鬼吧。

是鬼也没关系，反正我向来主张心灵美才是真的美。当然我更希望对方是人，而且是个美人。

不过不管怎样，我已做好心理准备：

倘若你长得很吓人，那我干脆表演瘸子，这样大家半斤八两，谁也不必歉疚，好聚好散。

但倘若你生得千娇百媚、楚楚动人，那我也自认过不了你这一关。那么，与其拜倒在你的花容月貌之下让你觉得我很俗，倒不如反过来狠劲泼你冷水。因为既然你不缺少别人的恭维与赞美，我也懒得绞尽脑汁献上更巧妙动人、与众不同的说法，那么说不定泼冷水反而会让你觉得我很有内涵、不落俗套。这大概就是兵法所说的出其不意、攻其不备。

再或者，你若生得普普通通，既不美也不丑，那这样最省心，我们平起平坐，自然可以轻松面对，保持平常微信聊天时的那种亲近。

潜意识里，我不希望有任何意外因素打破这种亲近。

淮南，火车站。

火车缓缓驶入车站，那些铭刻在记忆里的建筑也慢慢移入眼帘；而那些铭刻在记忆里的人，却早已渐行渐远。

总有人要离开，不管你曾经多么在乎；也总有人会向你走来，不管你以后在不在乎。

这就是人生——没有回程，过去就过去了，你只能迎接未知的下一站。

那么下一站，会是幸福吗？

车厢里人潮涌动，大家都面色急切，列车抵达淮南。

这虽然只是一个既小又脏的煤城，比不了很多地方的繁华，但这里却是我的家，是我心灵的归宿。

还有什么地方能比家更温暖？

受了伤的人总会渴望回家吧？而伤口平复，是否又想要继续远走高飞？

我跟着人群下了火车，心中再次泛起感伤。

突然有种倦鸟归巢的感觉，突然觉得自己就像被爱情之箭射伤的鸟儿，正疲惫地拍打翅膀，跌跌撞撞落回老巢。

我应该，再也飞不起来了吧？

不知不觉间随人流来到出站口，我这才意识到原来距离见到她只差一步之遥，我突然变得紧张起来。

原来在火车上的淡定都是假的，我还是希望她会是个大美女，能和我有所牵连，有所纠缠……

狠狠纠缠！

即使一再跌落，又有哪只鸟儿不渴望那片明媚动人的天空？

正当幻想变得愈加邪恶，脑中又闪现出过去遭遇的种种，那些尘封的往事和打击总是潜伏在内心，伺机出动，想要吞食我的自信心，尤其是三年前那次。

但第一次在我内心埋下自卑的种子的却是初中那次。

记得那会儿班上有个漂亮女孩就坐我旁边，我学习不算好，所以她并不怎么和我一起玩。可不知道从什么时候开始我懵懂的心灵产生出异样的情愫，我觉得我喜欢她，并且也想要她喜欢我。

可我不敢跟她说，一点儿也不敢，只能在心里偷偷想她。想她的美，想要天天看到她。

我不知道这算不算暗恋，但想她时确实很煎熬，而且越来越煎熬。后来我迫切想知道她是不是也喜欢我，于是我鼓了很多天勇气后终于冒粗汗地把甜言蜜语写进信里，悄悄塞给她。

我记得很清楚，那封信里有这样一段话："想你就像上课铃一样周而复始，让我高度紧张又全神贯注；而念你则像呼吸一样时缓时急，让我不能自已却欲罢不能。我已不能控制，更加无法自拔，只能放任思念在深夜里不断把我熬煎。总幻想我是接近你的，可醒来后却发现现实是多么高不可攀。万千迷梦过后，万千破灭。每一次破灭都那般痛彻心扉……"

怎么样，我当时的语文水平还不赖吧？

我当时天真地以为这封情书可以打动她，可谁想到她竟然把情书交给校长，还跟校长说她很害怕，不敢来上学了。

谁能想到校长责令班主任通知到我父亲。

谁又能想到，校长竟在全校师生大会上将我的罪行公之于众，定的罪名更是罄竹难书。

最气人的是他竟然把我的情书一字不漏地念给大家听，还夸我文笔不错，但应该歌颂祖国，歌颂伟大的人民教师。

后来他怎么告诫我的，我记不清了，只记得从那以后大家路上见到我都会怪笑，而且都会喊我情圣。从此，我再不敢有非分之想。

我想在爱情上我大概只能守株待兔了。

想到这，我深深叹口气。希望上天保佑，今天不会又遇到一个特别凶狠的妹子。

03

惊天初见

出站口人很多，我一眼望去并没有看到她。

其实我压根就不知道她长啥样，虽然我看过她的照片。

那天她暗示我见面前应该先发张照片，让彼此知道对方的样子，方便碰面。于是，我立刻发张近照给她，轮到她时她却发来一张她出生后的百日照，并声称她相信以我的慧眼应该可以认出二十年后的她。

我感谢她的信任！

重新扫一眼人群，也没发现有哪个女孩手里举牌，上面写"欢迎王斌"的字样。

不知这算不算"众里寻她，却不见她"。

她越不出现，我越感不安：难道她想先躲起来看看我的样子过不过关，再决定要不要出来见面？

我开始摸不着方向，好在这时身边传来一声轻轻的呼唤，在叫我名字。声音很柔很细，带点稚嫩。

我突然想起"乳燕归巢"这个词能形容声音，但乳燕归巢时声音应该只是娇嫩，而她的声音却多了一分温柔。

反正特别动听！

我相信这么好听的声音如果放在静谧的森林和湖泊里一定能令莺雀侧耳、沉鱼出听，但即使放在嘈杂的人群里也能立刻吸引我。

于是我转身。

多少年后，每当我忆起这一幕时仍会心跳，仍然觉得这次转身是我生命中至关重要的一次转身，因为我第一次看到如此美丽的她。

她正面带微笑轻盈地朝我走来。

我震惊地凝视她足有一分钟时间，并在脑海中迅速把她同以往我所见过的美女做比较，然后我的结论是：

她确实美！

那应该是一种从古画中走出来、从历史中提炼出来的美吧！美得似乎穿越了时空！

换句话说，她的美能让任何人都怀疑她是否属于这个时空。

而她的衣着搭配也透着浓浓的古典美。

你看她，上身穿一件水墨色毛衣，毛衣上织有牡丹争艳的图案，下身则是浅绿色直筒裤搭配一双白色棉靴。一头长发乌黑发亮，只用皮筋简单扎了个结，从右耳根绕过后柔顺地垂落在胸前，配合水墨色毛衣和白皙的面庞，宛如墨蓝色的夜空拥着一轮明月。

再看那张明月般的脸，美得简直让人窒息。

我相信即使翻遍字典，你也找不出一个合适的词来形容她五官的精致和绝美。

或许她五官的美并不算特别媚的那种，但她全身上下透露的温柔气息，却反而给她增添了十足的妩媚和娇艳。

而最难能可贵的是她不化妆，不像别的女孩那样一身刺鼻的香水味。

她自然清新，所以更加显得自信，让人一眼就能把她同庸脂俗粉区分开来。

她温柔明媚，一个浅浅的微笑就能俘获人心。

她的眼波更是直射人心——真诚、温柔，而又清澈。

此刻小猪正温柔清澈地看着我，我突然有种如同桀骜不驯的雄狮被猎人一箭穿心般的感觉。

我僵硬地笑一笑，大脑还没做出反应该不该恭维她时，她便抢先开口："猪头，拿着，请你喝奶茶！"

我再次被她的声音打动，但更打动我的是她捧到我面前的热乎乎的茶饮。当然，还有她的手。

她的手丰盈而不见肉，纤细而不见骨。

我被高压电流击中般，热量瞬间流遍全身，但更多的还是震惊。到目前为止，我仍不相信她属于这个世界。

我慌乱中接过奶茶，竟忘记她在人群中叫我猪头，而她的开场白也像是在挑衅："哎呀猪头，今天终于见到你的庐山真面目，想不到你长得真……"

"真什么？有问题吗？"

"真是 nǚwācáijìn。"小猪嘴角上扬。

"女挖财进？"我笑了，"你说我帅得像女人挖到的财宝？"

"不，你搞错了。不是'女挖财进'，是'女娲才尽'。女娲造人的'女娲'，江郎才尽的'才尽'，合起来'女娲才尽'。"

"那是什么意思呢？"

"猪头你很笨哟！"小猪笑了，"意思是女娲在造你之前一定是用尽了她全部的才华和力气。所以，你没造好，你被造残了。"

"喂！"我又好气又好笑，"你跟我有仇吗？"

"那倒没有。"小猪收起调皮，严肃起来，"我开玩笑，你别介意。其实，你给我的第一印象还……蛮好的。"

"哦？是吗？"我莫名激动，"怎么个好法？"

"简单说就是相貌不凡，不过……"小猪摇摇头，"用这种四字词语并不足以形容你。"

"是吗？谢谢！那得用多少字才足以形容？"

"嗯，这个……"小猪抬手掩口，眉目似笑非笑，不笑却又在笑，几秒后忍住笑意对我说："七个字形容你最合适——雍容一副神仙样！"

啊？神仙？还一副雍容模样？

我很疑惑：我有那么好吗？而且干吗非要用七个字的短句来形容我？

看着小猪的模样，我隐隐觉得这句七言赞美似有玄机，心下一想恍然大悟，忙问小猪："'雍容一副神仙样'这七个字按声调分正好是平平仄仄平平仄，我说你不会想作诗来形容我吧？"

"聪明！"小猪赞许地看看我，似乎有点意外，随后认真问我："本姑娘看到你后很有灵感，想即兴作诗一首来形容你的形象和气质，不知你想不想要？"

"当然想要。"我更加意外，竟有如此恩宠。

"那你听好，"小猪眼睛眨动，"本姑娘这首七言绝句可是特意为你量身定制哦！"

"好。你快说！"我迫不及待，想知道她会把我描述成哪路神仙。

小猪狡黠地看我一眼，然后笑着念道："你真是——

雍容一副神仙样，大耳肥头腮更像。

背道西经会美人，将军恐把天庭忘。"

小猪念完眉开眼笑，而我却如同坠入云里雾里，眼前一片晕眩。单听第一句以为她要赞美我，结果后面话锋一转，说我肥头大耳，说我忘记天庭使命，背道西天取经之途去会美人。这分明就是天蓬元帅啊！小猪很聪明，她把我见她比喻成天蓬下凡私会美人。

仔细品味诗句，整首诗不但合辙押韵，而且构思精妙。最狠的是她把自己说成是美人，而我虽冠以将军的称谓，但其实就是猪八戒。

她在说我是猪八戒！

晕完后我又一阵脸红耳热，这哪是即兴作诗给我，这分明就是蓄谋已久啊！

我讶异地睁大眼睛，看着眼前这个既无比漂亮又非常有才的女孩，她真的是现代人吗？我应该在做梦吧？

"怎么了，是不是受宠若惊呀？"小猪挑衅的话语将我从九霄云外拉回来。嗯，这不是梦！

"谢谢赠诗。请给这诗取个名，我得写下来收藏。"我说。

"嗯。那就叫'天蓬下凡'吧！"

果然在说我是天蓬元帅猪八戒！

小猪很得意，咯咯地笑了起来，声音并不大，银铃般清脆，却猫咪般温柔。我只觉得立刻又重新坠入浓浓的云雾里。

美女就是美女，不管怎么笑都很销魂，刚才还觉得是被一箭穿心的雄狮一般的我，现在连雄狮也不敢标榜自己了。

我知道小猪在拿我的胖说事，奈何我却无力还击。

小猪越笑越得意，眼中闪着挑衅的光，像极了一个天真的孩子刚刚捉弄完大人一样。我只好苦笑。

"你念中文系吧？"我问小猪。

"对啊。所以你如果不会写诗和答是可以理解的，当然这就表示你接受了'猪八戒'的称号。"小猪扬起眉头一副挑衅的样子，可爱极了。

和答，我是知道的。

古代文人骚客之间喜欢对诗，就是说我写一首诗送给你，就像写信一样把情感什么的表达在诗里，而你回我时也用诗的形式来表达。一来一回都是用诗，先写的叫原诗，后写的用来答复原诗的诗就叫作和答诗。和答诗可以用原诗的韵，也可以不用，但内容必须和原诗联系起来。

小猪无疑是希望我能作诗一首来和答她。

这丫头，初次见面一上来就给我来了个下马威。

怎么办？好不容易才能遇上这么一个不折不扣的美女，如果就此败下阵来，岂不要抱憾终身？

好在我会写古体诗，以前也给别人写过，但从没写过和答诗。关键时刻干脆硬着头皮跟她斗上一斗吧！

不过她这首诗作得确实精妙，格律严谨，着实不太好对。

"要不这样"，我说，"我试着和你一首，但我没有七步成诗的才华，你给我半个小时的时间，行吗？"

"行是行，不过你可别逞强哦！现在认输不丢脸，我顶多觉得你技不如人而已，如果半天憋不出一个字，那可就不好意思喽！"小猪最后挑衅地把声音抬高，说完得意地笑起来。

看着她可爱的模样，我暗下决心：即使肝脑涂地也要打好这一仗！

于是，我们俩贴着窗墙，在路旁的麦当劳店里坐下来。

清晨的阳光懒洋洋地铺射进来，映着古色古香的桌椅墙壁，泛起淡淡微光。

我给小猪点了薯条和奶昔，自己没点，因为看着她真的就饱了。

我终于明白"秀色可餐"这个词是怎么来的。

气氛变得很奇妙，第一次见面的一对男女，竟然坐在现代人的建筑里干起古人吟诗作对的事。

小猪一面吸奶昔，一面看我埋头思索的样子。而我呢，临危受命，此刻无暇欣赏小猪的国色天香，只能竭尽所能搜肠刮肚。

周围的人和声似乎被一种无形的力量隔开，我专注地在文字的海洋里搜罗可用的词语，偶尔也会抬头看一眼小猪明媚的笑容，每一次都给我注入一股前所未有的力量。

可是该怎么扳回去呢？

既然小猪用诗挖苦我，按理说我的和诗应该以其人之道还治其人之身，但上天让我遇到这么美的一个女孩，如果我还出言讥讽，那岂不是太煞风景？而且搞不好会遭天谴。

想起小猪在诗里说我是猪八戒，而她自己却是美人，我突然脑袋中灵光一闪，激动得一拍桌子："有了！"

"哦？想出来了？"小猪微微歪头，贝齿轻咬吸管目光怀疑地看着我，鬓角处垂下的柔细发丝有着令人心惊的美。

"嗯。我干脆以'天蓬艳遇'为题，作一首诗送你好了！"

"为什么叫'天蓬艳遇'？"

"是你说我天蓬下凡啊，那我干脆当回天蓬元帅好了。你在诗里说我下凡私会美人，那你应该知道天蓬因调戏嫦娥而被贬下凡后，在凡间遇到的第一个美人就是他在高老庄的媳妇。所以，我，猪八戒，想给下凡后看到的你写的诗就是……"我故意停顿。

"是什么你快念呀？"小猪睁大眼睛看我。

于是我大声念出来："就是——

猪八戒我笑哈哈，种豆仙宫凡世瓜。

谢罢嫦娥歌玉帝，高庄有女貌惊花。"

我得意地望着小猪，看到她美丽的眼睛里此刻装满惊疑。

"你也念中文？"小猪很激动。

"不，我念的是工科。"

"那你很厉害哦！工科生能有这样的文才，不简单。"小猪认真地看着我说。

"哪里哪里，你才厉害。"

"你别谦虚了，我不会看错人的。你是高手！你可以把这首诗写下来送我吗？"

"可以。不如我们互赠墨宝，怎么样？"

"好啊！"小猪兴奋地从随身包里取出记事本撕下两页，一页给我，一页给自己，又一人发一支笔。

"怎么你还随身携带文房四宝？"我问小猪。

"我们中文系女生喜欢写作，而写作需要灵感，所以要经常带上纸和笔，这样能随时把灵感捕捉下来。"

"这倒是个好习惯。"

"呵呵，先别说啦，请八戒兄赶紧赐字吧！"小猪笑着提醒我。

我手一抬，手掌伸平："请！"

于是，我们各自埋头书写自己为对方创作的诗。

小猪写字的样子很认真，似乎对每个汉字都深有感情，一笔一画宛如雕刻，但提笔与收笔的动作却很轻。我抬眼看她时，她正写到"将军"二字，长长的睫毛覆盖下来，丝毫掩盖不了眼眸里的温柔笑意。

那一瞬间，我确定小猪是我见过的最美、最动人的女孩。

而字如其人，当小猪把写好的诗递呈到我面前时，我看到的是一幅娟秀轻灵、宛如行云流水般飘逸的行书书法作品。

我再看看自己的字，简直如踩过墨水的蟑螂在白纸上爬过一样。

当我还沉浸在对小猪作品的顶礼膜拜之中时，小猪忽然开口："八戒，谢谢你！"

我抬眼看她，她仍注视着我的蟑螂作品。过了许久，小猪将"作品"轻轻折好夹进记事本，再把记事本轻轻放在桌面，然后身体坐直、眼睛明亮地看着我说："你这首诗对得真好！"

"哪里！你的诗才真的好。"

"不，你不用客气。我的诗有点生硬，纯粹为了损你而编，是为了写而写。而你的诗却很有灵性，是应急之作。"

小猪越说越快，眼睛闪闪发光："你这首诗不但把便宜给占回去，把我说成你高老庄的媳妇，而且字里行间还透着一股初遇我时难以按捺的激动之情，而诗意又和我的诗无缝对接，真是厉害！"

小猪抬眼看我："谢谢你把我夸得比嫦娥还要漂亮，令鲜花震惊。天宫侵犯嫦娥之罪让你因祸得福遇到人间的我，当然用你的话说是种豆得瓜。你不但不报复我把你说成猪八戒，还这样抬举我、赞美我，所以我得谢谢你。你真的，很大度！"

"有吗？我大度吗？"我挠挠头，不好意思地笑了。

"有啊！你看你的肚子，难道还不够大吗？我觉得真的很大呀！所以你很大肚（度）。"小猪说完又得意地笑起来，样子娇俏迷人。

"你果然厉害！"我再次向小猪竖拇指。

我们一起笑起来。

04

我胎动了

时至中午，麦当劳里的人越来越多了。

阳光依然如小猪的笑容一样，温和柔软。

本来想约小猪逛公园，但现在面对面坐着，能时刻看到她那张美得如同画出来的脸，我突然打消了这个念头。

于是我点了两份汉堡，和小猪边吃边聊。

小猪很好奇我一个工科生为什么会吟诗作对。我说我爱好阅读，偶尔会读读唐诗宋词。于是，我们俩便从李白开始一直说到李贺、李商隐……把整个唐朝的著名诗人几乎说了个遍。

当然，大多数时候是小猪说，我听。

我喜欢看小猪神采奕奕的样子，美得让我如醉如痴。而当小猪为我解读各个诗人的诗风及代表作品时，更是令我佩服得五体投地。

如果说在此之前我还认同"美女大多有胸无脑"的观点的话，那么现在，我才知道自己是多么无知。

我不敢想象如果置身古代，小猪会有怎样的际遇？

是像李清照那样成为一代才女，名留千古？

还是会像杨贵妃那样，一朝选在君王侧，从此君王不早朝，后宫佳丽三千人，三千宠爱在一身？

不过不管怎样，以小猪的才色兼备一定能众星捧月。而此刻的我甘愿做那漫天繁星中最微弱、最隐晦的一颗，只要能远远萦绕她这颗明月便好。

我突然想锁定这颗明月的方位，于是我问小猪她所就读的院校，我以为以她的水准一定是某所重点大学的高才生，然而小猪却淡淡地回答我她在念大专。这怎么可能？

看我一脸不信，小猪给我介绍了她的身世。

原来小猪出身煤矿家庭，她排行老大，下面有个弟弟。父母都是淳朴的煤矿工人，文化程度比较低。本来一家人自食其力，日子过得倒也安乐，不料她十岁那年母亲意外出车祸，下身瘫痪从此卧床不起，家里的经济压力陡然大了起来。好在父亲虽是粗人却很能干，加班加点干活，一个月的收入也能勉强维持四口之家的生活费用。可随着弟弟逐渐长大，姐弟俩的学费开支使这个家庭变得无力承担起来，于是小猪在念高中时坚决半工半读，靠给饭店打工来挣点钱，以此贴补家用。也是因为这样削减了小猪的学习精力，导致最后高考落马。

小猪面色平静，丝毫没有后悔之意。想起小猪写字时的投入，我敢肯定她是个很爱学习的人，可是为了家庭她情愿牺牲自己的学业也要给弟弟提供一个安心读书的环境。这，就叫亲情！

我对小猪投去钦佩和怜惜的目光，在我和她目光相触碰的一瞬间，她轻轻扭过头去，眼神清净如水。

一缕发丝不安分地从小猪额角滑落下来，小猪抬起右手，拇指捏在中指的中间，其余三指微曲成兰花状，然后用中指温柔地将发丝顺至耳后。随着指尖从额角划过，小猪捏成兰花状的手掌心逐渐向外翻开，像一朵正在吐艳绽放的兰花萦绕着另一朵含苞待放的鲜花，似要为她拉开绽放的序章。

这朵尚未完全绽放的鲜花就是小猪那张绝美的脸！

我呆呆凝视这张脸好几分钟，心中无比温热。当然，更多的是柔软。而小猪则只是安静地望着窗外，不置一语，似乎并不反对我这么出神地望着她。

偶尔，她的眼波会像湖光一样荡漾，把我深深淹没。

最后小猪故意轻咳一声，提醒我适可而止。

"对了，你为什么选择念中文？"我慌忙转入正题，"现在这个专业不热了，将来未必好找工作。"

"因为我父亲经常要写些工作报告和总结之类的材料。父亲没文化，只会讲不会写，所以我选这个专业多少可以帮到他。这几年很多材料都是我根据他的意思帮他写的。"

"你真孝顺！"我再次发自肺腑地向小猪竖拇指。

我和小猪又聊了很多，我总会在她低头或转头的瞬间偷偷欣赏她的美，那是一种不受意识控制的行为。

我总觉得，她是只有古画里才有的美女。

不，是仙女。

她的美不但惊艳，而且安静。

安静？是的，我这样认为。

聊天时，她会时不时朝我调皮地吐吐舌头，并始终保持微笑，我猜她应该是个内心快乐的女孩。

其实美女有很多种，可是因为美，往往容易被捧到高处。所谓高处不胜寒，所以在我印象里美女多半是冰冷的。

而她，却很热情，或者说，她对我很热情。

在她身边，我会有种温暖的感觉，这种温暖不是因为被了解，而是因为没距离。

人与人之间的距离很奇妙，有些人即使你认识很久，爱了很久，你还是觉得和她之间会有距离；而有些人即使你只见过一面，只聊过一次，你也会惊觉她似乎是生命中陪伴过你很久的人。

这样的人是不可多得的，而假如你有幸遇到，会不会像面对高考般想要全力以赴？

虽说和小猪聊天既轻松也愉快，但现在面对她的美，我却有些紧张与恍惚，觉得她可能是我人生的另一次高考。

那么，她到底是这场高考的试卷，还是阅卷老师？

不过不论她是前者也好，后者也罢，都同样左右我的前途。

我突然有点乱，该怎样才能得到她的青睐？

是倾尽所有，还是保持本色？

想起刚才在火车上还盘算着如果她是美女就狠狠泼她冷水的诡计，我现在的样子应该算方寸大乱吧？

不过，乱就乱吧！

说了一大堆话后，我和小猪同时感到胃的收缩，于是我们狼吞虎咽地开吃起来。

其实狼吞虎咽的是我，小猪吃饭的样子很秀气。

她说她饭量小，于是她把自己那份汉堡也让给我吃。当我把两个汉堡吃得连一丁点叶子都不剩，并用舌头舔光沾在手上的番茄酱时，小猪突然花容大悦："猪头，我又有灵感了！"

"灵感？"我如同丈二和尚，摸不着头脑。

"对呀猪头，我想给你再写首诗。"

"什么！还写？"我受惊过度。

"放心吧，这次我不挖苦你了。"

"真的？"

"嗯，真的！"小猪用力说。

"好吧，我洗耳恭听。"

"嗯，你让我想想怎么组织词语。"

"好，你请。"

于是小猪用肘撑在桌面，双手托着下巴斜望窗外，眼睛一会儿闭上，一会又出神地望向远方。我知道，她在思索。

而我则迷失心智一般，沉醉在她的侧脸中……

大约过了二十分钟，小猪终于收回目光，信心满满地拿出纸在桌面铺平，然后用她俊秀的字体把一首七绝诗写了下来。我拿过一看，只见上面写的是：

　　　天蓬海量

　　　　　——观天蓬元帅吃汉堡，有感而作。

　　　麦当劳里特神奇，元帅长舌舔肉蹄。

　　　汉堡茄汁无一剩，馋涎万丈海难及。

我除了目瞪口呆，怕做不出第二种表情来。

这又是一首损我的七绝！

诗里不但说我用长舌舔手（猪蹄），还把汉堡和番茄酱吃得一点儿不剩，就这样我仍不解馋，口水流得比海还长。

这招够狠！

全诗不仅格律严谨，而且语言流畅。至此，我对小猪的文学功底叹为观止，也自认不如。

"你……你言而无信！"我气急败坏，质问小猪，"你不是说不挖苦我吗？"

"我是说过不挖苦你，可我没说不嘲讽你呀。笨！"小猪得意地摇头晃脑，可爱极了。

"好吧，你狠，我投降。"我抱拳致敬。

"不行，我女孩子都先干为敬作诗送你了，你好意思不回赠一首吗？难道你要辜负我对你的期待吗？"小猪嘟起嘴，眼睛水灵灵地望着我。

女人果然除了得理不饶人之外，还普遍具有得了便宜就卖乖的天性。

"好吧，我再试一次吧。"我战战兢兢地回答。

原来男人也一样，喜欢在女人面前逞能，因为不这样就没有下文。我想我即便在高考的过程中遇到难题，怕也没这么百折不挠过。

可是，该怎么扳回去呢？

看着窗外，外面的世界已变得一片模糊，这次连我都不知道自己又神游物外了多久。但谢天谢地，工科生的逻辑思维在关键时刻又救了命。

既然小猪说我海量，那我干脆借力打力，用猪八戒因贪嘴而误饮子母河河水一事来做文章吧！

我在大脑中构思文字，等全部四句诗出来后，我故意手捂肚子嘴中"哎哟"不停，吸引小猪注意。

"怎么，你肚子疼吗？"小猪问。

"嗯，又踢我了。"

"什么？"

"我说宝宝又踢我了。"

"宝宝踢你？"

"对呀！我胎动了。"

"你说什么？"小猪一下子睁大眼睛。

"我说我胎动了。我怀孕了，现在正胎动，所以肚子疼。而我给你写的诗就叫《天蓬怀孕》。"

"你说真的吗？你是认真的吗？"小猪笑得厉害。

"当然是真的。你还记得《西游记》的剧情吗？猪八戒在女儿国误饮子母河河水，所以怀孕。怀孕后腹痛难忍。"

"这我记得。"

"所以呀，你不是说我海量吗？你不说我是猪八戒吗？现在我误饮子母河河水，我怀孕了。"

"所以呢？"小猪仍在笑。

"所以我的诗前两句是：龇牙捂肚口难开，误饮长河子母哀。"

"不错。然后呢？"

"来，你过来！"我起身站到桌旁的一面落地镜前，示意小猪也来，小猪果然跟来。我手指镜子，"你看这镜面是不是很明亮，像泉水的水面？"

"是。"

"那你知不知道，女儿国不光有子母河，还有一条泉也很神奇。"

"哦？是什么泉？"

"照胎泉。就像这镜子一样明亮的照胎泉，或者说这面镜子就是照胎泉。"

"照胎泉？"

"对。传说照胎泉能照出是否真怀上孩子，所以在女儿国渴望求子的人会先喝子母河河水，然后再去照胎泉照一照，看到底怀上没有。"

"所以呢？"小猪一脸疑惑。

"所以我老猪喝了子母河河水后腹痛难忍，只好坐猴哥的筋斗云去照胎泉，看怀上没。"我转身面对镜子。

"然后呢？"小猪也面朝镜子。

我激动地指着镜子，说："然后就看到照胎泉里不只有俺老猪，还多了一只'小猪'。唉，想不到俺有了！俺真的有了！"

"哈哈，讨厌！"小猪这才反应过来，激动得大笑一声，伸手就要揍我。

"看，又胎动了！"我一边笑一边躲，"所以我给你写的诗就是——龇牙捂肚口难开，误饮长河子母哀。筋斗云随八戒去，照胎泉送小猪来。"

我大笑不止，小猪也一脸笑意地瞪着我，我感到一朵绝美的鲜花此刻正悄然绽放。不过至于到底是什么花，我无暇思考，因为我正全神贯注于她的娇艳中。

可我不敢去看小猪的眼，或者准确地说是看过一眼后便不敢再看，因为那双眼睛突然变得很明亮，绽放光芒，仿佛寻到宝藏一样的激动。而我，并没有觉得自己就是那块宝藏的自信。

"怎么样，满意吗？"这次轮到我挑衅小猪。

"去！你这头臭猪、笨猪、胖猪！"小猪笑斥我。

"你敢骂老子？"我拉下脸色，"你这样是不是太大逆不道了？"

"去！"小猪娇艳地伸出脚，轻轻踢我一下，犹如新燕啄春泥般温柔。

我又是一阵眩晕。这是我和小猪的第一次肌肤相亲，虽然隔着我的裤子还有她的鞋。

"怎么样，这诗对得还行吧？"我得意地问。

"去，什么破诗！"小猪嘴一嘟，微微歪头，眼睛斜斜地望向天花板，不再理我，但目光却很温柔。

"唉，那好可惜，我还以为你会觉得这诗很值钱。"

"去，什么破诗！一文不值。"

"一文不值吗？这可是出自我天蓬元帅的手笔哦！"

"你？"小猪娇俏地白我一眼。

"对啊，我！"

"去，你更一文不值！"

"哈哈……"

我们同时大笑……

送小猪回家的时候已傍晚。

冬天天黑得快，淮南这座煤城已星星点点亮起夜灯，我不禁感慨时间过得真快。

欢乐的时光总是不经意就过去，而痛苦的时光则显得很无助和漫长。

我突然很不舍，在路边等出租车时情绪变得有些低落，而小猪则欢快地跟我开玩笑，并询问我的情况。

我挑几件有趣的事情跟她讲，比如我室友有多二，我妈有多迷麻将，而我的体育老师又有多柔弱。

我不想让小猪知道，其实对于过去，我的痛苦要远远大于快乐。

我更希望能创造快乐来感染她，或者也许是被她所感染。

因为从开始到现在，除了分别时的莫名感伤，我一直沐浴着小猪给我带来的温暖阳光。

一辆出租车停在我和小猪面前。

小猪很兴奋，一边拽着我的袖子往车里钻，一边笑嘻嘻地说："猪头，在麦当劳我说你一文不值，你好像不服气，现在我证明给你看你到底是不是一文不值。"

一上车屁股还没坐稳，小猪便提醒我："猪头你听好了！"然后扭头问司机："师傅，去师范学院要多少钱？"

"起步价，六块。"

"那要是我带上他的话……"小猪指着我，问司机，"那又要多少钱？"

司机不解地看了我们一眼，确定我俩认识后，答："还是六块。"

小猪霎时头一扬，得意地拍拍我："猪头你都听见了吧，带上你还是六块！你自己说你是不是一文不值？"

我被惊得目瞪口呆，忍不住向小猪抱拳致敬："你确实厉害！"

说完我和司机都大笑起来。

小猪像泄愤似的"哼"一声，眼睛里却满是笑意……

05
家母

我回到家，我妈正和麻友们决战于长城之巅，看她那股投入劲我就知道，我又要被冷落了。

母亲已经退休，闲来无事便打麻将消磨时间，这是她最大的爱好。

我常劝她没事出去走走，这样对身体也好，打麻将实在是浪费生命的一种活动。可我妈总不听劝，还教导我说："别小看这四四方方的小城池，麻场其实如同人生的战场，这里面可蕴藏着博大精深的中国文化。"

这话起初我不懂，后来才明白，事实上真的有道理。

而对打麻将我妈可谓真的敬业。

记得有一年夏天的傍晚，我妈正和麻友酣战，家里忽然停电。天黑，看不见牌，四人遂顶着高温继续秉烛夜战，皆热得满头大汗。来电后我第一时间让我妈打开风扇解暑，结果她严厉拒绝，理由是开风扇会把蜡烛吹灭。这理由没毛病！

跟我妈打过招呼后，我匆匆吃碗泡面，然后回房间看书。

我独自躺在床上看小说，思绪始终漂浮不定，不知不觉又飞到小猪那里。小猪回家了没？她在干吗？

想起小猪的美，心情仍有些飘，觉得自己还没从天空完全降落到地面。

突然莫名其妙担心她回家的路上会不会出现意外状况。

不知道有没有流氓男生挡住她的去路？不知道她见过我后会不会又去见别的男生？不知道……

我终于忍不住，干脆发信息给她："小猪，你到家没？"

我没想到刚按下发送键，微信便弹出小猪的来信："八戒，你到家没？"

这是巧合吗?

我的心脏不禁猛然震动一下,我们应该是同时按的发送键。

"好巧,我们同时发信息给对方。"我回她。

"怎么这么巧,我们同时发给对方。"她回我。

第二条信息竟然又是同时收发,而且内容一致,仿佛心意相通。

这也太巧了吧? 我暗暗惊叹。

又或者这不是巧合,而是天意什么的!

我像被一道闪电劈中,劈开封锁内心渴望的那道心门。

也许,是该打开这扇心门的时候了。

我已经压抑了快三年!

"下午和我见面开心吗? "我问小猪。

"开心呀! 竟然碰到一个现实版的猪八戒,而且还是一头会作诗的高级猪。"

"呵呵,我也没想到你会那么厉害。"我忍不住又夸小猪。

"不,你才厉害呢。对了,厉害的八戒,你在做什么呢? "

"我在看小说啊。"

"哦。那你在想什么呀? "

"想什么? 嗯……我在想这本小说真的很好看。"

"就只是这样吗? "

"不然怎样? 要不改天推荐给你看吧! "

"哦,这样啊。好吧! 你推荐的我一定看,不过要等到我心无旁骛的时候哦! "

"那你现在是心有旁骛喽! "

"聪明! "

"那你的骛是什么? "

"八戒,下午忘记要你第二首诗的墨宝了,你的诗就是我的骛。"

"可这骛不值钱。"

"谁说的? 其实,还是值几个钱的。"

"多少? "

"千金。"

"可你之前说一文不值啊！"

"嘻嘻，乍看一文不值，细看价值千金。"

"谢谢。"

"猪头，我不管，下次见面你要补给我啊！"

"行，下次我写给你。"

"嗯。那我去吃饭啦，你明天回去路上记得要注意安全哦！"

这傻丫头，我怎么会不安全？劫钱，我又没有钱；劫色，我会全力配合。

合上小说，我又莫名涌起一股激动，大脑不断回忆和她见面的全过程。回忆她的美，还有她的动作和表情……

心里暖暖的。

和亲人短暂相聚后，第二天我便要返往合肥。

临行前，我妈鬼使神差地挽住我，意味深长地说："儿子，人生其实就像打麻将，有时你想要的好牌往往已经被别人抓走，如果等半天也等不到，不如早点换牌，听别的牌未必就不会先胡，总好过抱着死胡的牌在那傻等，最后输的肯定是你。"

老妈大人应该是暗示我不要傻想着以前的人，该放下的应该早点放下才对。唉，突然发现我妈的境界不一样了。

"妈，您放心好了，我一定牢记您的教诲，洗心革面、拨乱反正，并时刻以您的敬业精神为榜样，全部灵魂都投入到学习上。"

"那倒不必，留一半出来谈谈恋爱也是可以的。"老妈目光殷切地说。

"嗯，我知道了。您和爸多保重，我走了！"

06

实验室生活

回到合肥，踏出火车站的那一刻，我觉得似乎同时也踏进监狱。

我并不喜欢合肥这座城市。

虽然在合肥生活了五六年，但我依然不喜欢合肥。

大一那会儿抱着童话般的梦想初到合肥时，合肥给我的第一印象就是拥挤。习惯了生活在视野开阔的小城镇，以致面对合肥的高楼大厦总觉得视线受阻，心胸难以开阔。

合肥的拥挤不光是建筑拥挤，还有人。

虽然我本科毕业后去过南京才知道，这种拥挤跟南京比起来简直就是小巫见大巫，但我仍然不喜欢合肥，我喜欢南京。

我仍记得第一次进入南京市区，当我坐在公交车里看见外面人潮不息时，我当时的感觉就只有一种：我就是只蚂蚁，微不足道。

在成千万、上万万只蚂蚁中才知道自己多么卑微，尽管内心一直妄自尊大。

怎么就回合肥了呢？

踏着火车站出口的大理石地面，我不禁希望此刻正置身南京火车站广场，面对美丽而宽阔的玄武湖，视线能一直延伸到远在湖那边的紫金山……

如果让我回到当初，给我机会重新决定回不回来读研的话，我想我的选择依旧不会改变。

我应该还是会离开那个给我留下太多美丽和伤心的地方吧！

我现在是名工科研究生，本科从工大毕业后去南京工作了两年，后来又考研，但没能考上科大，只好再调回工大，所以我和工大可谓真的有缘。

但有缘归有缘，我并不想在工大待太久。原因很简单，因为工大男女比例严重失调。

工大绝对是培养五星级处男的最佳场所！

猫拳就是最好的证明。

回到实验室，我先习惯性地打开电脑，再泡杯香浓的茉莉花茶，准备先喝口茶。

如果说合肥是座监狱，那实验室无疑是这所监狱中的一间牢房，里面关押着我。

猫拳也从外面回来，一见我便迫不及待地问："怎么样，斌哥，约会是惨不忍睹还是惨绝人寰？"

"都不是。是天赐佳丽和荡气回肠！"

"哦？真的吗？"猫拳一副不信的样子。

"嗯，她是美女！"我很得意。

"真的假的？那她是什么样的美女？"猫拳睁大他那双小眼睛，显得有些激动。

"她是能让任何男生在路上偶然撞见时，都会内心为之一震也为之一痛的大美女，因无缘认识而心生刺痛。"

"不会吧！竟然让你遇到这种绝色？"

"那当然！"

"唉，为什么我就没有这么好运？"猫拳眼里露出无法掩饰的愤怒。

"我想这大概因为……"我准备正告猫拳。

"因为什么？"

"你有没有照镜子看过你的侧面？"

"看过。怎么？"

"你有没有发现你的侧面已经不分男女？"我笑一笑，"这就是原因。"

"滚！"猫拳愤怒地向我比中指，然后回座位上做事去了。

猫拳的全名叫余茂全，"猫拳"是我给他起的外号。

猫拳是个很不错的哥儿们，也是我的实验室密友。

我和猫拳都是性情中人，因此无话不谈，所以在网上遇到小猪甚至去见小猪，这些他都知道。

猫拳最大的特点就是胖，在这点上他的光芒远大于我，因此和他一起出去，我比较不容易引起别人的注意。

而其他方面我总觉得我的光芒要远远大过他，尤其在恋爱上。

一个活到二十好几却只亲过几次女生脸的男生，最愿意做的事就是被一个同样二十好几却连女生手也没拉过一次的男生视为恋爱上的取经对象，所以我喜欢交猫拳这个朋友。

我单调乏味的实验室生活如果没有猫拳这道调味剂，我想一定会陷入黑暗无边的孤寂。

稍事休息一会儿，我便准备攻读导师布置的英文资料。坐我前排的猫拳又伸过头来问我："斌哥，那你们有没有发生亲密接触？"

"有。"

"哇！不会吧？"猫拳声音激动，非常夸张。

"嗯，我被她踢了一脚。"我说。

"切！那她为什么踢你？"

"因为我对她很过分呀。"

"哇！斌哥，你是不是对她动手动脚了？"我看到猫拳眼里有火焰燃烧。

"怎么可能？我们认识这么久，你说我是那种人吗？"

"你是呀！"

"去，我是语言过分才被踢。不过我相信谁看到她这样的美女都会想动手动脚。我也想，但能想想就已经很好了。她太美，美得让人望而生畏，不忍亵渎。"

"斌哥，那你岂不垂涎三尺？"

"笑话！我会肤浅到一看见美女就垂涎三尺吗？"

"你当然不会"，猫拳信心十足，"你的口水怎么可能就三尺？肯定早已飞流直下三千尺！"

这次轮到我对猫拳竖中指。

又回到一片由英文字母组成的世界里，我想我流下的一定不是口水，而是眼屎。

工科生的研究生生活是悲惨的。

尤其对民族感情比较重的我而言，天天运用外国的语言来学习外国先进技术，真是让我苦不堪言。中国什么时候才能用自己的语言和技术引领全球？我心中一直期待。

当然，在我期待祖国完成富强大业之前，我首先期待的是天上能掉下个寂寞难耐的美女给我。

"就算掉美女给你，你也要能接得住才行。"有一次我妹讽刺我说。

"只要不是像你这样的美女，我一准能接住。"我无奈地回她。

我妹？是的。

她是我的一个表妹，在正式介绍她出场前，我得先平静一下心情，做好承受心惊肉跳的准备，然后再接受她的打击和摧残。

让我和我妹想不到的是，天上竟真掉下个美女给我。小猪无疑就是这个美女。

"小猪，我要牢牢接住你哦！"我发微信给小猪。

"八戒你吃错药了吗？"

"我梦到你正告别天宫，脚踏祥云，袖绸飞舞，俯身向我飞来，所以我要接住你呀！欢迎来到人间。"

"去，你少无聊。你到学校了吗？"

看到这条微信，我仿佛看到小猪此刻正冲我微笑。

"我到了，正要学习。"

"哦，那你能感觉到我在对你微笑吗？"

原来我的想象并非想象。

"能感觉到！即使再遥远的距离，我也能感觉到。因为你一直在我心里，在我眼前，在对我微笑。"

"去，油嘴滑舌。好了，八戒，我们先学习吧，晚上再聊。"

"嗯。遵命！"

这似乎成为我们的习惯，白天各自忙碌，晚上再利用闲暇时间聊天。

小猪今年是大专第二年，不仅要做好功课，还要带家教贴补家用，同时还得备考专升本考试，像被三座小山压着一样。

而我则被三座大山压着——房子、工作和女人。

这些都没着落。

小猪很向往踏入传说中庄严而又美丽的象牙塔，但我却已经开始希望从困住我的这座塔中逃离，从寂寞中逃离。

我是典型的射手座性格，射手座的特征在我身上体现得淋漓尽致。

我骨子里浪漫而多情，虽然勒紧裤腰带的求学生活让我只能用语言和文字来耍耍浪漫，但我依然深信自己是一个浪漫的人——尽管对于很多女生而言，金钱才能创造浪漫。

尤其是对美女而言。

我坚信浪漫的语言能给女生带来爱情的感觉，也曾写下"我愿为你坠入爱的陷阱里而永世不得脱身"这样美得一塌糊涂的句子，可后来的生活教会我，就算你为她写下再美的语句甚至是诗，也无济于事。因为在你那里她并不能够得到满足。

如今，在我还没陷入爱情的陷阱中时，却已经被导师先困在实验室这间牢笼中。

导师对学生要求严格："周一至周六必须来实验室学习，周日自由支配。

当然，建议也来实验室。"

所以我的生活就是每天困在这里，对着电脑阅读各种英文资料。有时也设计电路和程序，研究如何将控制理论应用于实际。

简单说就是用控制原理去驱动智能设备，让设备听人的话，按人的指令行动。

有时我会想，如果能把控制原理应用到爱情上，搞一套爱情控制理论出来，那该多好？那岂不是想睡哪个美女就睡哪个美女？

这应该是个比较有创意的想法，不过博大精深的控制理论能否沿用到爱情上来，还有待实验证明。

但爱情毕竟不是实验，能实验的就不是爱情了。

爱情是感性的，而科学是理性的。

希望通过理性而缜密的科学来获得感性的爱情，足以证明我已经寂寞到病急乱投医的地步。

有时我会觉得，自己就像一只被困在带有瓶塞的瓶子里的鱼，虽然瓶子在大海中漂流，但我却只能挣扎地呼吸，焦急地巴望着外面的世界。

当然，如果让小猪知道我这样形容我自己，她一定会说我是猪而不是鱼，是只被猎人抓进笼子里的野猪。

就在我以为自己会带着遗憾与渴望慢慢死去时，小猪却适时出现，陪我聊天，解我苦闷。

我觉得小猪很像另一尾游鱼，无意中碰到困住我的瓶子，咬开瓶塞将我放回大海。从此，我便和小猪相伴遨游在这一片小小的海域。

我希望我们可以拥有这一片静谧的海域，不需要其他的鱼进来。

如果可以的话。

后来我才知道，小猪的出现其实有不少我妹的功劳。

我必须感谢我妹的抛砖引玉。

当然，我必须很小声而不被我妹听到地说：我觉得我妹是那块砖，而小猪则是被引出来的玉。

07

头疼妹

茉莉花茶的香味仍在鼻尖飘荡。

这种香味陪伴我三年了，我仍然没有厌倦。

最初喝茉莉花茶是在南京。本科毕业后去南京待了两年，那是无法忘记的两年，给我留下难以磨灭的记忆，而茉莉花茶可以说是那些记忆的浓缩。

也许是时过境迁或物是人非的缘故，自从离开南京回到合肥后，每次喝茉莉花茶都觉得没有在南京那会儿好喝，没有那会儿香。

可今天却觉得格外的香，这会不会是因为小猪的出现？

我不知道。

我只知道我无意识地打开朋友圈，忍不住发心情炫耀："她的声音似能令莹雀侧耳、沉鱼出听。还有，她很美！"

没想到心情刚发出便招来我妹评论："哟，这是遇到谁了？还沉鱼出听？新词啊！哥，我说你可以考虑以打鱼为生。你打鱼时只要带上她，让她对海面喊几声，鱼就会自己蹦上来。"

我琢磨我妹的语气，十分担心她今天是否心情不顺。

"妹，你懂不懂什么叫比喻句？沉鱼出听是比喻她声音好听。"我有点激动，怎么会碰到我妹。

"哥，妹我怎么会不知道什么是比喻句？比喻句就是比你更加难以理喻的句子，简称比喻句。哥你这是搭上哪家的无知妇女了？她真倒霉！"

倒霉的应该是碰到你的我吧？

"妹，我干吗要搭妇女？"

"因为少女谁能看得上你？"

唉，我又被她怼得无言以对："妹，我有事，先下了。"

我赶紧关掉微信，仓皇逃走。

我相信我选择逃跑是明智的，因为这两天我妹情绪很不稳定。

前天她就大发神经评论我的相册说："哥，你真是没有佛祖的飘，却得了佛祖的膘"，之后便引来一大帮人友情打气。

有人鼓励我："想如佛祖空中飘，必须加油减肥膘。"

有人安慰我："佛祖只需心里飘，何必拼命减肥膘。"

还有人鞭策我："想要膘飘得飘膘，飘掉肥膘才飘飘。"

看把你能的，绕口令都出来了吗？

我妹的评论总能一呼百应，我不禁感叹中国人真喜欢凑热闹。

不过很感谢她一直以来积极而又犀利地评论我的朋友圈动态，虽说总是有贬无褒，却制造很多欢乐。

其实我妹对我不错，她在合肥工作，跟我一个城市。

她常大包小包地来实验室看我，因此我书桌上的水果、零食基本没有断过。偶尔她还帮我收拾房间，为我节省不少时间。

而最重要的是，在我和小猪之间，我妹不但抛砖引玉，而且后来还穿针引线。我必须花点篇幅来隆重介绍一下我妹，这也是在开始这篇小说前她特意交代的。

"哥，小说里如果写我，怎么写你可想好了，不然后果你是知道的。哼哼。"

我妹的威逼仍在耳边回荡，我一直希望能再给我来点利诱，可惜没有。

我妹，22 岁，也是美女。

不过不是楚楚可怜的那种美，而是与楚楚可怜完全对立的那种美。

至于具体用什么词来形容她的美，我不说，请你允许我保留爱惜生命的权利，行吗？

我妹的具体资料如下。

外号：头疼妹。

战斗力：强大。

弱点：无。

职业：损人家。

历史战绩：百战不殆。

祸害对象：广泛（家里兄弟姐妹无一幸免）。

惯用武器：歇后语、成语、经典语录。

必杀技：臭美。

用这种方式介绍我妹，会不会让你觉得像在阅读游戏里的 Boss 档案？你会感到一股强大的杀气吗？你以后一定会感觉到的！

自从我妹经常评论我的朋友圈动态后，与我互动的微友便逐渐增加，我的人气也越来越旺。

当然，大部分人是来凑热闹，而受害人显然是我。

小猪后来告诉我，她也是被我发在朋友圈里的我妹喷我的截图所吸引，觉得好玩才凑进来一起声讨我。

虽然在此之前我们通过"附近的人"添加，但我从没和她聊过，也不知道她是美女，没想到如此却成就了我们的不打不相识。

小猪也喜欢挖苦我、拿我说笑，但她和我妹是截然不同的两种风格。

我妹的玩笑往往一剑封喉，不留活命；而小猪的玩笑通常和她的个性一样温柔可爱，有时带点弯子，不那么直接。

比如，有次我发心情："鉴于大家一直好奇我的体重，今天特意磅一下，净重 175 斤。"

小猪给我评价："猪头，净身高我知道，就是脱掉鞋子测的。净重这个词，我就不明白了，难道是脱光测吗？你果然有一套。"

怎么样，小猪的玩笑很温柔吧？

所以我从容化解："除了要脱光，还要把便便排光。怎么样，你要不要也测一下？我可以帮你读数。"

我以为这样说已接近完美，但随即便被我妹击破："哥，想不到你拉过便便以后体重一下子减轻二十斤！你真是装了一肚子的……"

我就这样被她一招毙命，枉我读了那么多年书，真是愧对各所母校。

下了线，我又埋头于那些让人头痛的英文中，时间也不知不觉过去。

没见小猪之前，我总会在白天忙碌的时间期待夜晚到来，因为可以和小猪微信聊天，现在又回归之前的状态。

然而不同的是，现在这种心情更加急切。我期待见到小猪的美丽可爱，多希望她此刻就在眼前。

如果现实中我们没有空间的距离，那该多好！

我叹息世事难以圆满，但我应该知足。

08

夜聊

终于熬到晚上九点，我打开微信，看到小猪十分钟前发来的信息："八戒，你在吗？我刚忙完。好累喔！"

"不好意思，为了避开我妹，我现在才来。你还在吗？"我火速回她，觉得错过的那十分钟不是时间而是金子。

"在呢。刚才想和你说话的，你不在我就先看电影了。"

"哦，看的什么电影？"

"恐怖片，《异形》"。

"好看吗？"

"好看呀！真的太恐怖了。"

"那你愿意放下好看的恐怖电影来陪我聊天吗？"

"愿意呀。"

"谢谢，你对我真好。"

"那是因为你比电影要更加恐怖呀！"

"……"

"八戒，今天又被你妹灭了吧？"

"是的。我怎么就斗不过她呢？"

"八戒，这就是你所谓的'道高一尺，魔高一丈'。"

"可我还没修炼得道她就已经先入魔了，而且是走火入魔。"

"嘘，小心你妹听到。"

"嗯，不然又得小命呜呼。对了，你怎么知道？"

"下午刷朋友圈看你说有个女孩声音动听，八戒，你走桃花运了吗？"

"是呀。老天开眼！"

"八戒，你很激动吗？"

"对呀！"

"八戒，那她是什么样的女孩子呢？"

唉，真不知道我在说你吗？何苦要明知故问。

"她是一个既美丽又有诗才而且极刁钻难缠的女孩，让人防不胜防。"

"呵呵，猪头你过奖咯。"

"想不到我只喝了她一杯奶茶，结果被说得一文不值，还成了天蓬元帅猪八戒，以后做人切勿贪小失大。"

"呵呵，人家下手已经很轻了。"

看到小猪的信息，我忍不住笑出声来，下午对我妹失利的阴霾也一扫而尽。

"八戒，我遇到难题了，你能帮帮我吗？"

"什么难题你说。不，是你只管说！"

"爸爸让我帮他写份工作总结，我不太会，所以想请你帮忙。"

"写什么总结？"

"放炮总结。我爸在煤矿开拓单位工作，井下开通巷道要先把岩层炸开，炸的时候要引爆炸药，俗称放炮。单位让写一份放炮总结，要求言简意赅、形象生动，最好能有很强的感染力。你知道我念文科，写工程方面的东西不行，所以想请你帮忙。"

"行，这事交给我！"

这是小猪第一次找我帮忙，断然没有拒绝的可能。而且就算美女找我帮一万次忙，我也义不容辞。

为写好这篇总结，我上网找了些关于井下放炮的资料，粗读后才明白井下开拓作业是怎么回事，以及这种作业的危险性。

原来煤矿在开采地下煤炭前要先做出便于运输的巷道，这些巷道就像管路一样四通八达，通往各个采煤工作面。巷道做好后再铺设轨道，以便使用矿车来运送人和物料。

这些巷道必须从地下的岩层中开凿，开凿之前要对岩石钻孔，再把炸药塞进孔里引爆来炸开岩层，这就是所谓放炮。然后才能用机器挖出岩石，一点一点做出巷道。在挖掘过程中存在因顶板压力过大而塌方的危险，意外时会把施工人员埋进去。

我一边读一边想象煤矿工人凿石放炮的情形，脑中灵光一闪，放炮总结的文章没做出来，倒是擦出写诗的灵感来。于是我明修栈道，暗度陈仓，把总结编成歪诗，发给小猪：

放炮总结

开拓要开道，放炮真重要。

弹若无虚发，凿洞须精妙。

浅深掌握好，方能见功效。

汗马功劳后，笑把美人抱。

"八戒，诗写得挺不错，可这样行吗？"

看来小猪并没看出诗里的邪恶，我猜她是八句连在一起看的，如果只看后面六句的话……

"行呀！怎么会不行？"我赶紧解释，"你看这诗，不但阐明放炮技巧的重要性，结尾还描绘出一幅井下工人拼命工作回家后笑抱美人的生活场景，表现了爱情的伟大力量。这不正好符合你说的'要言简意赅、形象生动、有很强感染力'的要求吗？你说多好！"

小猪半信半疑，不过还是表示会先给她爸爸看了再说。

Oh Yeah！

我没想到小猪这么呆，她竟然不晓得男女之事其实也是一种"放炮"。

我突然为自己的头脑发热后悔，心里七上八下，万一她爸爸看出那层意思来怎么办？

小猪挨训是肯定的，但只要她咬定不是自己写的就没事，那她爸爸会不会继续往下猜，认为是她男朋友写的？

我眼前浮现出一幅小猪被爸爸逼问，无奈之下只好承认自己有男朋友的画面来，让我忍不住发出幸福的傻笑声。

管他呢！事已至此，干脆豁出去吧！

小猪若能被迫承认是我女友，那也是美事一桩啊！

没想到事情搞大了，第二天微信聊天，小猪一上来便火冒三丈："猪头，都是你干的好事！"

"怎么了？"我装作一副无辜的样子。

"你真的不知道吗？"

"我真的不知道呀！"

"你还装！我被你害得我妈骂我恬不知耻，我爸骂我胆大包天，我没脸活了。"

"啊？他……他们看出来了？"

"你以为就你贼啊？猪头你真欠揍！流氓！"

我暗自好笑，姜果然是老的辣。

"那你说是朋友帮忙写的不就没事了？"

"就因为这样说，他们才一致认定写这首歪诗的人一定是我男朋友。呜呜，我的清白被你毁完了。"

"那你承认我是你……"

"你想得美！我当然不认，可想不到他们反而更来气。我妈说这个男朋友千万要不得。"

"为什么？"我莫名失落。

"因为我妈说你一定是个色狼加流氓。"

"哦。那你爸呢？他怎么说？"

"我爸也说你是色狼。不过，他……他倒替你打了圆场。"

"哦？怎么圆的？"我喜出望外。

"我爸跟我妈说色归色，但这叫男儿本色。结果我妈把他也给臭骂一顿。哼，我现在也觉得，你压根就是流氓！"

"嘿嘿——"

"你还敢笑？"

"嗯，我确实不该笑，我应该好好谢谢你那位深明大义的父亲大人！"

"猪头你真欠揍！你死定了。"

"对了，阿姨虽然反对我，但你爸支持我，中国向来男人当家，看来我做你家女婿指日可待啊。"

"猪头你死了这条心吧！"

"死——不——了——"

"去，不理你。"

"好吧，我错了，我逗你的。那篇不算，我给你再写篇吧！"

"嗯。要一千字才行。"

"OK。"

于是我重新写篇千字总结发给小猪，才算交差。

交完差后，我赶紧跑到厕所泄洪，再迟一点的话长江怕要决堤了。

趁小解的工夫抽一根烟，我这才知道原来比急风暴雨更让人愉快的事，就是一边吞云吐雾，一边急风暴雨。

一片烟雾缭绕中发现小便池上的环保标签换了新的，前几天还贴着："向前一小步，文明一大步。"

今天却变成："向前多一步，别高估自己的长度。"

不知道这是不是工大男生的杰作。

从厕所回来和小猪又聊一会儿，这次可谓轻装上阵，思路也轻快起来，逗得小猪一直笑。

在我回宿舍的路上，小猪习惯性发信息给我，让我注意安全，我仿佛可以看到她的微笑。

我突然感到环境没变，但我的心情却悄悄发生了转变。

因为小猪的出现。

09

疼痛

连续几天低温后，气温终于回升，而雨却一直断断续续下个不停。

不过我和小猪的聊天始终都是连续的，如果时间轴以天为最小刻度的话。

以前一直不喜欢雨天，不过自从在南京待过后，我也开始慢慢喜欢起来，不知道是不是因为那里有一个人的缘故。

南京是个春季多雨的地方。

尤其是到了梅雨时节，降雨会很频繁，持续时间也长。

我喜欢坐在宿舍的落地窗前，捧着香味浓郁的茉莉花茶，一边听窗外滴答的雨声，一边阅读小说。

那是种单纯的习惯。而单纯喜欢过的人，总会随着阅读触及内心深处时又浮现眼前……

那一幕一幕，那一句一句，属于我的，一定也属于她。

我从无数英文字母汇聚而成的海洋里钻出头来，望一望实验室的窗外。细雨纷纷，润物无声。

而小猪也立刻浮现眼前。

她一身水墨色上衣，衣上织有牡丹争艳的图案。

她的头发只简单扎个结，从右耳根绕过后垂在胸前，配合她绝美的脸宛如墨蓝色的夜空拥着一轮明月。

她十指青葱，丰盈而不见肉，纤细而不见骨。

她鬓角处垂下的柔细发丝有着令人心惊的美。

她抬起捏成兰花指的手，温柔地将发丝顺至耳后。随着中指从额头划过，她捏成兰花指的手心逐渐向外翻开，很像一朵正在绽放的兰花萦绕着另一朵含苞待放的鲜花，似要为她拉开绽放的序章。

她神采奕奕，假装向我保证："放心吧，这次我不挖苦你了。"

她的字像一幅俊美飘逸的行书书法作品。

她的眼睛突然变得很明亮，充满光芒，仿佛寻到宝藏一样的激动。而我，并没有觉得自己就是那块宝藏的自信。

她挑衅的声音不断在我耳边响起："猪头你都听见了吧，带上你还是六块！你自己说，你是不是一文不值？"

…………

我突然发现，我好像在想念小猪，而且并不是从今天开始才会想她。

看着窗外绵绵细雨，我不禁伸个懒腰，脱口吟咏杜甫的名句："好女知时节，当春乃发生。"

"随男潜入夜，润物细无声。"猫拳回头，完美补齐后两句。

"好诗,好湿！"我向猫拳竖拇指，"不过此物仅仅只是让好女细无声地润，而不是欲拒还迎、欲罢不能地疯狂地润，可见难免温柔有余而刚猛不足。"

"你妹呀！"猫拳挤一挤眼，笑容勉强。

"我说你受了什么刺激，也学会吟诗作乐了？这不是你的风格，你应该保持你的本色。"

"保持什么本色？傻子的本色吗？"猫拳笑容冻结，面部瞬间僵硬。

"你是不是做了什么傻事？"我小心翼翼地问。

"嗯。"猫拳叹口气，"昨天我跟她表白了，我真傻！"

"你！"我气不打一处来，"我怎么跟你说的，人家对你没那个意思之前，表白就是找死。"

我有点激动，像专家面对不听告诫、非要放纵恶习而导致病情恶化的病人一样，既同情又气愤。

但事实上我并不是什么专家，而是资深光棍。

"昨天跟她吃饭时喝多了，一冲动说了出来。"猫拳脸上的痛苦明显增加。

猫拳喜欢上实验室新来的小师妹，这对我来说不是秘密。因为没谈过恋爱，猫拳偶尔会跟我请教怎样同女生交往。他说他羡慕我有过一次恋爱经验，虽然最后以失败告终。

看着猫拳的表情，我的心脏也被撞击。

猫拳的样子让我看到三年前的自己：羞涩、腼腆而又炽热无比。

可现在，我恐怕只剩下雄性激素制造出来的炽热而已。

我理解猫拳对于小师妹已陷入牵一发而动全身的地步，三年前我自己又何尝不是？

我明白猫拳此刻心里的痛。

"试着冷静下来吧！和女生交往要保持轻松淡定的态度，你可以采取主动，但必须给对方冷静回顾的机会。太急进的话只会造成对方拼命逃跑而没有时间停下来发现你的可爱之处。"

我试着用罗兰的经典爱情小语来开导猫拳，三年前这些也是给我启发并被我视为医治内心创伤的救命良药。

可是在真正喜欢的女生面前，谁又能做到淡定轻松？

我相信只有再出现一个女生给猫拳以温柔呵护，才能医治他内心的创伤，可现在就算有，猫拳怕也不会接受，因为他心里已经没有空位了。

所以我觉得猫拳需要这些话，需要安慰。

"斌哥，那我以后该怎么办？"猫拳无助地看我。

"既然你已捅破窗纸，那接下来干脆试试投其所好吧！记住，你可以狂轰滥炸，但务必要炸到她的软肋，也就是说你必须学会投其所好。表面上你在陪她做她喜欢的事，或者送一些她喜欢的东西给她，实际上你是通过培养一个共同爱好而达到走进她内心的目的。这一招正是兵法妙计'瞒天过海'的奥义所在！"

“好吧，听你的，以后多观察观察她喜欢什么。”

我看到猫拳那双小眼睛里又重新燃起希望。

“嗯，还有，要记得以后别再犯这种本末倒置的错误。”

“本末倒置的错误？”猫拳疑惑不解。

“就是下次吃饭你得让她喝多，而不是你自己喝多。”

“让女孩子喝酒，这样不好吧？”

“笨！女人不喝醉，男人哪里有机会？”我语调上扬调侃猫拳。

“滚，我可不想这样。”猫拳语气尖锐。

明明开玩笑，猫拳竟如此较真儿。

“生米煮成熟饭不也是一个好办法吗？据说很多女生其实都喜欢被男人霸王硬上弓，只是嘴里不肯承认而已。”我锲而不舍继续发炮，“你还没有煮过吧？想煮不？”

“废话！男人谁会不想？”猫拳勉强挤点笑容出来。

“那就伺机而上吧！”

“那要是一次煮不熟怎么办？”

“笨！你不会多煮几次？一夜煮她个七八遍，再硬的米也给你煮熟了。”

“那要是煮煳怎么办？”猫拳笑得像白痴一样，心情似乎好转点。

“那就换米再煮。”我说。

“这样也行？”

“废话！米的存在就是为了被煮成饭，你不煮，大米就失去了存住的意义。”

“唉，精辟！难怪你谈过恋爱，而我却一直被零封。”猫拳叹口气，“我要能这么会说就行了。”

“这和语言没有本质的联系，”我摇摇头，恨铁不成钢地对猫拳说，“追女孩子最重要的是要胆大、心细、脸皮厚。我问你，如果她不讨厌你而且又喝醉了，你敢吻她吗？”

“不敢。”

“如果不讨厌就等于多少有点喜欢你的话，你敢吻她吗？”

“不敢。”

“喂，我说你要把初吻带进土里吗？快点用了吧！”

“哥要保留这份纯洁，把美好的第一次全都留着，等将来她爱上我的时候……嘿嘿……"猫拳又像白痴一样笑起来。

看猫拳一脸痴相，我忽然看到曾经的自己，不免在心里重重叹气。

我想了一下，对猫拳说："我现在终于明白你的症结所在了。"

"哦？怎么说？"猫拳睁大那双炯炯有神的小眼睛，等待我开出良药。

"这样跟你说吧"，我语重心长，点化猫拳，"在爱情上你太纯洁，也太羞涩了，所以对女孩子，你不可能像火柴那样一擦就着。你更像是块打火石，虽然也能擦着，但是需要时间，也许还有点费力。不过，却比火柴更持久耐用！"

"哇，谢斌哥抬举！那如果我是打火石的话，你是什么呢？"

"我？"我掏出火机，手一划潇洒打着，"我当然是充气式打火机了，不但一擦就着，而且持久耐用！"

"哥，你牛！"猫拳终于乐了。

10

意外来电

"以后争点气吧！"我拍拍猫拳。

"对了，你和美女小猪进展如何？"

"简单说就是各种如。"

"什么意思？"

"笨！就是如饥似渴、如狼似虎、如鱼得水、如胶似漆啊！"

"唉，羡慕你！"猫拳声音激动。

"我和小猪每天晚上都微信聊天。"我扬扬自得，沉浸在回忆中。

"唉，嫉妒你！"

"小猪现在连买衣服都征求我的意见，就差买内衣没征求过我了。"我越吹越狠。

"唉，好恨你！"猫拳眼里又射出寂寞的光，我想在小猪出现以前我的眼神应该也和他一样。

"哦！第一次我，牵起你的双手，失去方向不知该往哪儿走……"

我跟猫拳正吹得起劲，手机突然响起来信息铃声。

我得意地掏出手机："怎么样，说曹操曹操到，一定是小猪一定又想我了。"然后我打开手机，当目光扫到屏幕上时，我怔住了。

来信息的不是小猪，而是前女友王宁。

信息的内容很简单，就三个字，三个我曾经在心底问过她无数遍的字："你好吗？"

这次轮到我被冻结。

"怎么了？"猫拳问。

"是前女友。"

"南京那个吗？"

"嗯。"

"那你们聊，不打扰了。"

猫拳走后，我呆呆地看着手机上这句简单的问候，这句迟到的问候，这句连我自己都不知道是不是为时已晚的问候，心脏竟被那三个字像三根针一般刺入。

猫拳，你知道吗，虽然我经常给你以指点，但其实我也很需要别人的指点啊！

一贯发信息的拇指颤抖几下，我终于送出几个字："我还是老样子，你呢？"

"我还好。"

王宁的回复虽然还是三个字，但我的心却不禁颤抖一下。

"我还好"的意思往往就是我并不怎么好，不然她大可以直接骄傲地回答"我很好"，但是我想我并没有权利过问。

"怎么突然想起我？"

勉强送出一句疑问，有点如释重负，又有点不知所措。也许三年之别让我们已经有点陌生了，也许三年前的关系和三年前的那些不愉快让我们都不知道再次面对时该如何开口。

"我连初恋都能原谅了，所以没理由不能原谅你。"

看着王宁的回复，我不禁怒火中烧："初恋、初恋、初恋！为什么又是初恋！伤害你的是他又不是我！"

"是啊，经历很多事后我才明白，你才是真正爱我的人，可惜我却错过了。真正的爱别无所求，很难得。"

"哦。"

我的心脏突然被震动，却很痛，握着手机的左手竟失去知觉。

"你说你经历了很多事，是什么事呢？"

"王斌，你……"

"怎么了？"

"你是个好男人。"

王宁的回复让我封存记忆的堤坝瞬间决堤，因为这句话正是三年前第一次遇到王宁时她对我说过的，虽然我不知道她是否有意为之，但我却不能自已。

"其实我也不算好男人，因为车上碰到你那的第二感觉，很邪恶。"我回王宁。

"讨厌！是什么邪恶的感觉？"

"就是……就是你那里确实很大，很有弹性。"

"去你的，可恶！那你第一感觉又是什么？"

……

我和王宁竟情不自禁重复起当年相遇时的对白，原来不管时间过去多久，美好的记忆都会凝聚在那一刻，不会变。

记忆这东西是不会不翼而飞的，只会不期而至。记忆一旦破堤而出，便如洪水般席卷而来。

我呆呆地望着窗外，仿佛又回到三年前在南京初遇王宁的那一天……

11

艳遇前女友

我和王宁是在公交车上邂逅的。

有天下班后我坐 105 路公交车去中华门，打算从那换乘地铁去夫子庙。

从首发站上车，随便找个座位，在双排座靠过道的一侧坐下来。

司机大概很想老婆，所以车开得有点急，在刹车和启动之间一直不能平稳过渡，而车厢里的人也随着惯性左摇右晃。

王宁不知道是什么时候出现在我面前的。她身着白色长裙，胸前挂着五彩的琉璃项链，脚上穿着金黄色高跟凉拖，一头乌黑的长发垂落下来直到背部，我猜那是内衣纽扣的位置。

头发没做多少处理，只在发根处烫点波浪。

简单、大方，又不失女人味。

王宁站在我前排座位旁边，双手抓住扶手上方吊环，距离我大约两米。

我从45度角的方向瞅她一眼，她皮肤很白，双臂纤纤如玉，而面部却很红润，是那种酒精作用下的红。

王宁高挺的鼻子上一双大眼睛半开半闭，目光迷离，似乎还带点悲伤。

从侧面看，王宁无疑是美的，再加上酒后柔弱无力的姿态，让我瞬间失去抵抗能力。

我努力不让自己对她产生邪念，但目光却始终未能从她脸上和胸部移开过分毫。后来我才意识到，我当时的那种状态应该就是传说中的看呆了。

随着车速转换，王宁开始站不稳，并向我这边缓缓移动。

一步，两步，三步……

"再过来点，再过来点！"我的心里波涛汹涌、千呼万唤。

也许我的真诚打动了上天，王宁竟真移到我面前，双手抓住我前排座位的靠背，左右晃来晃去。

美女一过来连空气的味道也立刻不一样了，一股浓浓的香水味扑鼻而来。我深吸一口气，嗯，是茉莉花香。

看着摇摇欲坠的王宁，我心里纠结：是让座还是不让？

如果让，那前面乘客都没让，我让的话会不会让人觉得是因色而起的怜香之情？但如果不让，万一她摔倒甚至摔伤，那我岂不是愧对良心？

管他呢！反正我本来就色，干脆让座给她。

我做出决定并准备起身让座，不料车子突然加速，车厢里的乘客都随着惯性向后倒，王宁本就酒后无力，身子一软一下朝我腿上坐了下来，我下意识伸手去扶她的双臂，想保护她，岂料王宁伸手去抓前排座椅，结果我的双手不偏不倚直接抓在她的双峰上。

那一瞬间，我大惊失色。

我必须说明我不是故意的，虽然我知道你一定不信。

那一瞬间，我的心里绝对无比忐忑不安。

那一瞬间，却也像无意中看见流星划过夜空时一样无比美丽。

那一瞬间就是太短暂了！

惊慌中我抽离双手，王宁也失去重心从我腿上滑落，跌坐在车厢甲板上。我慌忙歉疚地扶她起来，结果却没能扶得动。

这个女孩确实有点重。

好不容易扶起一点，车子又猛地刹车，我双脚不支和王宁一起跌倒在地。车厢里一片哄笑。

王宁却全然没有摔痛的感觉，像死猪一样靠在我怀里，连动也懒得动一下了。我心想以后有女朋友了，一定不能让她酒后独行，否则难保不会便宜别人。

有乘客过来帮我把王宁扶到我的座位上。

王宁坐稳后，我也偷偷逃离闹笑话的现场，走到后车门那等待漫长的终点站到来。毕竟刚才碰到她，我多少还是有点做贼心虚。

下车后我到站台旁的报亭换零钱，准备去乘地铁，身后却传来一个年轻女子的声音："嗨，你好！"

声音柔弱无力，略带一点鼻音。

我回头一看，原来是刚刚车上醉酒的那个女孩。

"你也好。"我还之以礼。

"谢谢你刚才在车上扶我起来。"王宁捋着额前的刘海儿对我说。

"不用客气。"我用食指推推架在鼻子上的眼镜，摆酷说，"锄强虽不行，扶弱我本领。"

"那你怎么没有一下子把我给扶起来，还自己也摔倒了？"王宁笑了。

"啊？这你也记得？你不是喝多了吗？"我心里一惊。

"是啊，我是喝多了。"

"刚才，我……"我支支吾吾，不好意思回答。

"你不敢说我很重吗？哼！"

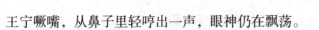

王宁噘嘴，从鼻子里轻哼出一声，眼神仍在飘荡。

“请你相信，你重是不争的事实，是不存在任何争议的事实。我何必不敢说，只是不忍心说而已。”判断她不会生气，我果断据实回答。

“呵呵，你挺逗的。”

“谢谢。你好点没？”

“嗯。好点了。”

“那你还有什么要帮忙的吗？”

“没有了。”

“那……”我没把话问完，但这样问的意思显而易见。

“那什么那？我在等你跟我说对不起！”王宁又噘起嘴，样子娇气可爱，原来女人醉酒后还是挺美的。

“哦，对不起。我不该打击你的体重。”我慌忙道歉。

“哼，我不是要你道歉这个。”王宁又从鼻子里哼出一声。

“那你要我道歉什么？”

王宁不回答也不看我，转头去看路旁的草地，过一会儿后说：“你们男人做过坏事都想不负责任，你刚才在车上抓到我的胸了，你怎么不说对不起？”

“啊？这个……我……”我心脏狂跳，怎么也想不到她会问出这句话。

“你啊是不想说啊？”①

“我……我那不叫‘抓’好吧？是不小心碰到。”

“都死死按住了还叫不小心碰到？哼！”

这女孩，连死死按住也说得出口。

“喂，你到底喝多没有？”

“你管我！我在等你跟我说对不起。”王宁认真起来。

“这个……我真不是故意的，对不起。”

“占了便宜一句对不起啊能了事啊？哪能这么便宜你，哼！”王宁又哼一声，这似乎是她的习惯。

“那你说怎么办？我又不是故意的，要不……要不也让你抓一下我的胸部好了，大家扯平。就是死死按住的那种抓哦？”

---

① 南京话喜欢用“啊”字。

对付醉酒耍赖的人，看来我只能以赖治赖。

“去，你那有什么好抓的！这样吧，你请本姑娘吃饭吧，啊行啊？”

“吃饭？你……你怎么可以这么残暴，连救命恩人也宰？”

我突然发现自己太大意，原来老虎睡着的时候不要以为就可以碰她的胸了，因为她有可能是在假寐。

王宁不理我，目光凝望远方充满悲伤，顷刻间眼睛便湿了，哽咽道：“我真的饿了，我好想有个人能心疼我带我去吃饭。呜……”

说着她竟放声哭出来。

“好吧，我请你吃饭，你别哭行吗？我不想别人误会。”

“嗯。”王宁不再作声，但眼泪仍在流。

我慌忙掏纸巾给她，她擦完眼泪后噘起嘴巴，说：“我要吃好的！”

看她一副孩子气模样，我竟起了怜爱之心：“好吧，想吃什么随便说，只要我钱包里的钱够埋单。”

“那你钱包里还有多少钱呀？”王宁眨着眼睛问。

“还有五百多吧！”我说完就后悔自己太诚实了。

“那好，我要吃叉烧肉！”

“行。不过我不知道哪有卖，你带路吧！”

“好啊，那我们去新街口的云中小雅旋转餐厅吧，啊行啊？”

“行！”

于是，本来想去夫子庙，现在改去新街口。

不过有美女陪伴总好过一个人孤零零地瞎逛，只要那个旋转餐厅不是什么高档饭店不至于让我皮包里的三军将士一下子全军覆没就好！

目标明确后，剩下的事情就简单了——选择交通工具。

刚才一失口连家底也报出来，这次绝不能再犯傻。为防备她提议打车，我率先提出乘地铁去新街口，王宁欣然接受。

于是，我和王宁向地铁站走去。

王宁走路的样子很可爱，步子总是慢腾腾的不慌不忙，身子还有点左右摇晃，看起来像公主一样，也不知是不是酒精的作用。

不过一个女孩子喝成这样实在不雅，我总担心她会脚下拌蒜，有好几次她站不稳我想扶她，结果还是忍住，我可不想重蹈覆辙。

地铁上人不多，王宁靠在座位上眼神呆滞，似乎在想事情。我不想打扰，陪她静静坐着。

"为什么答应请我吃饭，你不怕我是托吗？"王宁收回眼神，转目对我。

我看看她，笃定地回答："我相信你的眼泪是真的。"

"那也许是我演技好呢？"

"那你大可以从事演艺工作，而不是给饭店当托。何况以你的形象和气质，怎么看也不像是做那种勾当的人。"

"呵呵，这话说得倒很有见地，看来你的智商比你的外表要……"

"怎样？"

"要高明得多！"王宁说完笑了。

"郁闷，请你吃饭还要被消遣，我这好人也是当到家了。"我也笑。

"你……"王宁停顿一下，认真问我，"你真的是好人吗？"

我瞥一眼王宁，她的眼神诚恳而脆弱，像是很渴望能得到一个肯定的回答，仿佛对她来说遇见好人并非易事。

我的心莫名被扎了一下。

"算是好人吧，至少没做过亏心事。"我想了想后提高音量对王宁说，希望能给她力量。

王宁闭上眼，陷入思考，过一会儿后睁开眼睛，说："嗯，我相信你是好男人。"

"其实……"我突然想起被迫请客吃饭的原因，有点犹像，但还是逗她说，"其实我也不算好男人，因为车上碰到你那的第二感觉，很邪恶。"

"讨厌！是什么邪恶的感觉？"王宁又羞又恼地瞪我。

"就是……"我忍不住发笑。

"就是什么？"

"就是……"我啧啧地赞叹道，"就是你那里确实很大很有弹性！"

"去你的，可恶！"王宁似乎又从鼻子里哼出一声，伸出手拧我一下，然后噘起嘴巴，问，"那你第一感觉又是什么？"

"笨！这还用问吗？"

"用啊！你不说我怎么知道？快说，到底是什么感觉？"

"当然是全身酥软欲仙欲死的感觉呀！"

"讨厌！"

"还有第三感觉呢，你要不要听？"看王宁没有生气，我越发得意。

"不听不听，不准你说。坏蛋！"王宁双手捂脸扭过头去。

"哦。那算了。"

"哼，不准算！你想说就说啊！哼！"王宁似乎耳根也红了。

"我不说你应该也能猜到啊！"

"是什么感觉？"

"当然是很想再碰一次的感觉呀！"

"去死！"王宁双手齐伸拧我胳膊，而眼睛却在笑，笑得自信、羞涩而又美丽。

"好吧，我错了，这是玩笑，不是真的。"

"那你说真话，你第一感觉啊是很愧疚啊？"王宁撒娇地噘起嘴巴睁大眼睛瞪我，等待我做检讨。

"我当然很愧疚呀！"我咬牙切齿，"我现在就非常后悔，你不信我可以对天发誓。"

"哼，真的吗？"

"真的啊！"

"那你说，你后悔什么？"

"我后悔不该这么快就收回双手，难得让它们见见世面，我却没让它们过足瘾，我真是愧对它们。"

"你过分！"

王宁这次改为掐我，力道也重了点。她玉指纤纤，白皙而且水嫩，并贴有长长的美甲，上面镶着五彩水晶，很漂亮。

幸亏她酒后无力，不然怕是会给我留下一道美丽的伤。

我挠挠头，不好意思地笑了。

"哼，看我一会儿不吃穷你！"

王宁的话让我立刻惊觉，我这才意识到，原来自己还没摆脱受伤的威胁，看来玩笑还是不要乱开的好。

"好吧，我错了，我收回刚才的话，行吗？"

"不行！已经晚了。我还要吃泰式木鱼！"

"啊？泰国菜也有？"我惊呼一声。

"其实就是中国的鱼取个泰国的名。"

"哦。"我吐出一口气，轻声抗议，"货不真价就一定不实，那你干吗还要去那个什么旋转餐厅？"

"因为餐厅可以旋转啊！55层的高度两小时就能旋转一圈，整个南京城的风景可以尽收眼底。"

"啊？什么！原来是餐厅可以旋转，不是餐桌可以旋转吗？"我几乎尖叫出来。

王宁没注意我的语气，似乎在想着即将到口的美味。

"当然是餐厅可以旋转啊！"王宁表情愉快，"这是他们家特色，而且整个南京市仅此一家。"

啊？仅此一家！？我差点失声惨叫。

完了，这么高级的地方，看来今天非伤亡惨重不可。

不过既然嘴贱答应请她吃饭，我后悔也于事无补，不如索性将嘴贱进行到底，搞不好能打动她，她一心软也许会放过我。

"好吧，你真会选，你的选择可真是独一无二，就像你的人一样！"我赶紧将马屁送上。

可话虽说得漂亮，心里也痛得很。那几张辛辛苦苦挣来的红票子啊，不是我谋杀的你们，但我愧对你们。

"拍马屁也没用，本姑娘一大没吃饭了，今天一定不辜负你这个好人！"王宁说话时眨巴着眼睛，笑得不怀好意。

原来好人并不是那么容易当的，我只好含泪苦笑。

12

旋转餐厅

下了地铁便是新街口。

地铁虽然很快，但我今天才意识到原来速度快也未必是件好事，我宁愿在地铁里再多耽搁一会儿。

穿过几条马路，我和王宁很快来到商贸世纪广场，这座高达 55 层的大厦看起来是那么威严耸立，让我不寒而栗。

餐厅设在大厦顶层。

进了餐厅立刻让人感到建筑业的发达，感到南京的发达。

整个大厅呈圆形，中间是吧台和包厢，四圈则是为了便于观光所以靠窗而设的情侣雅座，窗子全是落地窗。

地面由印有红、白、黄三种线条的大理石铺设而成，勾勒出一幅富丽堂皇的百花图。

环厅而立的十二根柱子支撑着天花板。

天花板的设计也很独特，是个圆环。内圆由水泥筑成，吊着华丽高贵的欧式水晶吊灯，晶光闪闪，绚丽夺目。外圆则是玻璃筑的环形水池，蓝色的水里游着几尾形状奇特的观赏鱼，让人有置身海底的错觉。

只粗看几眼，我便忍不住赞叹装潢得精致、典雅、尊贵、大方。而王宁则告诉我包厢装潢得更漂亮，每一间都设计成不同风格，给人不同的感觉。但我的感觉就只有一种，我必须藏在心里而不让王宁知道的那种。

王宁指着靠窗的 10 号桌对我说："我们坐 10 号桌吧，啊行啊？"

"这么多桌子为什么偏要选 10 号？"我有点好奇。

王宁神情落寞，过一会儿才慢慢回答："因为 10 号是我生日，那张桌子也是我和前男友最喜欢坐的。第一次，第二次……直到最后一次。"

王宁说话的时候目光竟似呆了，让人担心下一秒她会崩溃。

我问了个蠢问题。

"那今天我们换张桌子吧！过去的就让它过去，从现在起让我们远离痛苦的记忆，好吗？"

"我们？"王宁疑惑地看我。

"嗯，我们！因为失恋的不光是你，我也刚被踹。但我们只有翻过这一页才能看到下一页的美好，你说对吗？"我用善意的谎言和充满信心的目光鼓舞王宁。

"想不到我们同病相怜。好吧，你说坐哪张桌？"

"要不坐 17 号桌呢？因为 17 号是我的生日。"

"好，那就坐17号桌。不过17实在不是一个好听的数字，听起来有点像'死期'。你生在这天，难怪长得也……"王宁没有把话说完，嘴角挂着一丝坏笑，得意地看着我。

有时候话说一半往往比说完更狠。

我不知道她是不是想说我长了一副要死不活的样子，所以只好苦笑。

"我长得真这么不堪入目吗？"

"那倒不至于。其实你长得还挺斯文的，勉强算道貌岸然。"

"意思是我差点连外表正经但内心奸诈的小人也不如吗？"

王宁终于露出笑容。

我们入座后，服务员很快递上菜单，我战战兢兢把菜单推给王宁，王宁又推回给我："你点好了。"

"想不到刽子手会让我自行了断。好，那我自己来吧，下手还可以轻点。"我笑着说。

"去，你才是刽子手。哼！"

除了王宁指定要吃的泰式木鱼和蜜汁叉烧，我浏览一下菜单，又点了鸡汁八菌汤和五彩肉松豆腐。

这两个菜的名字也都挺浪漫的，应该配得上这种浪漫的环境。

而且最重要的是这两个菜都是素菜，应该会便宜点。

我把菜单递还服务员。

"先生不需要些酒水吗？"服务员彬彬有礼，笑容可掬。

"哦，对，我都忘了！"真是钱包瘪直接影响考虑事情的全面性。

我望一望王宁："你想喝点什么？"

"给我来瓶啤酒好了。"

"不行！你已经喝成这样了，不能再喝了！"

我语气坚决，好像眼前这个女人是我的女人一样，浪漫的环境果然比较容易迷惑人的意识。

我对服务员绅士地笑笑："请问有什么可以解酒的饮料吗？"

"橙汁还不错。先生要来一扎橙汁吗？"

"行，就来一扎橙汁吧！"

"先生真爽快！"服务员说完带着欣赏的笑容离去。

我看着王宁，看着这个刚刚让我莫名其妙心疼的女孩，她已经像烂泥一样伏在桌子上，左手托腮不解地问："你为什么不要两瓶啤酒？啤酒二十八元一瓶，橙汁一扎却要一百二十块。"

　　"什么！一百二？你说橙汁要一百二？"我惊叫。

　　"对啊。他们家饮料是进口的，比酒贵。"王宁笑眯眯地看着我，即使高度近视的我摘掉眼镜也能看到她眼里的幸灾乐祸。

　　"你！你为什么不早说？"我大声质问。

　　"可你没有给我机会说呀！"

　　我顿时身子一软，瘫在椅上，含恨地望着服务员离去的背景，心里感觉有红色的液体流出。这才后悔不已地想起我妈那句话：社会险恶人难做，就像赢把清一色。

　　"你干吗那么痛苦地看着人家服务员啊？人家只是推荐，是你自己非点不可的呀！"

　　王宁故意提醒我，这话显然在我的伤口上又割下一刀。

　　"哦，看着她离去的背影，她执着的脚步正踩痛我离别的视线。你知道吗，此刻我柔弱的心里正掀起狂澜。"

　　"呦，你还挺幽默的。嗯，败而不馁，很有大将风范！"

　　"得，我可不想做什么狗屁大将。我可以喊她回来吗？你要愿意我现在就喊！"

　　"那你喊啊，反正丢人的又不是我。哼！"

　　王宁笑得像花儿一样，我却感叹：社会变了，没钱确实是件"丢人"的事。

　　"对了，还没请教你的名字？"王宁右手也托起腮，像个孩子似的注视着我。

　　"我姓王，王斌。"

　　"哦，那我们还是一家子的。"

　　"你也姓王？"

　　"嗯。我叫王宁。"

　　"王斌，王宁。王斌，王宁……"我在口里来回念几遍，"想不到我们不仅同姓，连名字的韵母都很接近。"

　　王宁也念了几遍，笑着说："对啊，是很接近。真巧！"

我点点头，表示赞同。

"对了，初次见面不如你介绍一下自己，也好让我了解了解你。"王宁说完眼神一闪，像想起什么，随后望望我身后。

我扭头一看，原来王宁在看我身后不远处的10号桌。

我真失策，竟然坐在背对10号桌的位置，让王宁面朝10号桌。

"你这个问题和那张桌子有关系吗？"

"嗯。"王宁出神地望着10号桌，说，"一年前我和他第一次约会，他就坐那里，回答我同样的问题。"

我不禁暗骂自己嘴贱，一个问题又勾起王宁的回忆，而且关键是花了这么大的代价请她吃饭，岂能让她心里想着别的男人？

对于男人来说，最大的耻辱莫过于一个女人心里想着你，身体却陪着别人；或者反过来一个女人身体陪着你，心里却想着别人，也是一样。更何况她的身体还不是我的。

想着钱包里那几张还没焐热的红票子，那可是我的血汗钱，我不能让它们就这样死得不明不白、毫无价值。

一股强大的正义感油然而生！

我思考片刻后挪挪椅子，用身体挡住王宁的视线，然后问她："你想听完整版的自我介绍，还是想听删减版的自我介绍？"

"怎么搞得跟拍电影似的，还有完整版和删减版。难道完整版的会有黄色内容吗？"

"嗯。"我笑笑。

"好吧，那我听删减版的好了。"

王宁的目光果然被我吸引，睁大眼睛好奇地看着我，等待着。

我清清嗓子，浑厚而富有感情地介绍自己说："其实我这个人非常谦虚，也非常简单——成熟而不世故，谨慎而不拘泥；刚强而不粗暴，温柔而不怯懦；善良而不迂腐，自信而不自大；正直而不刻板，机智而不奸诈；坦荡而不轻狂，沉稳而不木讷……这，不正是我吗？"

我一口气说出十几个排比句，尤其结尾那句"这不正是我吗"问得更是情真意切，连我自己都忍不住笑了。

王宁也被逗得展颜欢笑，掩着嘴说："你啊好意思啊？这样还说自己非常谦虚非常简单？用那么多好听的词来形容自己，真不害臊！"

我得意地赔了个笑。

"那么，完整版又是怎么介绍你自己的呢？"王宁双手合抱坐起身来，眼里闪闪发光，俨然来了兴趣。

"完整版会有黄色内容哦！"我提醒王宁。

"嗯，我就是要听黄色的。"王宁兴致更高了。

"那你先承认自己好色，我才会说。"

"讨厌！"王宁目光闪动十分娇艳，犹豫一下后说，"好吧，我好色，现在你可以说了吗？"

"嗯，完整版的得再加两句。"

"哪两句？"

"就是面黄而不肌瘦，色大但却胆小。"

"你骗人！这哪有黄色内容？"

"面黄和色大两个词，去掉首尾的'面'和'大'，剩下不就是'黄''色'二字吗？所以有黄色内容啊！"

"哼，你这是骗人！骗子，骗我说自己好色。"王宁又招牌式地哼一声，并噘起嘴巴。声音从鼻子出来，带点鼻音，娇气如乳燕一般。

看王宁精致的打扮和娇气的表情，我猜她在家应该是个小公主。

"我可没骗你"，我狡辩说，"是你自己想歪的，原来你们女人也很好色。"

"哼，是你误导我的。你们男人更色！"

"好吧，都色，都色。"

"不过你的介绍很有特点，我喜欢。"

"比你前男友的介绍还要有特点吗？"

"嗯！"王宁用力点头。

"那你能答应我吃饭时不要想着他吗？"说完我又直起身子去挡王宁的视线。

"好，我答应你。来，我们换位子。"

于是我起身和王宁交换座位，菜也在这个时候上来。

几个服务员每人手里端着一盘菜，列队走来，步调一致笑容可掬，亲切得让人有点发怵。我真想冲他们怒喊："稍息，立正，向后转！"然后再来一句，"任务取消，解散！"

领头的服务员是刚才送菜单的女孩，左手托一扎分量不多但包装精美的橙汁，像宫女般毕恭毕敬放在桌上，说："先生，这是您的饮料。"便微笑着转身离开。

队列后的每个人都重复同样的礼貌。

我不禁感叹：这就是金钱的力量——能买来至高无上的服务，虽然给你服务的人可能心里在骂：这人真是个傻瓜！

金钱的力量确实强大。

金钱几乎什么都可以买到，甚至往往连爱情也能买到。

只不过通常买方比较潇洒，卖方则演绎着一段段可歌可泣的爱情故事，傻到令人费解，又悲戚到令人心疼。

不过金钱也确实有它可爱的一面，至少这 55 层的高度不是假的，这会慢慢旋转的餐厅不是假的，这光鲜夺目、典雅舒适的环境也不是假的。

窗外，是夕霞染红了的四月天，是错杂交织的楼宇森林，还有川流不息的行人车辆。

夕阳如一面烧得正红的鼎炉，挂在天边。

仿佛很遥远，又仿佛就在眼前。

天空也被烧得一片通红，红光笼罩大地，温柔地抚摸着万物。

景色太美了，美得令人心旷神怡。

透过窗户看着地面上缩小的人群，我竟然有种自己不再是蚂蚁般的幻觉。

但是我清楚，即使我身在半空也不可能是苍鹰，顶多是只麻雀而已。

王宁才是苍鹰。

苍鹰会捕食麻雀吗？

夕阳的余晖从窗户斜射进来，轻抚着王宁酒气未退的面庞，显得更加红润了。

真是人面夕阳相映红。

王宁显然没有心情欣赏窗外的美景，此刻她正左手执叉，叉住一块叉烧肉往嘴里送，右手同时用筷子夹起一片泰式木鱼，在叉烧还没下咽前也送进嘴巴里。

"慢点吃，小心别噎到了。"我提醒王宁。

不知道为什么，看着眼前这个第一次跟我见面就毫不见外，还一身酒气一副千金架子的女孩，我竟然有种疼惜的感情。

　　是不是因为人类在受到美景的震撼时内心深处总会激起一分温柔，而王宁恰好具备了让我想要温柔以对的美？

　　我不知道。

　　王宁此刻嘴巴塞得满满的，一边嚼一边对我说："我饿死了，我就不客气了啊。"

　　"嗯，不用客气，你慢点吃。"

　　"嗯，那你也吃！"

　　我并不怎么饿，一边夹菜慢慢品尝，一边仔细打量眼前这个女孩。

　　直到现在，我才认真注视她。

　　王宁的确是个有着千金气质的美女！

　　她眼睛大，五官端正，有点新疆异域美女的味道，长长的睫毛下一双眼睛水灵而且妩媚。

　　如果你第一眼看到王宁就能被她吸引，那么首先吸引你的地方一定是她的眼睛。

　　人们常说女人眼睛大才漂亮，那么王宁的眼睛无疑是很多男人都希望他女友能具备的。

　　王宁高挺的鼻子像是根据她的圆脸精心设计好的大小。

　　假如王宁是瓜子脸，那么她的鼻子就会显得略宽了一点，但现在配合王宁的圆脸真是不小不大，不多不少，怎么看都觉得妙到分毫。

　　王宁的嘴巴也很好看，唇红齿白，诱惑人心。

　　王宁虽化了淡妆，却一点也不做作，不像有些美女贴着假睫毛涂着眼影，把自己弄得像朵蓝色妖姬。

　　姬则未必，妖是一定。

　　而王宁则让人觉得像一朵百合花，高贵、精致。

　　王宁的美是一种富态的美，只是不知道为什么她喷茉莉花味的香水。

　　也许只是她喜欢而已。

　　我静静欣赏王宁的美，一不留神目光再次回到餐桌上时，偌大的一盘叉烧肉已经被她消灭掉一半，那个泰式木鱼也没了三分之二。

我仿佛觉得那些送入王宁口中的肉就是我的化身。

我受惊过度，忍不住轻声惊呼："啊，苍……苍鹰！"

"什么？你说什么？"王宁抬头，诧异地问。

"没什么，我在感叹你是一只苍鹰。"

"你什么意思？"

我伸头凑近王宁，压低声音："我说，你像一只饿极的苍鹰，正在用力撕扯猎物，然后风卷残云般送入你那血红的大口。"

"你在说我吃相难看吗？"王宁目光温柔地从我脸上翻过。

"不，你的吃相不是难看。"

"那是什么？"

"是非常难看。"

"去，你讨厌！人家饿坏了嘛。"王宁忍不住发笑，结果却不小心噎到。王宁左手按胸眉头紧锁，右手直拍桌子，"快快快，水……快给我水，噎……噎住了！"

我慌忙起身将王宁的杯子倒满，递给她。

王宁喝完水后左手顺着胸口，眼睛也溢出泪来："妈呀，噎死我了！"

"让你慢点吃，你不听。"

"都是你害的，啊行啊？"王宁又翻我一眼。

"好吧我错了，你怎么会饿成这样？对身体不好。"

"今天心情很差，吃不下饭。"

"那现在心情好点没？"

"嗯，从你答应请我吃饭的那一刻就好了。"

我苦笑。

"那你慢点吃，不用急好吗？"

"好啊！不知道为什么，在你面前可以很自然，吃饭也很放得开。"

"你确定只是在我面前吃饭才放得开，而不是在所有人面前都放得开吗？"

"呵呵，确定。"王宁不好意思地笑了。

"你真的确定？"我又问一遍。

"你讨厌！"王宁说着夹块叉烧给我，"罚你吃块肉。"

"好吧，这确实是封口的好办法。"

"谢谢。"

"但事实真相可以这么轻易就被掩盖吗？"

"讨厌！那再赏你块鱼好了。"王宁又笑着给我夹一块鱼。

"可我因为车上扶你，现在手臂酸痛拿不起筷子怎么办？"

"你不是想让本姑娘喂你吧？哼！"

"我当然想呀！"

"够了哦？本姑娘可从没喂过别人吃饭。这样吧，我再为你倒杯饮料，啊行啊？"王宁说完又帮我把杯子满上。

"好吧，看在你夸我是好男人的分上，就做一次你的好男人吧，不为难你了。"

"哼，又占我便宜。"

我笑笑，不说话。

王宁此时酒醒，右手优美地环握装满果汁的高脚杯，小指略微跷起，再慵懒地端起杯子凑近微微张开的唇，然后轻启皓齿咬住伸出杯口的吸管，开始慢慢吸果汁。

她吸得真慢，让我怀疑她其实是想让我看她的玉指和美甲。

那白皙水嫩的手和粉红色美甲，以及美甲上面的五彩水晶，让我有一点点眩晕。

王宁慢慢将视线从杯子移向我，说："王斌，你可能是我遇到过的最逗的人。"

"谢谢。你也是我遇到过的最有眼光、最识货的人！"

"谢……"王宁应该是想说谢谢，但刚吐出一个字便反应过来，放下杯子，噘起嘴巴对我说，"哼！你这不是在赞美我，而是在变相接受和衬托我对你的赞美。"

"不简单哦，这都能看出来！看来你不但目光如炬，而且冰雪聪明。厉害，厉害。"我赶紧堵枪口。

"讨厌！"王宁右手轻拍桌子佯装生气，表情委屈地说，"哼，很多男生第一眼看到我就会忍不住赞美我，可你到现在都没有真心赞美过我一句。"

"那说明我不像别的男生那样肤浅，你说对吧？"

"你，你，你！太过分了，又赞美自己而不赞美我。哼！"

“我应该有赞美过你吧？”

“有吗？”

“难道没有吗？”

“哼，你没有！”

我皱一皱眉，大脑迅速回忆今天遇到王宁后的对白。

“不对，我是有赞美过你的。”

“你哪有赞美过我？你什么时候赞美我了？”

我帅帅地推一推眼镜：“你忘了吗，在地铁上我说你的胸部很大，很有弹性，这难道不算赞美吗？”

“你，你，你！”

王宁气得直拍桌子，嘴巴也噘得老高，但目光却羞涩娇气，像一朵正在绽放的百合花。

“好吧，我说实话。”我一百八十度转变语气，严肃地看着王宁，并尽量动情地说：“我承认，其实第一眼看到你，我就被你的外表打动了，征服了，所以我一直在观察你的内在。之所以不急于赞美你，是因为不想让自己觉得对你的赞美太肤浅、太片面，我必须在了解你的内在后才能给出一个全面而准确的评价。”

“是吗？”王宁得意得眉开眼笑，“那现在你能用一句话全面而准确地评价我了吗？”

“当然。”

“那你说，我的外表和内在用一句话来概括应该怎么说？”

“很简单，四个字就行了。”

“哪四个字？”

“难兄难弟。”

“你说什么？”王宁眉眼间的得意瞬间消失，变成带着笑意的怒。

“你真没听懂吗？还是我说得不够清楚？我说你的外表和内在简直就是一对难兄难弟。看，你外表稀松平常，内在更是一塌糊涂，这难道不是难兄难弟吗？哈哈……”

“你过分！”

王宁说着就起身过来掐我，我放声大笑，几乎岔气。

王宁也笑得花枝乱颤。

来回几次嬉打后，王宁问我："王斌，我们以前是不是见过？"

我心里不禁颤动一下，发现自己竟然也有这种感觉。

我想了想，说："是，我们以前见过。"

"哼，什么时候？"

"前世，还有前世的前世，以及前世的前世的前世……"

"去！"

王宁一边笑一边扭过头去，从包里掏出一个珍珠材质的发卡，含在嘴里，然后左右摇头抖动头发，再双手从耳根处向后将头发掐到一起，从嘴巴里取出发卡将头发扎起来，露出侧面美丽的弧线。

简简单单的动作却透着十足的妩媚和女人味，我一阵赏心悦目。

"哼，不是说我稀松平常加一塌糊涂吗，怎么还看我？"王宁说完噘起嘴巴，转过头来看我。

这女孩，头扭过去居然都知道我在看她。

"没有，我那是开玩笑。"

"那你说，我到底美还是不美？"

看来我不赞美她，她是不会罢休的。我只好投降："好吧，你很美。"

王宁霎时骄傲地头一歪，噘起嘴，眼睛充满自信的光芒："那你说，我到底是哪种类型的美？是娇美、秀美、甜美、特美，还是非常美？"

"这些都不是。"

"那你说，我到底是哪种美嘛？"王宁竟撒起娇来，温柔似水。

"你那是臭美！"我手起刀落，抽刀断水。

"哈哈，讨厌。"

王宁又忍不住凑过来掐我，我只好双手抓住她的手腕来阻止。我发现，王宁手腕的皮肤真的很软。

那一瞬间我真想将王宁一把搂入怀中。

几番嬉闹过后王宁软软垂下手臂："我想去趟洗手间。"

我不舍地松开手。

"失陪下哦？"王宁给我一个微笑。

"嗯，你请便。"

13

指点迷津

王宁离开后，我倚在座位上欣赏窗外如画般的风景。

夜幕降临，南京城已经变成一片灯火的世界。

如果是在小城市，灯火肯定市区集中，越向外越零散。而现在，无论你朝哪个方向看都是一片五彩缤纷、密密麻麻的灯火，看不到尽头。

我仿佛正置身于浩瀚广袤的苍穹中。

虽然没有用天文望远镜瞭望过那遥远苍穹中密布的繁星，只在网上看过一些色彩绚丽的图片，但现在，眼前的灯火确如星空一般，瑰丽、壮观。

南京城不愧是中国人民的伟大杰作！

王宁回来时我正发呆。

"我好了。"

被王宁的声音所打断，于是我回过头来，看到她出水后的娇容。

王宁刚洗过脸，皮肤上还挂着水珠。

褪去粉底后，王宁露出她根本就不需要用脂粉来修饰的水嫩皮肤，光滑、白皙，如羊脂美玉。额头上还有青筋若隐若现。

"其实你不化妆比化妆更动人，化妆对你来说绝对是画蛇添足！"我忍不住赞叹。

"嗯，我知道。其实我也觉得我皮肤好，不用化妆。可……"

王宁停了下来。

"可什么？"

"可我前男友很喜欢我化妆，说这样更有女人味。"

"可你还是女孩啊！"

"是啊，我也觉得自己还是女孩，可他非要让我做他的女……"

"什么？"

王宁迟疑片刻，说："做他的女人。你懂我的意思。我觉得自己还小才念大一，就没有答应他。他就说我不爱他，故意气我，在我面前故意对别的女孩好，还亲别的女孩。"

"后来呢？"

"后来我就跟他分手了。"

"既然已经分手了，何必还要化妆？"

"可能是习惯了吧。分手的时候我其实是舍不得的，分手后也一直很想他，我以为他会来找我，可是他没有。每次外出，我总希望路上能碰到他，所以希望他看到我的时候是他喜欢的样子。"

王宁说完鼻翼鼓动，眼睛瞬间湿了，而我的心脏也被刺痛，不知是因为同情还是嫉妒，当然还有感动。

"他是你初恋吧？"我问。

"嗯。"

我的心更痛了。

"那你干吗把妆洗掉？一会儿出去万一遇到他呢？"

"你说得对，过去的应该让它过去，不放下就永远不会开心。今天遇到你使我明白，可以让人快乐的时间才值得我们去留恋和把握，不会为你停留的人，又何必再等？"王宁坐直身体看着我。

"嗯，你能明白就好！"

看着王宁勇敢的目光，我不禁为她感到高兴。

"谢谢你，你是好人。我们以后可以做朋友吗？"王宁目光诚恳。

"当然可以。"

"那我啊能随时找你出来玩啊？"

"能。"

"嗯。"王宁开心地笑了，"那你吃好了吗？吃好的话陪我出去走走吧。"

"行。"

于是我转身去吧台付钱，王宁也跟上来，嘴角带着诡异的笑。

"小姐，17 号桌埋单。"

我估计 500 元够埋单，于是掏出五张心爱的百元大钞递给服务员，心里连一点点心疼的感觉也没有了。

就冲王宁刚才动情的那番话，这钱花得也值！

"先生，您女朋友已经埋过单了，您不知道吗？"

"啊？"我惊讶地转身，看到王宁正对我开心地笑，我很歉疚。

"小姐，我们一共消费多少钱？"我心想一定得把钱还给王宁。

"两位一共消费 480 元。"

出餐厅后我把钱塞给王宁，王宁却怎么也不肯要。

"说了我请你，你这样我怎么好意思？"我把钱塞给王宁，但再次被推回。

"你在车上帮了我，还好心做冤大头请我吃饭，逗我开心，我怎么能连救命恩人也宰呢？我可不能这么残暴，你说是吧？"

这丫头，居然连我说的话都记得，真不知到底是真喝多了还是假喝多了。

"毛爷爷教导我们要言而有信，你让我回去怎么面对他老人家？"

"这好办呀，存起来下次你请不就行了？"

"这……"

"哎呀，别婆婆妈妈了，再说我要发票了，我爸能报销的。"

"不是吧，你爸做什么的？"

"嘿嘿，会计师，管财务。"王宁笑容诡秘。

后来，我才知道，其实王宁是骗我的，她家里没有当会计师的老爸，她真正的老爸想养几个会计师都行。

"不会吧，这种私人费用也能报销？"我还是不太相信。

"能啊，数目越小越好报销。"

"为什么？"

"笨！因为数目大不好掩盖呀。"

"哦，这样我就懂了。明年我也去报考会计师。"我开玩笑说。

"别，我觉得你不适合做会计师。"

"为什么？"

"因为你有比做会计师更大的才华呀。"

"才华？我有什么才华？我现在对前途可是一片迷茫啊！"

"那本姑娘可以给你指点一条财路。"王宁此时酒气已散，眼里闪着精光。

"好，你说，是什么财路？"我侧耳倾听。

"你可以试试去乡下找块空地，再盖上几间草棚。"

"干吗？"

"养猪啊！去当养猪专业户。"

"养猪？"我张大嘴巴，"我的才华就是用来养猪的？"

王宁笑了："是这样的，根据本姑娘对市场的分析，未来猪肉价格会暴涨。"

"你可以继续往下吹。"

"不是吹，我可是经过分析的。我问你，现在是不是人口越来越多，资源越来越少？"

"是。"

"那现在是不是农民越来越少，进城打工的却越来越多？"

"是。"

"所以猪肉会供不应求，你应该去养猪。"

王宁大笑起来，我猜她一定觉得自己很有才。只是没想到，王宁的这个玩笑在三年后的今天竟然成真了，猪肉价格真的暴涨。还好通过国家调控，及时控制住增长趋势。

"好吧，你赢了。"我懒得跟她理论。

"不是吧，你这么快就认输了？你介绍自己的时候可是把自己说得很牛啊！"

"可你能比我更牛啊！你的分析确实牛，我服。"

"哼，不行，不准你认输。"王宁又噘起嘴巴。

"你到底想怎样？"

"我以为我说得有道理，你就会发自内心地赞美我一次，就像你介绍自己那样。嘿嘿。"

我终于明白王宁说得振振有词到底图啥，她还是希望我能赞美她一次，女人臭美起来果然无解。

"好吧，我干脆献丑作诗一首，用诗来赞美你好了。我一边走一边想，想到再告诉你，好吗？"

"好啊，好啊！"王宁拍手叫好。

于是我和王宁边走边聊，同时在大脑里思索作一首什么样的诗给她。

王宁问我要了手机号，说有空会找我玩，我说我随时待命。

一路上跟她说了说我在南京的工作和生活，这是她好奇的。关于她的我没多问，只知道她在念大一。

我送王宁坐计程车回家时，王宁问我："就要走了，诗作好没？"

"嗯，作好了。"

"那你快念啊！"王宁目光急切。

于是我忍住笑念出来：

> 你似仙子下凡尘，
>
> 是言要把肉价更。
>
> 猪马牛羊皆笑我，
>
> 头大无脑误佳人。

我特意解释："诗里说你像美丽的仙子，下凡试图改变猪肉的价格，而我却头大无脑误解你的意思，连猪马牛羊都嘲笑我。"

"王斌你很厉害哦，可以根据我们的对话即兴作诗！"王宁看我的眼睛像星星一样闪烁光芒。

"这下你满意了吗？我把你比作仙子，自己却头大无脑，这样算贬低自己抬高你、衬托你了吗？"

"嗯，你过关了！"

上车时，王宁还不忘回头赞赏地对我说："王斌，我很欣赏你！我会短信再联系你的。"

计程车驶离视线没几分钟，我果然收到王宁的短信："死王斌，你那首诗每句句首的字连起来就是：你是猪头。你居然写藏头诗来消遣本姑娘，你死定了！而且就算你头大无脑，也要好过我这个猪头，你是这样想的吧？"

我微笑。

领 悟

"哦，第一次你，躺在我的胸口，呼吸难过心不停地颤抖……"

手机铃声再次响起，我这才从记忆的旋涡中被拉回，或者说被救出，胸口隐隐作痛。

"怎么不回信息？啊，是在生我气啊？想想当年和你分手时我确实太任性了点。"

看着王宁的短信，我不禁觉得很讽刺。

为什么三年前不觉得自己任性？

三年时间证明了一份感情的真伪，但是三年时间却也把心的距离拉得更远。我没变，你却一定变了。

不然，为什么要过三年之久才来联系我？

这三年时间，你是否呼吸难过地躺在别人胸口过？

这三年时间，你又是否早已忘记紫金山上第一次躺在我胸口的感觉？

紫金山上的记忆永远是最美的。

山脚的凉亭里我给王宁当枕头，让她靠在我怀里休息。

我抱着她静静地看着她的脸，看她偶尔跳动的睫毛。她像跌落凡间的天使，在我怀里休养生息。我很怕她醒来后会振翅飞走，却又无法不希望她是上天派来抚慰我灵魂的精灵。

我忍不住轻抚王宁的面庞，那柔软水嫩、白皙美丽的面庞。王宁睁开眼对我微微一笑，眼神娇气温柔，然后又安心睡去……

算了，不想了。

胸口已透不过气来！

越是美好的过往，越抓不住，越叫人痛苦与不甘，而我的痛苦她一直以来并不在乎，我又何必自讨苦吃？

我默默承受的苦和日积夜累的伤，在别人看来也许是咎由自取。

"过去的就让它过去吧，从现在起让我们远离痛苦的记忆，好吗？"

这是在旋转餐厅我开导王宁的话，现在是不是该拿来开导我自己了？

三年后用自己三年前开导王宁使她放下过去而成为我女朋友的话，拿来开导自己放下和王宁的过去，这是多么讽刺？

真的只有翻过这一页，才有机会看到下一页的美好吗？

我躲进厕所，狠狠抽了几支烟。

看着手里的香烟燃烧殆尽，看着地上横七竖八躺着的烟头，让我觉得很过瘾，胸口的痛楚这才减轻点。

但是那些烟头却让我明白，原来王宁还是可以牵动我的，而我也还是思念她的。

只不过我对她的思念就像口中呼出的烟气，随着时间推移飘得越远也就越淡，不易察觉。但烟气即使飘得看不见了也还是存在于空气中的，正如思念存在于我的心中一样。

唯一不同的是，烟气飘走后就不会再来，而思念却可以再次凝聚。

我此刻思念的浓度应该就像刚从口中呼出的烟气。

第五支香烟燃痛手指时，慌忙丢掉。

点起第六支烟时，我突然想起小猪，也想起在旋转餐厅王宁对我说的话："王斌，你说得对，过去的就让它过去，不放下过去就永远不会开心。今天遇到你使我明白，可以让人快乐的时间才值得我们留恋和把握，不会为你停留的人又何必再等？"

三年前因为我的出现，王宁后来放下初恋选择我，选择重新开始快乐。三年后的今天，当小猪出现在我面前时，我又何尝不像当年王宁遇到我时那般轻松快乐？

也许这就是上天安排好的一出戏！

也许这正应验了那句话：当上帝为你关闭一扇门的时候，也会同时为你打开另一扇窗。

小猪应该就是上帝为我打开的那扇窗吧？

我不禁想起与小猪同时发信息给对方的巧合，那一瞬间的心情也许正如当年在旋转餐厅感觉和王宁似曾相识一样。

而更巧的是，三年前我用藏头诗戏称王宁为"猪头"，如今却被小猪一口一句"猪头"叫着，还作诗戏称我为猪八戒。

这些应该是上天给我的暗示吧？

小猪捉弄我，逗我开心，不正如我当年捉弄王宁逗她开心一样？

王宁没有珍惜这份快乐，我应该要珍惜吧！

我没想到王宁会再联系我，这是意外。

我本以为可以和小猪像两尾快乐的游鱼，遨游在一片只属于我俩的静谧海域。但事实上，不行。

王宁的出现在我已然平静的心湖上又投下一块石头，溅起一片水花，最后沉下去压在心底。

只是，这已不是一片欢快的水花，石头也不是小石子，而是让我感到沉重和负担的石块。

三年了！

痛苦和不甘压在我心里整整三年了！

只有我自己知道，我是多么渴望快乐。

突然间，我很想念小猪。

如果说在此之前我就已经想念小猪，那么现在则更加想念小猪。

我需要小猪。

于是，我把抽了一半的第六支烟捻灭、丢掉，从口袋掏出手机给王宁回复："刚才很忙，见谅。我没有生你的气，过去的都过去了。美好的、不美好的，都不重要了。希望我们都可以快乐面对新生活！"

然后再发微信给小猪："不知道为什么，今天很想你，和我聊一会儿吧？"

先收到的回信是小猪的："八戒，人家在忙，你就多想一会儿呗？晚上八点半我微信你，你要睁大眼睛盯着手机哦！"

我微笑，更加坚信小猪就是上帝为我打开的那扇窗。

回实验室后，我过很久才收到王宁的回信："王斌，那我们以后啊能做朋友了？"

"能吧。我一直当你是朋友。曾经，现在，……"

"嗯。谢谢！你忙吧。"

放下手机然后再端起茶杯，即使对着电脑，我也没有心情学习了，而茶味也淡了很多。

我不禁又想起第一次约王宁去紫金山她送我茉莉花茶的情形。

不过，也只在脑海中一闪而过。

我说过要放下过去，所以告诉自己不准多想。

15

神物

窗外，雨仍在下，不知道什么时候能停，我的心情也莫名起伏。

我还是控制不好情绪，总让情绪失控，让忧伤从心底冒出，像阵雨一样时小时大。

今天导师来实验室表扬了我和猫拳的学习，也算一点小小安慰。

桌上是我妹前天送来的水果，我分几个橙子和苹果给猫拳。

我看到猫拳一边看书一边吃，一直吃，直到全部消灭。我自己没啥战斗力，只想等白天过去夜晚到来。

等小猪到来。

晚上八点半，小猪果然准时发信息给我："八戒，你那边也下雨了吗？我去校医院没带伞，现在在躲雨。你今天为什么会想我呢？"

"想念需要理由吗？我只是没有理由地想念你而已。等等，你去医院干吗？生病了吗？"

"没，就是耳朵有点疼，医生说是轻微的中耳炎。"

"那要不要紧？"我感到心痛了一下。

"放心吧，不要紧的。"

"真的不要紧吗？"

"真的不要紧的。"

"那你有吃药吗？现在还疼不疼？"

"没那么疼了。不过间隔一段时间还是会搏动性地跳痛一下，医生说再吃两天药就会好。"

"还要再过两天才会好吗？那我好心疼你！"

"校医院资源有限，只能先吃点药了。放心吧，已经好多了。"

"嗯，再不好一定要跟我说，我有个亲戚是中医，有祖传秘方专治中耳炎。"听到小猪说自己没事，我猜她心情应该不坏，于是突发奇想，想逗一逗她。

"八戒，你是说真的吗？"

"当然是真的啊！以前听他说过，治中耳炎有种疗法叫水疗。"

"水疗？"

"嗯。就是用金精玉液，也称华池神水，涂抹在患者耳根。"我赶紧打开网页，百度人体耳根有哪些重要穴位。

"猪头你在扯吗？金精玉液和华池神水我知道，是古人对于唾液的叫法。"

"没错，是唾液，也叫口水。"我一边笑一边打字，"口水能消炎解毒，所以在古代才有这么崇高的叫法。而所谓水疗就是将口水均匀涂抹在患者耳根各个重要穴位，经耳门、听宫、听会至翳风、翳明等穴，由皮肤渗入血液，再经七七四十九次小循环后，便能启天灵之聪通耳部之塞，达到活血化瘀还变得聪明。"

"猪头你是不是在唬我？说得跟真的一样！"

"我可没唬你。这套疗法据说很灵。"

"可是，猪头，把口水涂在女生的耳根上，这样真的很恶心耶！"

"所以得用一个神物来帮忙涂抹口水，你就不会再感到恶心，只会感到欢心。"我情不自禁闭上双眼，伸出舌头猛舔上唇，并幻想小猪的耳根。

"八戒，什么神物这么厉害，是上古神物吗？"

"神物就是连接口水和皮肤的神奇连接物，简称神物。当然你理解为古代就有的神物，好像也对。"

"八戒，那我要怎样才能找到这种神物？"

"得先来我怀里。"

"你怀里？"

"对呀！你先坐到我怀里，再将耳朵靠近一个有两扇柔软红门把守的洞穴，神物就会立即出现啦！"

"你滚！流氓，恶心！"

"而且不用你去找它，它会自动找你，并精确定位你耳根各个穴位。"我大笑不止。

"猪头，你很欠揍！"

"这个神物不但方向感强，而且既深情又温柔哦！"

"你讨厌！"

"来吧，都是朋友，我一定认真帮你治疗。我口水充沛，一定水到病除。"我仿佛看到小猪羞红了脸。

"猪头，你滚！你这流氓，我不要理你了。"

"治病怎么会流氓？"

"你讨厌，我不要和你说话。"

"好吧不闹了，我有事和你说。"

"不听。"

"我真的有事要和你说。"

"不听，不听，不听。"

"别这样啊，我真有要紧事想和你说。"

"不听。"

"我很想见你。"

"啊？"

"我说我想见你。"

"……"

"我真的很想见你。"

"那限你五秒内给我一个动听的理由，我再考虑要不要见你。"

"什么！动听？"

"五！"

"到底是动听的理由，还是动听的赞美？"

"四！"

"女人为什么总喜欢用各种手段来骗取男人的赞美？"

"三！"

"你是想让我赞美你的外表还是内在？还是二者皆赞？"

"二！"

"你以为我会屈服在你的淫威下吗？"

"一！"

眼看时间将至，怎么办呢？

思路还没从刚才的捉弄中走出来，于是我火速在手机上敲下："理由就是我非常担心你那只美丽聪慧的耳朵，不看看，我放心不下。"

这句话虽然没有饱含溢美之词，但想必对于女生而言，关心的话语应该才更动听吧？

于是我信心满满地按下发送键，可惜信息却没能发送出去。一看手机，信号为零。

手机竟然这个时候欠费，真是悲摧。

想起刚才那句"你以为我会屈服在你的淫威下吗"，这肯定成了小猪最后看到的回复。糟了，小猪会不会误认为我用一句淫威羞辱她后就扬长而去？

女孩子臭美起来最容易头脑发热，我的善意因没能发送出去而变成恶意，真是有冤也没地方申。

我到处找人帮我充值话费，不巧的是今天实验室就我一人。

我的心情应该就像为养家而出门摆地摊的商贩，不幸遭遇城管的穷追猛打，却还要担心回家后被老婆以经营不善之名问罪。

最后没办法，只好到校外的移动大厅充值，充完后微信终于又恢复功能正常。

迅速登录微信，立刻收到小猪发来的信息，共三条：

"八戒，你怎么不说话？"

"八戒，要是找不到赞美我的话或者不想说，那就算咯？"

"八戒，你手机是不是欠费了？"

看到最后一句，我无比幸福，小猪果然善解人意。

如果换作王宁，不知道会不会……

应该要大发雷霆吧！

16

脑筋急转弯

我急忙把刚才编好的话发给小猪，并解释："手机欠费，打好的字还没发送就断线了。"

"八戒，不要掩饰哦！这么久才编出来一句赞美我的话，如果不是你的真心话，那就算喽！"

小猪的话逼得我只好发毒誓来证明自己所言属实，女人臭美起来不但骗取赞美的手段高明精妙，而且还会想方设法让你证明赞美发自肺腑。

"我以人格向你发誓：我不会骗你，也从没骗过你。"

"好吧，八戒，你的誓言我收下了。谢谢你的关心，虽然听起来总觉得有点不怀好意。"

"那你答应我了？"

"你想得美！我还要再考虑考虑。"

"还考虑？我都用美丽聪慧来形容你了哦！"

"可你还没形容你自己。"

我明白小猪的意思是要我用自己的低矮来衬托她的高大。没办法，为了见她我只好妥协："好吧，你美丽聪慧，我丑陋笨拙。"

"猪头，不要美化自己。"

"好，你是仙女，我就是一只癞蛤蟆想吃天鹅肉的猪八戒，行了吗？"

"这还差不多。不过我还是得考虑下，因为本姑娘可从来不跟男生约会哦！"

真是的，明明已经约过一次了，还要装作没发生。

"我的姑奶奶，你到底想怎样？"

"这样吧，别说不给你机会，我出个脑筋急转弯考考你，你能答对我就见你。"

"不要太难哦？"

"嗯。"

"那你出招吧！"

"那你听好啊，八戒，金刚石说它最锋利，能划破世界上任何东西，你说是不是一定？"

"这还用问吗？显然不一定。"

"嗯。所以我要考你的是：请问什么东西金刚石划不破？"

我想了想，觉得这个问题似乎很简单又似乎并不简单，还是谨慎为好。

"鉴于这个问题关系重大，我好好考虑一下行吗？"

"行啊，随便你考虑多久都行。不过机会只有一次，你答错的话我们就暂时不见面了，嘻嘻。"

"那明天我再答复你，今天时候不早了。"

我赶紧找理由脱身，心想回头一定要发动群众力量帮我一起想答案。无论如何，我不想答错。

可惜我妹不在，不然这种刁钻古怪的问题也许就能迎刃而解。

我和小猪聊到十一点，这比平时结束的时间整整推迟了一个小时，真是不知不觉。

互道晚安后一起下线，我独自撑伞走在回宿舍的路上。

校园林荫道两旁，高大古朴的梧桐树正安静地沐浴着春雨。雨水敲打树叶，发出一片沙沙的声音，似情人间的细语。

昏黄的路灯灯光下雨丝如线，一根一根看得分明。

一开始是绣花线，不一会儿就变成毛线。

雨越下越大，风越刮越猛，间歇能听到雷鸣。

我卷高裤管，手提鞋子，光脚在林荫道上蹚水前行，时而踢飞一片污浊的水花，时而情不自禁向前狂奔几步。

我知道这样很傻，像个孩子，但一想起小猪我便忍不住想要释放自己。

回宿舍后洗个澡，我便沉沉睡去。

半梦半醒间，我仿佛听到一个声音傻傻地对我说："一把伞，两个人，雨停了也不想收。"

不过我此刻正是韦小宝，管他哪个老婆说的，还不都是我的女人？

我一夜好梦，迷失在美丽动人的峰峦之间……

17

一物降一物

清晨六点多，我被无良的来电铃声吵醒。

风雨雷电折腾一夜也没影响我酣睡，但是一大早被电话铃声吵醒，这让我很气愤。

我摸来手机，心想谁会在这种鬼天气一大清早就给我打电话？结果心里第一个闪过的人竟然是我妹。

不祥的预感总是来得特灵验，我打开手机一看，果然是我妹。我就知道，我妹的出现必是踏着狂风驾着乌云，挥着电鞭伴着雷鸣。

"妹，我说你让不让人活了？有什么事不能晚点再打过来？"

"哥，也没啥要紧事，就是想……"

没等她说完我便抢过话来："没要紧事回头说，睡觉呢！"

然后"啪"的一声，挂断电话。

正当我继续回味将双儿和沐剑屏两个老婆宽衣解带抱上香床时，我妹电话又打过来。

电话那边的声音很气愤："哥，你敢挂我电话，你是想死还是不想活了？我警告你不要厕所里点灯！"

"什么厕所里点灯？"我一头雾水，不知所云。

"就是找屎（死）。哥你最好别找死！"

"我说妹，到底什么屁事非要现在说？"

"哥，快把你的微信密码给我，我把我照片发你朋友圈里，帮你拉拉人气！"

"拉人气用我自己照片就行，干吗要用你的？"

"哥，你说，你的照片管看吗？"

"怎么不管看了？哥的照片不也颇有几分郑少秋的风采？"

"哥，我等着要，你别啰唆了行不？快把密码发我，不然明天你就要在粪池旁边睡觉了。"

"什么粪池旁边睡觉？"

"就是离屎（死）不远矣。"

"好，我一会儿给你！记住以后臭美晚上臭，别大清早上拿我开刀。"

"哥，你发我手机上，我去把面膜洗掉，闪了。"

"妹，你等等！"

"什么事快说。"

"妹，我问你，什么东西连金刚石也无法划破？"

"哥，你书都怎么念的啊？你没听过吗？千穿万穿，马屁不穿。所以马屁是划不破的，否则就一定都能划穿。"

我不禁感慨我妹真乃神人也。

"妹，你撤吧，密码马上发给你。"

挂了电话，我尝试让自己回到韦小宝一龙戏双凤的梦境，结果却反而变成被韦小宝断根绝后的吴应熊，吓得我猛然惊醒。

原来我妹的出现不仅能改变天气，也能改变梦境。

17
一物降一物

18

报应不爽

我妹一语点醒梦中人，我也十分认同"马屁是金刚石划不破的"。

不过为安全起见，还是多整点答案出来为好。万一马屁不是正确答案，那我也可以罗列其他答案给小猪看，证明我用心思考过。那么看在没有功劳也有苦劳的分上，小猪应该也会多给我点机会。

于是上午一到实验室，我便把同门师兄弟都叫过来集思广益，最后收获还算满意的答案有水、爱情、空气、金刚石本身、房产商的良心和贪官的良知，还有死板僵硬的教育制度。

我问他们："为什么贪官的良知金刚石划不破？"

他们答："因为贪官没有良知，所以不存在的东西又怎能划破？"

这样我就懂了！同理可知房产商的良心也是。

我心满意足，登录微信。

小猪也立刻蹦出来："八戒，昨天考你的脑筋急转弯想出来没？"

她倒真是迫不及待。

"想出几个答案，不过你说机会就只有一次，所以我也不敢确定。"我可怜巴巴的语气不露痕迹地掩盖了想让小猪看到我有苦劳的一面。

"八戒，那我给你点儿提示好了。"

"真的吗？你太好了！"我感到距离成功更近了。

"八戒，金刚石也不能划破的这件东西并不是虚无缥缈的，而是实实在在、能看得见也能摸得着的。"

啊？看得见摸得着？

我心里一凉，这下完了，马屁这个答案直接被否定掉，爱情、空气和教育制度也被否定掉，更不必说贪官的良知和房产商的良心了。

现在就只剩下水和金刚石，选哪个？

二选一，听天由命吧。

于是我对小猪说："想起你明眸似水、双瞳剪水，所以我选水。怎么样，对吗？"

"恭喜你，答错了。"

"不是吧！"

"别怕，看在你连回答都这么有文采的分上，再给你一次施展才华的机会吧！"

这哪是给我机会施展才华，分明是想让我再赞美她一次。

不过有机会总比没有好，看来我妹确实不简单，马屁不但划不穿，还有起死回生之效。

"那金刚石是不是呢？"我问小猪。

"金刚石就是钻石，钻石的打磨也是用钻石来完成的，所以也能划破。"

"哇，这你都知道？太博学多才了吧！"

"呵呵，拍马屁也没用，既然我们有过君子之约，输了要认哦！"

不知道小猪是不是认真的，我却失落极了。

"好吧，输也要输个明白。告诉我，什么东西连金刚石也无法划破？"

"猪头，答案其实很简单，只不过别人一眼就能看到而你自己却不容易发现。"

"别人一眼就能看到而我自己不容易发现，那究竟是什么？"

"猪头，请你摸一下自己的脸，好吗？"

"我的脸？"

"对啊！天下厚物，唯你的脸皮连金刚石也无法划破。"

我刚喝进嘴里的水全呛了出来。

这丫头，居然绕弯子说我脸皮厚，枉我还劳师动众配合她。

我不禁感叹报应来得太快，昨天还是我调戏她，今天就被她调戏。

这下输惨了，不但见不到她，还被倒打一耙。

"原来你在消遣我，对吗？"

"对呀！"

对你个头，等见面再算账！

心里这么想，马屁该拍还要拍："你这么厉害就别难为我了，大人不记小人过，行吗？"

"好吧，那我再给你一次机会好了。嘻嘻。"

"你不会又想出题吧？"

"聪明！"

"还来？都坑过我一次了，还要再坑一次吗？"

"八戒，是你说你非常担心我的耳朵呀，这点困难都没勇气克服，看来不是真的担心我呀。"

"好，你出题吧！"

见鬼，关心她还要被她威胁。算了，通常太关心别人的人，自己都会受点委屈。

"八戒，不用担心，这次题目会简单点，而且肯定是你以前见过的脑筋急转弯。"

"那你快说！"我迫不及待，看来小猪这次有意成全我。

果然，我很快看到小猪发来的题目："八戒，什么东西厚得连金刚石也无法划破？"

我立刻心领神会：机会呀，这是！

"这还用问吗？"我秒回小猪，"我的脸皮金刚石就无法划破啊！"

"恭喜你，回答正确！"

"那你答应见我了？"

"嗯。"

我仰天长啸：这一仗赢得真是惨烈！

"那……今夜子时相见如何？"

"你想得美！你这么流氓我怎么可能晚上见你？所以，我们周日白天见。"

"那你觉得什么时间最合适？"

"当然是午时三刻呀。"

"汗！你不会挎一篮子酒菜来见我吧？"

"我肯定要为你准备你最爱吃的菜呀！"

"……"

"而且还会为你痛哭流涕哦！"

"……"

"好了，八戒，该学习了。我们晚上聊！"

"嗯。"

19

一败涂地

进入学习状态前，我偷偷打开微信，看朋友圈被我妹糟蹋成什么样。

我妹果然让谁三更死，谁就别想过五更。

朋友圈果然发出一组她的照片，并标题为"让我自叹不如、甘拜下风、未战先栗、望风便逃的美丽端庄、落落大方、沉鱼落雁、闭月羞花、亭亭玉立、秀外慧中的宝贝妹妹"。

我这才知道，原来我妹成语功底这么深。

再看点赞情况，短短一个小时时间点赞数已突破五十。

这就是炒作的效应啊！我感叹。

看来炒作加实力确实能带来高票房，虽然有时候炒作加炒作也能带来高票房。

我妹还是很有实力的。

我再看眼评论，竟然有人劝我不要把我妹照片发到我微信上，怕我污染她的仙气。

愤怒啊！难道我的颜值是盖的？

一气之下在微信里，我把我妹叫出来，不训斥她一顿难解我心头之恨，而且小猪教的那招正好现学现用。

"妹，快给我出来！"

"哥，我正忙呢，你有屁快放。"

"妹，你说错了，马屁这个答案不对。金刚石也不能划破的这样东西是既能看得见也能摸得着的。"

"对了，哥，我正想跟你说，我今天又想到一个答案，应该不会错。"

"什么答案？"

"哥，你摸摸自己的脸就知道了。"

我惨呼一声，倒在椅上。

晚上和小猪的聊天仍紧锣密鼓地进行，小猪也看到我妹发的臭美照，赞不绝口，说终于有幸看到她的庐山真面目。

我告诉小猪："你看到的不是庐山，而是鬼山。"

为了扫除鬼山的戾气，我恳请小猪，希望把她照片也发我圈里。

我像刘备请诸葛亮出山一样，三请小猪："拜托，你就发张靓照过来帮我挫挫她的威风吧！"

结果小猪每次回复的文字都一样：姐是后山人，并非前堂客。

不过，这些都是她发过来的照片文件的标题。

想想我妹发了五张，所以还得问小猪再要两张，这样同数量级的PK结果才能令彼此心服口服。不然万一小猪以三张打败我妹的五张，那我妹一定非把我给血洗了不可。

想不到小猪怎么也不肯多给两张，难道她担心会被我妹打败，所以想给自己留条退路？

没办法，我只好威胁小猪说如果她不答应，我就把她的照片和我的P到一起，P成结婚照。

于是小猪果断地又给我两张，还问我够不够。

在结束聊天前，我和小猪确定了见面地点。

还是淮南火车站，时间跟上次一样。

我告诉小猪，我很期待知道同样的时间、地点这次会发生什么样的美丽故事。小猪回答我说那一定是一个美丽的天使拯救了一颗丑陋的灵魂。

看来小猪和我妹真有一拼。

晚上睡觉，我仍然带着奸笑，想起昨天梦到沐剑屏和双儿两个老婆同时侍寝，今天该轮到阿珂跟苏荃了吧。

如果精力够用，再加个建宁公主也行。

我把睡觉的姿势调整得跟昨天一模一样，连枕头摆放的位置和枕的位置也都还原得分毫不差。

我希望今天能做和昨天相同的梦！

窗外，潇潇雨歇。

不知道什么时候，一个娇滴滴的声音又再次出现："一把伞，两个人，雨停了也不想收。"

声音就在我的右耳边，我顺着声音的方向扭头一看，想不到娇嗔声音的主人竟是王宁！

她正招牌式地噘起嘴，娇滴滴地凝望我，眼神甜蜜温柔。

我猛然惊醒，摸黑从床上爬下，再摸黑从上衣口袋掏出香烟。

黑暗中，我点燃香烟。

一根，两根，三根……

20

溺水

“给你的爱一直很安静，来交换你偶尔给的关心，明明是三个人的电影，我却始终不能有姓名……”

这是阿桑的歌，每次听都会很悲伤。

坐在回淮南的车上，我一直听这首三年前很喜欢的老歌，那些耳熟能详的歌词再次从心底划过，留下阵阵感伤。

我是个爱怀旧的人。

不知道为什么，这次踏上火车后的心情竟和上次一样。

对于未能把握住的过去，除了天不怜我的感伤，除了无可奈何的悲伤，沉淀下来的是更想抓住什么的焦急与渴望。

但我必须说明，我并不是溺水的落难者。

溺水的人一旦看到一根浮木就会紧紧抓住不放，而往往上岸后便忘记那根救他性命的木头。

有几个人会对木头念念不忘?

又有几个人会把木头带回家，从此悉心保管用心爱护?

想起我和王宁的过去，有时我竟觉得她就像是个溺水者，而我则做了载她上岸的木头。

但我宁愿不是这样！

此刻我不想王宁，我只想念小猪。

小猪又会不会是救我上岸的木头？

应该不是。因为即使没有过去，我相信我遇到小猪后也会被她吸引，为她着迷。

是着迷吗？应该是吧！

从第一次想念她开始，应该就可以算是轻度着迷。

我想念小猪那穿越时空一般的美，我仍清楚地记得她鬓角处垂下的柔细发丝有着令人心惊的美，更记得她用兰花指温柔拨发时的美。

原来我也是肤浅的第一眼动物。

不过我和别的第一眼动物不同——别人看到美女往往只是蠢蠢欲动，而我立刻就饿虎扑食了。

一连两周跑回淮南去见小猪，足见我"饿"得要命。

而当我意识到这种"饿"的感觉存在并试图增强时，我又开始紧张地一次次想分辨自己是否喜欢小猪，但思考的过程总被浮现出来的小猪的面容打断。

我发现我很渴望看到小猪的美，这种渴望如同犯罪般的忐忑与煎熬。

这种忐忑与煎熬让我不安，却又总吸引我去追逐。

我突然很想快点见到小猪，至于见面以后要做什么，并不重要。

我这才想起，我和小猪还没讨论见面后的安排。

我没有提，小猪也没问。

我只想快点见到她。而她，是否也想快点见到我？

奇遇

出站口跟往常一样，人山人海。

这次在人群中我一眼就看到小猪。她今天穿了一件粉色线衣外套，搭蓝色直筒牛仔裤，头上戴一顶白色钟形线帽，一身淑女打扮。给我的第一感觉，就是诗经里那句"窈窕淑女，君子好逑"。

我再次坚信像小猪这样的美女能让绝大多数男生在路上偶然撞见时都会莫名为之心痛，因无缘相识与相知。

　　"终于见到你了。"我大步向前。

　　"呵呵，差一点你就再也见不到我了。"

　　"为什么？"我吓一跳。

　　"因为……"小猪笑了，"因为我妈说你是色狼加流氓呗，所以她是不会让我出来见你的。"

　　"可你爸说我是男儿本色啊？"

　　"可你不知道吗？女儿都跟妈一条心。"

　　"那……"我得意地问："你为什么还出来见我？"

　　"因为我妈一定想不到你会过来找我，所以她就没有反对。既然她没反对，那我就出来咯！"

　　小猪调皮地吐吐舌头，样子娇俏得令我一阵发呆。

　　这丫头，绕了半天原来是想告诉我她是瞒着家里跑出来的。

　　"你真好。"我说。

　　"可是……"小猪停顿，然后认真地看着我，说，"明年以后就再也没机会见你了。"

　　明明是晴天，我却听到雷声。而且我注意到小猪眼里隐约闪有泪光，我感到自己的面部肌肉瞬间石化。

　　"为什么没机会？"过老半天我才开口，悄悄压住狂跳的心脏。

　　"以后再跟你说吧。"小猪说完转身，背对我用手擦拭眼角。

　　我的心情瞬间灰暗了。

　　"能陪我到山顶吹吹风吗？"过了一会儿，我勉强拾起力量，对小猪说，"今天突然很想……吹吹风。"

　　"好吧，我陪你。"

　　我从超市随便买点零食，便和小猪乘公交车去舜耕山。上车时却出现令我终身难忘的离奇一幕。

　　9路公交车驶进站台，我和小猪缓步向车门走去，一对年龄十七八岁的小情侣也向车门跑过来。

女孩跑在前面，回头对男孩说："你等我，我先上去问问。"

女孩抢在我抬脚上车之前先上车，站在车门台阶处问司机："师傅，这车去不去龙湖公园？"

"不去。"

"以前不是去吗？"

"那你回以前去坐啊。"

"那我怎么回以前啊？"

"我怎么知道！"司机很不耐烦，"你赶紧下去，挡在这，别人怎么上？"

女孩胆小，碰了钉子后吓得扭头就往车下跑，在车门处头也不抬直接扑进我怀里，并抱紧我，把脸也贴在我的胸口上，羞答答地说："都怪你，什么破记性啊！"

我目瞪口呆，那两团软软的东西像火一样压迫我的胸口，瞬间将热量传遍全身，让我一时间分不清是真是幻。

这应该不是真的吧？

我这么平凡，没理由是真的啊？但意外碰了别人女人的那种紧张、刺激和自豪感又不像假的。

眩晕了两秒后我回过神来，对这个小鸟依人的女孩说："喂，你抱错人了。"

女孩猛然抬头，紧接着一声尖叫，双手捂着通红的脸飞速向旁边看懵的男友跑去。

我转身去看小猪，她此刻眉飞色舞，强忍住笑意。

"怎么样，感觉好吗？"一上车，小猪便旁若无人地问我。

"当然了。"我意犹未尽，"我终于知道为什么男人都喜欢抱别人的女人了。"

我刚说完，车厢里看到刚才那一幕的乘客全"轰"的一声笑出来。

"唉！"小猪重重叹气，"刚才我真担心你会七窍流血，暴毙身亡。"

"喂！"我仍想入非非，"你说她会不会是看我帅故意投怀送抱？"

"应该不会。因为会认为你帅的人肯定是盲人，而她不瞎。"

"那她为什么要抱我？"

"她可能第一次见两栖灵长类动物，所以才激动得抱住你。"

这丫头，不会说我是两栖灵长类动物吧？

"什么叫两栖灵长类动物？"我很不解，"灵长类动物还能两栖吗？"

"能呀！"小猪双手捏着帽子的线球一本正经地说，"就是你洗澡和不洗澡的时候呀！"

车厢里"轰"的一声，又爆发出笑声。

我似乎听到有人议论："这一对不错，很合拍，有欢喜冤家的味道。"

我隐约看到小猪脸色微红。

其实被人误会我和小猪是情侣是件幸福的事，可我却开心不起来，因为车厢里的笑声让我突然想起初遇王宁的情景。

我和王宁不也在公交车上闹过笑话吗？认识王宁不也是经历了一场"艳遇"吗？

如果说王宁是跌落凡间的天使，那小猪呢？

王宁伤愈后便飞走了，小猪会不会也突然消失不见？

我突然感到心痛，一种失去的痛和对未知情况的担心交织在一起，压迫我的胸口，可惜车上不允许抽烟。

我又想起小猪刚才说的话："明年以后就再也没机会见你了。"

想起这些天和小猪的亲密，一种不祥的预感压在心头，怎么也甩不掉。

难道三年是一个轮回？

难道三年后上天又要戏弄我一次，掉个美女让我心动，等掏出心来后再让她离开？

那我宁可选择不要遇到！

我一定要问清楚小猪说那句话的原因，一定要！

即使答案是我所担心和害怕的，我也宁愿它能早点来到。

22

试探

我和小猪都不再说话。

我因为没心情所以不说，她可能因为看出我没心情所以也不说。

小猪静静望着窗外，而我却一直胡思乱想。

下了车，我立即追问小猪："你说明年以后就再也没机会见我了，到底是为什么？"

"八戒，你很想知道吗？"小猪笑着问我。

"是。"

"八戒，你希望明年以后还能见到我，是吗？"

"是！"

"能有你这句话，就够了。"小猪的笑容有点余愿已了的意思，我心里如同针扎。

"你还没回答我的问题！"我负气逼问小猪。

"好吧。"小猪抬头望向舜耕山，说，"如果你能猜对人工阶梯的阶数是单还是双，我就告诉你。"

我转头看着屹立眼前的舜耕山，只有那条灰色的人工阶梯分外鲜明，其他一切都是模糊的。

长长的阶梯如一条纽带，沿山坡蜿蜒而上，直达山顶。

"那我猜双吧！"我说。

"为什么你不猜单？"

"因为'单'会让人想到'形单影只'，而'双'则代表'双宿双栖'，所以我选双。我希望从形单影只开始，以双宿双栖结束。"

"猪头你真会扯，那也许'单'代表'单枪匹马'，而'双'代表'双双落马'呢？"

"Sorry，我不想玩文字游戏。既然选好我们就登山吧！"

"嗯。"

我心里七上八下，片刻也不想多等，只想早点登上山顶，听小猪宣布答案，或者宣判结果。

其实小猪说得对，从"单"开始以"双"结束的话，也可能是我单枪匹马地闯进她的世界，最后却以我们双双落马结束。

虽说是胡思乱想，我却发现我很渴望闯进小猪的世界并留在里面。

我一边闷头登山，一边大声数脚下的阶梯："一，二，三……"

而小猪则始终微笑地注视我，可是在我看来，这种笑近乎残忍。

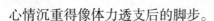

心情沉重得像体力透支后的脚步。

"八戒，累了你就歇会儿吧？"

"我不累！你怎么就知道我会累？一百四十九。"

"八戒，你出了好多汗，给你纸巾擦擦吧！"

"不用！希望你能记住我今天流汗的样子。三百一十八。"

"八戒，你的猪腿真是刚劲有力啊！"

"别开玩笑，我很容易数忘了。五百六十七！"

"我偏要捣乱。如果你数忘了，会下去从头再数吗？"

"我会！五百六十八。"

……

我一边数一边胡思乱想，脑袋里乱成一团。

除了小猪的声音，我竟然又听到一个声音："王斌，如果你能把我背到山下，我就让你再亲一下。"

声音是王宁的。

"八戒，累成这样就为了得到一个答案吗？"声音回到小猪。

"王斌，我啊是很重啊？你啊敢娶我回家啊？"声音又回到王宁。

够了！这里是舜耕山，不是紫金山，我告诉自己。

我突然发现，我对小猪的感情竟然类似于紫金山上同王宁萌发的感情。虽然起因也许不同，但同样炽热。

难道说我对王宁还有感情，因此无法疼爱她就转移给小猪？

可她们是完全不同的两个人啊！

我被压迫得喘不过气来。

终于在数到第九百六十八个台阶时，我和小猪登上山顶。小猪笑靥如花，我却心乱如麻。

不祥的预感笼罩着我，怎么也挣脱不掉。

我知道越在意一个人就会越害怕失去，越对自己没有信心。

我的不幸是我现在就很没信心，但我的幸运是我能因此知道自己有多在意小猪，尽管这份在意很可能也是不幸的。

我同小猪在山顶的舜耕亭里坐下。她掏出纸巾想替我擦汗，我却一把夺下，负气地说："我自己来！"

"哦。"小猪有些失望，但笑了。

"好了，现在可以说了吧？为什么你说明年以后就没机会见我了？"

"八戒，一定要让我说吗？"

"嗯，非说不可！"

"八戒，今年冬天那么冷，所以明年蚁后就再也见不到你了呀！"

"你说什么？"

"我说今年冷，蚁后估计会冻死，所以明年蚁后就再也没机会见你了。"

"你到底在说什么？！"我差点喜极而泣。

"哎呀猪头，我说的'蚁后'不是'从此以后'的'以后'，是蚁群里的那个'蚁后'。"小猪说完调皮地笑起来。

原来如此！

我心花怒放，原来小猪又玩文字游戏，想看我在不在意她，而我却因为太害怕失去她，所以没察觉。

"可恶，你又套路我！"我立刻感到一片柳暗花明，惊叫着伸手去拍小猪头顶。

"哎呀，被猪蹄拍过会变傻的！"小猪欢乐地嚷着，双手去护头顶，眼睛先瞄我，然后又努起嘴假装委屈地斜眼去看我的反方向，像花儿一样绽放娇艳，吐露温柔。

"你演得可真像！"我又好气又好笑，"你居然连眼泪都出来了。"

"哎呀，八戒，我那是被风吹得迷了眼。"小猪目光闪烁，红了脸。

我呆呆凝视小猪，全身上下只有心脏不是静止的。

"八戒，你别……别这样看人家。你很怕以后见不到我，是吗？"

小猪问我，却没敢看我。

"是的。我希望以后都能经常见到你！"我加重语气，希望小猪明白我很认真，也很确定。

"嗯。你会的。"

……

23

茉莉花

我又回到实验室苦中作乐的日子，但是喝茉莉花茶却喝出新的味道，那是一股春天的味道。

茉莉花素洁、浓郁、清芬、久远，我查了一下它的花语，按照百度上的解释是忠贞、清纯、质朴、迷人。

这不正是小猪的特点吗？

想起小猪每次见我都素面朝天不加修饰，我恍然大悟：

原来小猪才更像是一朵茉莉花。

百度上还说因为茉莉花美，所以一些国家把茉莉花视为爱情之花，青年男女之间有相互赠送以示爱慕的习俗。

难怪王宁这么喜欢茉莉花，她会不会也知道这个习俗？

而她第一次和我约会就送我茉莉花茶，又是否别有用意？

或许我仍因心存遗憾而期望她别有用意，但又有什么意义？

我相信她真心喜欢过我，虽然她的绝情我一直无法理解，但现在是该画上句号的时候了。

每一次，当我端起茶杯闻到芬芳浓郁的茶香时，小猪便浮现在眼前。

我突然发现，尽管我刻意保留喝茶的习惯，但想念的人却悄悄转变了。

以前每次喝茶总在茶香流入口中时想起王宁，伴之而来的是藏在心底的深深的痛。分开后的很长一段时间，我竟分不清是因为喝茶而想起王宁，还是因为想起王宁而喝茶。

但不管失去的痛有多剧烈，我始终不改喝茶的习惯，因为不想戒掉对她的想念。

然而现在，想念的人却变成小猪。

小猪的出现让我的心情变得轻松愉快。天气也奇怪，竟跟着心情好转，一连半月碧空如洗。

难道天公也支持我们？我一度这样认为。

小猪因为近期忙家教，和我聊天的时间骤减，但这又有什么关系？

如果说恋爱的过程好比在酿葡萄美酒，那么恋爱中的男女无疑就是葡萄，而语言则是酵母菌。

发酵的过程需要时间，但发酵的效果和时间长短并无直接因果联系。

我和小猪聊天的时间虽然减少，但语言却变浓了，发酵出醉人的香。这一点从我频繁对着电脑傻笑可以证明。

我开始跟小猪开些恶心甚至流氓的玩笑，小猪总默默接受，偶尔配合我恶心一下，但绝不配合我流氓。

小猪也越来越关心我，并时常主动跟我说些甜蜜的话：

"八戒，路上遇到美女不许多看哦！"

（我）"放心吧，走路都想着你呢，没空抬头！"

"八戒，今天心里怪怪的，你总在里面蹦来蹦去。今天真是撞邪了！"

（我）"那要我发张照片过去给你压压惊吗？"

"不要啊，猪头！宁可撞邪，也别撞鬼。"

"猪头，我说你能老实一点吗？"

（我）"啊？我有不老实吗？"

"有呀！你又在我心里乱蹦了。"

"八戒，认识我就算了，以后不准你加别的异性网友哦！"

（我）"这有点苛刻吧？那人家要是加我呢？"

"这我放心，因为看了你的照片后肯定会立刻拉黑你。"

"八戒，忘记我的样子就去相册看照片。你那不是有吗？每天都要看哦！次数没有上限要求。"

（我）"笑话！怎么可能会忘？早已深植在心里了。"

等等，说到照片我才想起，自从把小猪和我妹的照片同时发到朋友圈后，互动人气可谓空前高涨。

截至今日，两组照片的评论数均破 300 条。

小猪的评论数是 324 条，而我妹是 350 条。

不过考虑到我妹这半个月来每天自己夸自己照片的次数至少 8 次，所以实际评论数应该是 350-8×15=230 条。

原来小猪更厉害！

我露出满意的微笑，这样我妹肯定以为她票数高，而小猪那边我可以示之以上述运算后的结果，那么两个女人都以为自己更漂亮，我就没有生命危险了。

我妹看到小猪后这几天一直追着我问前问后："哥，那个照片名为'姐是后山人，并非前堂客'的女孩是谁？"

"是我一个……朋友。"

"哟，还扭扭捏捏的。是女朋友吗？"

"还不是。"

"哥，这女孩素颜都很漂亮，而且一看就是好女孩。恭喜你，你的眼神终于正了一次！"

"搞笑，哥眼神啥时候歪过？"

"哥，这么好的姑娘你可别让她落入别的狼口啊！与其别人糟蹋，还不如哥你来糟蹋。她要能成为我嫂子，我拍手叫好。"

"妹，你哥我可是一匹狼君哦，对她守之以礼、敬若仙子。"

"哥，我说你别呆了行不？错过了你会后悔的。"

"行了，我知道了，我会争取的。"

"好吧，亲爱的哥，祝你们早日狼才女貌。记得要智取，不要豪夺哦！不然你会狼被围奸的。走了，拜拜。"

送走我妹，我也出了口气，我妹成语又进步了，但她竟然第一次没打击我，证明确实被小猪的美丽打动了。

我没敢告诉我妹，其实我觉得小猪等于落入我的狼口了。这样我不仅不用请她吃大餐，还保留伟岸形象。

看来我有做贪官的潜力，因为做贪官的最高境界就是明明钱已贪进口袋，别人还当他是清官。同样，做色狼的最高境界就是明明已经残害无数，别人却还以为他是处狼。

我还没有残害过谁，所以我是只失败的色狼。

但我竟然失败到仍然是只老年处狼，真是情何以堪！

不过不管我是什么狼，处的也好不处也罢，在导师面前都是浮云。

导师通知开会时，我什么好心情都没了。

24

丑差

导师是位好老师，治学严谨、作风简朴，对学生也很关心，我们都对他像父亲一样敬重。

而且导师有自己的公司，常叫学生去公司做项目，实践出真知。

不过导师却有个爱好，就是口才很好，而且喜欢开会。基本上每次一开就是两个小时，很有规律。

会开多了，我们便有经验，开会时只听不发言，不给导师任何延伸话题的机会，等到他口沫横飞快两小时时我们才用心听，等待他下结论。

今天的结论来得特别迟。

参与会议的是研二的三个学长和我们研一四个新生。七个人耷拉着脑袋在导师面前各自站好，站位很像武当派的北斗七星剑阵，但气势则完全是服了三尸脑神丹要定期朝拜魔教教主才能拿到解药的傀儡，等待他老人家指派任务。

这次任务是选两个人协助公司主任工程师程姐，去给客户做新设备的安装与调试。

程姐是公司出了名的理工女，智慧超群，相貌也超群，并且智慧值跟相貌值的关系一直都很稳定，保持反对称。

我们常拍程姐马屁，夸她智商疑超爱因斯坦。

程姐的过人之处也是她的可怕之处，就是有着某相亲类电视节目上女嘉宾那般敏锐的嗅觉。

而最致命的是：程姐一直单身。

"这次的学习机会很难得，你们谁愿意去？"导师一句狠话撂出来，大家全都低下了头，没人敢自告奋勇。

导师慢条斯理地端起茶杯，呷了一口，没有说话。

片刻后又呷一口，眼里似有笑意，但还是连看也没看我们一眼。

"好吧，回头再定人选。"导师最后意味深长地说。

我们竟全然没有领会导师这句话的深意。

晚上，我们果断就悲剧了。

大家在实验室的周六晚上是不学习的，因为导师从不会这时候过来，所以大家都各自娱乐，打游戏的打游戏，看电影的看电影，泡美眉的泡美眉。

导师进来时大家都慌了神，一片鸡飞狗跳。

猫拳最悲剧。

他今天用的是实验室配置的台式电脑，还是内存只有512M的那种老爷机，看网页都卡。

猫拳此刻正聚精会神地浏览人体写真图片，三点全露的那种。一见导师进来吓得魂飞魄散，那胖手以闪电之速按下Alt+Tab键切换画面，怎奈电脑却卡住了，屏幕中间一张裸模的照片卡死在那，留下的正好是男人百看不厌的关键部位。

导师一下子黑着脸，点头对猫拳说："嗯，你的科研活动涉及的领域很广泛嘛！"

猫拳面如死灰，吓得额头也沁出了汗。

导师走到我身边时，我已从容地把学习资料切换过来，导师只看到桌面上的英文资料，没看到任务栏上还来不及关掉的QQ游戏，也点头对我说："嗯，你不错。"

我心中窃喜，暗叫好险。

导师正要离开，我的电脑却突然响了起来："叫地主！抢地主！加倍！不加倍！"

天呀，我竟然忘记把外放关掉！

导师又回头看看我的任务栏，点头说："嗯，你真不错。"

实验室的其他同学水平比较高，幸免于难。

"王斌、余茂全，你俩来我办公室。"

办公室里导师先开口教育我："王斌，你面对突发情况时倒是很从容不迫，嗯？"话音落下去时导师斜着瞟我一眼。

"哪里，哪里。我这也是被老师您临危不乱、处变不惊的胸怀和泰山压顶而面不改色的气魄所长期熏陶出来的结果呀！"

我赶紧把高帽给导师戴上。

"你不觉得你的应对能力很适合公司这次任务吗？"导师问。

"是，是。承蒙恩师错爱，学生愿意献身！"

导师满意地笑了，然后转目对猫拳："你是在看黄色图片吧？"

"这……这是……艺……艺术图片，是……是艺术。"猫拳声音颤抖，小得像小猫叫一样。

"艺术？那摄影师怎么不叫他老婆女儿去拍这种艺术图片？"

"是，是，老师说得对，是……是黄色图片。"

猫拳只好改口，面色惨白。

"你不觉得你应该好好思考思考画面卡住的原因吗？"

"是。"

"所以这次调试如果遇到程序死机，你应该有解决的经验了，是吧？"

"是，是。"猫拳紧张地擦拭额角沁出的汗。

"那好，王斌，你先回去，我跟余茂全再好好探讨一下他的科研对象。"

我幸灾乐祸般逃离，关门时还冲猫拳比个"V"的手势。

两小时后，猫拳从办公室里出来时四肢发软，面色憔悴。

"喂，我说，老师跟你探讨的是苍井空还是波多野结衣？"我第一时间向猫拳发出关心的问候。

"滚！再说让你血溅当场。你忘了网址是昨天你发给我的了吗？"

哦，我这才想起原来是我害了猫拳。

"可我没让你昨天看了一天，今天还看啊，你个傻子！"

"别废话，快请我吃饭谢罪吧！"

25

不解之谜

看猫拳如此悲摧，我请他去校外的大排档吃烧烤。

"斌哥，这次的客户在南京。你爽了，可以去见你的王宁了。"猫拳打开第一瓶啤酒时对我说。

"南京？"我愣了一下。

"是的。怎么样，要不要给你创造机会去找她？"

"不用了。往事不堪回首，破镜岂能重圆？何况我现在有小猪了。"

"有了？"猫拳很惊讶。

"是心里有了。"

"那你前女友呢？"

"我和她已经都过去了。"

"其实你们到底为啥分手？她家条件那么好，你和她成了的话起码少奋斗二十年。"

"靠，你什么时候也变这么俗了？罚酒！"我和猫拳默契地碰杯，一饮而尽。

"斌哥，说说你们为啥分手吧。"猫拳又打开两瓶啤酒。

"因为我忘记了她的生日。"

"就为这个？"

"是的，很勉强吧？我一直觉得背后另有原因，可她公主脾气一上来根本没给我解释的机会，就和我断绝了联系。"

"斌哥，你就这样与嫁入豪门的机会失之交臂了。"

"滚！哥可不是那种人，哥更喜欢现在这样在路边摊吃烧烤喝啤酒的快意生活。"

"斌哥，现在人都向钱看，你不想找个有钱媳妇吗？"

"不。当初并不知道她家境那么好，如果知道就不会选择开始了。而且后来她问我愿不愿意做上门女婿，我直接就说 No。我家就我一个孩子，我得给父母养老。"

"斌哥好样的！来我敬你，干！"

我和猫拳一口气喝完六瓶啤酒，酒劲蹿到头顶时直呼痛快。

猫拳打开第七瓶酒问："斌哥，怎样才能不想念一个对你不冷不热的人？"

"很简单，继续喝。"我说。

最后我和猫拳相互搀扶着回到宿舍。

我心想猫拳这么纯情的男生，对爱情如此认真，我一定得把他和小师妹撮合到一起。

26

永远的紫金山

隔天，那辆出差专用的轿车一早便停在公司门口。

一行的除了程姐、猫拳和我，还有司机。

司机是位大妈，我权衡之后决定还是和她坐在一起最安全。

"猫拳，程姐拿不动东西了，我们快去帮忙！"程姐提着工具箱从公司出来时，我立即吆喝猫拳。

猫拳屁颠屁颠迎上去，我则迅速钻进副驾座，猫拳回来时看我的眼神像是受到了非人道待遇。

车子很快上了高速——合宁高速公路。

程姐和司机大妈一直情绪激昂地讨论爱情与面包的话题，字里行间都流露着对于"没房确实不能结婚"的认可。

我无从插嘴，因为我深知女人在这个问题上永远都觉得自己是对的。

女人往往既渴望爱情又想要面包，她们在现实压力和贫富差距的对比下越来越向物质条件让步。

从同情弱者的角度出发，她们是对的；时代转变了，房子太贵了，从适者生存的角度来说她们也是对的；甚至从物质决定意识的角度出发，她们还是对的。

我只好掏出手机，和小猪发信息打发时间。

猫拳也觉得无趣，故意找话题岔开她们："程姐，为什么从合肥到南京的高速公路不叫'合南高速'或'合京高速'，而叫'合宁高速'？"

我竖起耳朵，因为也有同样的疑问。

程姐大概也不知道，所以忽悠猫拳："因为我们是去南京江宁呀，所以合肥到江宁的高速，当然是合宁高速了。"

江宁！

这个名字就像一道惊雷，在我耳边炸响。

那是我曾经在南京生活了近两年的地方啊！

26 永远的紫金山

猫拳大概被唬住了，小声嘀咕道："哦，合肥到江宁，'合肥'的头加'江宁'的尾，所以叫'合宁'高速。"

我立即提问猫拳："那以此类推，从越南到天津的高速公路应该怎么叫？"

"当然叫越津高速。"

"聪明！那从扬州到汕尾的呢？"

"叫扬尾高速。"

"哇，猫拳反应真快呀！"程姐掩口大笑。

"对，猫拳确实快！"司机大妈也不怀好意地笑。

我也笑："不错，他快得就像那条'扬尾'高速，或者反过来说他是高速'扬尾'，好像也对。"

两个女人笑得更厉害了，恨不能把车靠边停下来，而猫拳则愤愤地对我比中指。

对不起，猫拳，原谅我又捉弄了你，但我确实需要缓解一下心情。

想到即将面对三年来一直回避不提的江宁，多少往事想要从脑海中蹦出来，我必须转移注意力。

王宁，你知道吗？我一会儿就要回到那里了。

你还好吗？你还记得那些快乐吗？

对不起，小猪，我还是无法不想起王宁，但我保证这是最后一次。为了你，我也想知道再次重返旧地我能不能放下王宁。

是该正视那段青春回忆的时候了，从哪开始就应该从哪结束，对吗？

车子仍在公路上飞驰，我戴上耳机，靠座位上休养精神。

选择副驾驶座果然是明智的，只要我不回头，就不会受到惊吓。如果给程姐坐，那一路上她若回头找我说话，我还是免不了会受刺激，现在则完全不必。

不过猫拳就惨了。

猫拳没戴耳机，只能听她们闲话家常，偶尔也被动插上几句。

当程姐听闻猫拳单身并且家里在合肥有房时，我感到车里的气压因物体移动而发生改变。

睁眼偷偷瞥一下后视镜，我看到程姐的肥臀正以神不知鬼不觉的速度向猫拳缓缓靠近。

危急关头猫拳果断地将电脑包平铺，挡在自己和程姐之间。

这大概是猫拳所能做的最后抵抗了。

没办法，程姐是我们这次任务的顶头上司。

我不忍直视，闭上眼睛。

而王宁的话又在耳边响起："王斌，我不要你贷款买房，我不要自己的老公做房奴。以后我家会把房子一次性付清，你家只要配部好车就行！"

可是王宁，你知道吗？一次性付清买部好车对你来说唾手可得，对我却难如登天。

不过我记得当我告诉你，我买不起时，你心疼得眼泪也掉下来。我隐约觉得有座厚厚的壁垒挡在我们之间。

"王斌，如果走到最后一步我们无路可走了，你啊会带着我私奔啊？"

"我会。你想去哪我就带你去哪！"

"嗯。那你要一直喜欢我，不许变。"

"我喜欢你，不会变的。"

"嗯，要说到做到哦？"

王宁幸福地扑倒在我怀里，而此刻我怀里紧紧抱着的却是我的电脑包。

王宁，你还记得吗？你曾三次问我走投无路时会不会带你私奔，每一次我都铭记在心，因为那代表着你愿意为我不顾一切。

呵，不顾一切！

我想每个人都渴望他的恋人能为他不顾一切吧！

那是怎样一种令人幸福的深爱？

而你，王宁，一个富家千金，一个我从未以为自己生命中能出现却偏偏偶然邂逅的公主，竟三次跟我说要不顾一切和我私奔。

这是多么令我刻骨铭心的浪漫！

这又是多么让我感到无比珍贵的幸运！

可是我想，你应该早就忘了吧！

车子还在狂奔。而我，突然也有种狂奔的冲动。

没有方向。

我只希望等我筋疲力尽跑到尽头时会有一间小屋，里面不需要精致的装潢，只要有个傻傻等我回家的女人，为我做好饭菜。

这个女人是谁？会是小猪或王宁吗？

"哇，前面就是南京长江大桥了！"我突然听到猫拳的惊叹。

睁开眼，那座雄伟的大桥便再次映入眼帘。

上了桥，心情竟和三年前第一次来南京经过大桥时同样澎湃。

眼睛不自觉地透过车窗向桥的左边望去，远处辽阔的江面上一座小洲如岛屿般把江面分汊开来，小洲上一片青葱。

那应该就是江心洲吧？

"王斌，有空我开车带你去江心洲玩，晚上你陪我一起数星星。啊行啊？"我又想起王宁娇滴滴的表情。

"这……还是不要了吧。"

"哼！你啊是没有耐心陪我啊？"

"不，我不是这个意思。"

"那你什么意思？"

"我的意思是你智商低，我来数星星，你光数月亮就行了。"

"哈哈，讨厌！"

……

王宁，我们最终还是没来得及去江心洲数星星，也正如我们没能走到走投无路的最后一步。

视线顺着江心洲往右移便是紫金山。

这座古老的山脉记录了多少情侣的甜蜜和回忆？而我和王宁的美好开始是否早已被遗忘？

也许只有山川才能亘古不灭，载得动离愁，也装得下欢乐。

那些留下欢乐的情人也许早已逝去，而紫金山却依然屹立在风雨之中，只是风雨过后未必都是彩虹，也可能会留下摧毁一切的灾害。

在那山脚下，我和王宁曾相拥而坐的亭子，是否经历了风雨之后仍然还在？

而山顶天文台旁那棵古松的树根下，我和王宁埋的许愿瓶是否经历了风雨的侵蚀后也仍然还在？

都不重要了吧！

因为我和王宁之间的风雨，已经摧毁我们的爱情。

所以那个亭子和那些藏在许愿瓶里的甜蜜，为何还要留在心里？

我把头扭向右侧车窗，闭上眼，试着让自己平静。但是连一分钟都没有坚持到，我便失败了。

三年前，我同王宁去紫金山游玩的一幕又浮现在眼前……

27

约会

"王斌，上次你用藏头诗骂我是猪头，你说这笔账怎么算？"

这是王宁第二次见我时说的第一句话，时隔第一次见面整整一个月。这一个月里王宁对我百般讨好，总夸我有才，夸得我头晕目眩。

其实我有个屁才啊，倒是那首藏头诗编得连我自己也觉得颇有水平。当然，更多是被夸奖后的快感。可现在，我发现我中了敌人的笑里藏刀之计。

原来甜言蜜语是为了掩盖杀机！

看王宁双目圆瞪、背负双手，也不知拿的什么东西，我不禁有点心虚。

"额，这个……'猪头'怎么会是骂人？是昵称！昵称，你懂吗？"我解释道。

"哼，你就是骂人。"

"怎么会呢？就好像女人叫男人'死鬼'，并不是说男人已死掉变成鬼，而是一种很亲切的称谓。是昵称，不是骂人。"

"真的吗？"王宁一副半信半疑的样子。

"真的。"我猛点头。

"好吧，那我啊能给你也起个像'死鬼'一样亲切的昵称啊？"

"当然。请圣明的公主赐我亲切而闪亮的名字吧！"

"嗯，好。那你以后就叫骚货好了！"

"你说什么？"

"我说封你为骚货呀，难道我说得不够清楚吗？"

王宁开怀大笑，眼神也变温柔了。一波温柔还未过去，又反问一句："哼，还不快谢恩？"

"谢公主隆恩。"我只好安慰自己化险为夷。

王宁从背后拿出盒东西塞给我："这是送你的，喏。"

我接过一看，原来是一盒精装的茉莉花茶。

"为什么要送我东西？"我措手不及，心生内疚。原来我误会了王宁，以为她拿的是对付我的武器。

"这是我们第一次约会，所以我要送你礼物呀。"王宁很开心。

"可我都没有准备礼物送你。"

"不用啦，你小气，我是早就知道的。哼！"王宁从鼻子里哼了一声，然后开心地笑了。

我们简单聊几句便出发去紫金山，那是我们约定好去游玩的地方。

咦？为什么对于这次见面王宁用了"约会"二字，而我也认为是约定好的呢？怎么都有一个"约"字？

难道我们真的发展到约会的地步了？我也不知道。

不过自从在公交车上"艳遇"王宁后，王宁便经常发信息给我。心情好的时候会跟我说，心情不好的时候也会跟我说。

有次王宁竟半夜两点钟哭着打来电话，说是梦到前男友痛醒了。于是，我不顾第二天还要上班陪王宁整整聊了一夜，直到她破涕为笑。

王宁告诉我，她很后悔第一个遇到的人不是我。

王宁渐渐依赖起我，而我对她也产生了一种说不清道不明的保护欲和疼惜之情，并且愈演愈烈。

后来我才明白，那其实便是爱情。

我和王宁从山脚下的白马公园顺着由竹木修筑而成的人工阶梯一路向上，阶梯的坡度很平缓，但王宁的脚步却始终很缓慢。

王宁那天也穿着白色上衣，她似乎对于白色特别钟爱。

后来我才知道，原来是因为王宁喜欢茉莉花，而茉莉花多为白色。

可我却一直认为王宁更像一朵百合。

王宁扎了两个羊角辫，没有化妆，只简单拉长睫毛，使得那双大眼睛看起来更大更娇气了。

走路时，随着王宁身体习惯性左右微微摇晃，那两根辫子也跟着左右摇摆，让我觉得很娇气、可爱。

我觉得自己已经走得很慢了，却还是发现要不了一会儿，王宁就会落后我。

"为什么走这么慢？"我问王宁。

"我不能做剧烈运动的。"王宁淡淡地答。

"可这不叫剧烈运动啊。"

"可是走快了我的心跳会加快。"

"只有年轻才会心跳加快，那不是很美好的感觉吗？"

"可是……"

"什么？"

"我的心脏承受不起。"

"承受不起？"我愕然。

"嗯。"王宁噘一噘嘴，"我生下来时心脏就不太好。"

王宁面色平静，而我心里却不是滋味。

这是我第一次听王宁说她心脏不好，在认识她整整一个月后。

王宁平静得让我心疼。

如果连这样的坡度都能给心脏带来负担，那么因失恋而独自买醉、因梦见前男友而半夜痛醒，对心脏又是怎样的伤害？

想起王宁在旋转餐厅曾告诉我，为了能在路上遇见他时让他喜欢，她每次出门都会化妆，而今天王宁却素颜和我见面，这是否意味着她要为我而放下前男友？

我在心里告诉自己：一定要让王宁快乐起来！

气氛变得有些尴尬，我问了一个可能刺伤王宁的问题，王宁也沉默着。

"那我们坐索道上山吧，不爬了。"过一会儿，我勉强挤出句话来。

"嗯。"

又是一阵沉默。

好在这时走到索道售票处，我对王宁说："我来买吧。"

然后我抽出两张百元大钞，问售票员要两张票。售票员找完钱后告诉我们索道坏了正在抢修，两小时后才能开放。

"真不走运。"王宁有点不开心，"不知道啊能修好啊？一会儿坐也不知道安不安全。"

"应该没问题的。"想起刚才的对话有点僵，这会儿又碰上倒霉的索道维修，为了缓解气氛我决定和王宁开开玩笑，"放心吧，我们不会悲剧的，我今天出门时还特意问了下今天的运势。"

"问的谁？"

"一只狗。"

"狗？"

"对呀！今天出门后路上遇到一只狗，我问它：请问你我今天运势如何？小狗认真地看着我说：'旺！'怎么样，运势这么好一定不会有事的。放心吧！"

"哈哈，讨厌！"

我没说话，只酷酷地笑一笑。

王宁也开心地笑了："想不到你精通狗语，厉害！"

28

一个传说

因为还要等两小时才能登山，我和王宁决定先找个地方聊天。

顺着环山小路往前又走两百米，于树林里找到一处供游客休息的四角亭，我和王宁坐进亭里。

亭外林木郁郁葱葱，林后是屏障似的山峰，三面山峰将亭子环绕。

"累不累？"我问王宁。

"不累。"

"那饿不饿？早上吃饭没？"我继续找话说。

"不饿。吃过了。"

"喔，那说说为什么要送我茉莉花茶吧，花茶可是女人喝的茶。"

我看着手里的茶盒随便问个问题，想不到这不经意的一问却从此改变了我的人生。

王宁笑了："就因为是女人喝的茶，所以我才送你啊！"

"为什么？"

"笨，因为我没当你是男人呀！"

我向王宁做鄙视的手势，王宁笑得很开心，笑完又招牌式地哼一声，并嘟起嘴巴。

老实说我很喜欢看王宁嘟嘴的样子，也许就跟贫民喜欢遇见公主一样，但这种喜欢是因为难得一见，而不是因为她的千金小姐身份。

换言之我喜欢的是难得的感觉，而不是她的尊贵。

也许是因为打我出生后就没遇见过娇气的女孩，所以我喜欢王宁的娇。

"这茶叶是你买的吗？"我问王宁。

"嗯，而且是特意为你买的。"王宁眼神闪烁。

"你太客气了。"

"其实是因为我很喜欢喝，所以也想让你喜欢。茉莉花可是很香的哦，我后背上就喷了茉莉花味的香水，不信你闻闻。"

王宁说着把身子斜过来，我凑近一闻，确实有股沁人心脾的清香。

"咦？香水还能喷在背部吗？"我很诧异。

"当然能呀！我喜欢每次洗完澡让保姆阿姨在后背上给我喷点香水，这样时间久了香味或许能沁入肌肤里。"

"哇，想想都觉得很美耶！好羡慕。"

"哼，你羡慕也没有用，谁叫你不是女生呢？不然你也可以香香的。"

"我不是羡慕这个。"

"那你羡慕什么？"

"我羡慕那个能给你喷香水的保姆！想想看，当你的美挣脱所有束缚摆脱重重包围而尽情绽放时，她竟可以轻易看到。"

"滚，讨厌！"王宁白我一眼。

"请问你家还招不招保姆？"

"滚！"

"如果再招考虑考虑我，我做事很认真的。"

"够了哦！"

"好吧，问你件事，你很喜欢茉莉花吗？"我转开话题。

"嗯，是的。"

"这有原因吗？"

"有。因为茉莉花不但香，而且还有个很动人的传说，你啊知道啊？"
王宁看我，眼睛像星星一样闪烁光芒，但转瞬便消失了。

"这我就不知道了，你啊能说来听听啊？"我模仿王宁的南京口音。

"嗯，你想听我就说。"

"那你说吧！"

王宁抬头看天，有点迟疑，又像在挣扎，最后目视远方慢慢跟我说起那个传说来："故事是这样的，以前唐代苏州有个名妓叫真娘，真娘出身书香门第，不但人长得美，而且能歌善舞。可后来为了逃避……逃避……逃避什么之乱来着？"王宁停了下来。

"是安史之乱吗？"我问。

"对！就是安史之乱。"王宁赞许地看我一眼，接着说："为了逃避战乱，真娘随父母南下，路上同家人失散，流落苏州，后来被骗去妓院，沦为妓女。因真娘才貌双全，所以很快就名噪江南，但她只卖艺不卖身，所以一直都是处女……"

"喂，那不叫一直都是处女，那叫守身如玉。"我打断王宁，纠正她的用词。

"讨厌！我喜欢这样说，啊行啊？"王宁白我一眼，接着说："当时苏州有个富家子弟叫王荫祥，人品不错也有才气，却偏偏爱上青楼女子真娘，铁了心要娶她为妻。但真娘早有婚约，拒绝了他。王荫祥不肯罢休，用重金买通……"

王宁又停下来，问："古代拉皮条的妈妈叫什么来着？"

"老鸨。"

"对！王荫祥用重金买通老鸨，想强要真娘。真娘被逼无奈，为保贞操只好悬梁自尽，死前泣血留书给父母和心爱之人。王荫祥得知后追悔莫及，发誓从此不再娶妻，并重金将真娘葬于名胜之地，刻碑纪念，碑旁栽满茉莉花。很多文人经过真娘墓前都不禁为之惋惜，纷纷留诗纪念。传说茉莉花在真娘死前是没有香气的，死后其魂魄附于花上，从此茉莉花就有了浓郁的香味。民间有种说法，说真娘很想回家，很想回去再看一眼亲人，因此不愿投胎，故意将香魂附于花上散为花香，这样借助茉莉花的繁衍与传播，等将来亲人闻到花香时就能感觉到真娘，而真娘也等于见到了他们。所以茉莉花又称为香魂，茉莉花茶也可以称为香魂茶。"

王宁说完深深呼吸，我也忍不住赞叹，这个故事很美。王宁却不再说话，满目悲伤，凝望远方。

我不忍打扰，静静陪伴。

过了一会儿，王宁转身问我："我很喜欢白居易为真娘写的一首诗，你想听吗？"

"嗯，洗耳恭听。"我说。

于是，王宁声色凝重地吟诵起这首我闻所未闻的诗来：

真娘墓，虎丘道。

不认真娘镜中面，唯见真娘墓头草。

霜摧桃李风折莲，真娘死时犹少年。

脂肤荑手不牢固，世间尤物难留连。

难留连，易销歇。

塞北花，江南雪。

在王宁念完后，我目瞪口呆，不由得对这个被我认为一副千金小姐架子的大眼睛女孩由衷地产生一种欣赏之情。

"你很厉害哦，这首诗我自问读了这么多年书都没有读到过！"我对王宁说。

"我才不厉害呢，我读书很差的。这首诗也是偶然间看到，觉得写得美才背下来。我长这么大一共会背的诗就十首。"

"那另外九首一定也很美吧？"

"那当然！不过那九首诗还没问世。"

"还没问世？"

"对呀，因为你还没有给我写呀！"

王宁勉强挤点笑容出来，但是就连笑容里也带着难掩的悲伤。

为什么王宁这么喜欢为死人写的一首诗？我心里有个不祥的念头闪过，难道和王宁心脏不好有关？我不敢多想。

我对王宁说："故事总是以凄美最为动人，真娘虽生前不幸，死后却也留名了，你不必难过。"

"我难过不是因为真娘，而是因为被初恋践踏了。"王宁有点哽咽，声音很低。

我不知怎么接话，既心疼又嫉妒，只"哦"了一声。

而王宁继续哽咽道："我多么希望在我最美的年华能谈一场完美的恋爱，可……"王宁没有说完，眼里出现薄雾。

我的心再次被刺痛。

其实我又何尝不希望在同样的年华谈一场美好而真挚的恋爱？

这一刻我突然很想陪王宁一起难过，但这样做实在没意义。

王宁眼泪滑落下来，哽咽道："每当想起真娘，我就会想：如果有一天我离开了，是否也要带着深深的遗憾？我渴望像真娘那样，用生命去爱一个人，就算死也不要对不起对方。王斌，我真的没有对不起他，可我的感情却被他无情践踏了。我不甘心！你知道吗，王斌，从小到大没有人可以践踏我，一个也没有！可是王斌，我还是忘不了他。有时我真希望第一个遇到的人，是你……"

王宁说不下去了，我的心脏也因嫉妒而扭曲、痛楚。

我稍冷静后忙安慰王宁："过去的就让它过去吧，再痛苦、遗憾也不能时光倒转。既然回不去，为什么不收拾心情好好为将来准备？何况你这么美，还怕遇不到珍惜你的人吗？"

"王斌，我真的美吗？"王宁噘起嘴巴问我，泪眼蒙胧的眼神似曾相识，像是很期待得到一个肯定的答复。

"嗯，你真的很美！"我用力说。

"哼，我不信！"

"我不骗你，你真的美。"

"真的吗？"

"相信我，真的。"

"那我要你大声说出来。"

"王宁，你真的很美！"我再次加大音量。

"可我还是听不到，哼！"王宁竟撒起娇来。

我突然被王宁的娇美和真情打动，不知哪来的冲动，双手圈在嘴边用尽吃奶的力气对着山谷喊："王——宁——很——美！"

没想到山谷也认同，传来回音："王——宁——很——美！"

"哇，有回音呀！"王宁很激动。

"是啊，你要不要也玩一次？"

"好啊！不过你如果让我喊'王斌很帅'的话，我会愧对我爸。"

"为什么？难道我比你爸要帅？"

"那倒不是。"

"那你为什么要愧对他？"

"因为我爸从小就教育我，不可以睁着眼睛说瞎话啊！"

"啊！"我惨呼一声，而王宁也终于破涕为笑。

"随你吧。只要能把心里的不痛快发泄出来，你想怎么喊都行。"

"嗯。"王宁点头，眼睛顿时明亮起来，然后双手圈在嘴边也对着山谷喊道："王——斌——是——骚——货！"

没有回音。

我大惊失色的同时王宁又喊出第二遍，声音也加大了点，脸上露出无比天真的笑容。

还是没有回音。

好在周围没人，看王宁心情好转，我干脆就让她占点便宜好了。

"再大声点回音才能出来哦！"我鼓励王宁。

"王——斌——是——骚——货！"

仍然没有回音。

一只公狗不知从哪儿跑来，伏在旁边地上不解地看着我和王宁，而王宁仍乐此不疲地喊着。

我灵机一动：咦！这只狗好像是因为王宁的呼喊才横空出世！

一个坏点子突然冒出来，于是我大声引导王宁："用力喊，用力点才能出来！"

于是王宁一遍遍地喊，我就一遍遍引导："用力，再用力，就快出来了。"

"用力，用力，就要出来啦！"

"很好！深呼吸，然后用力，对，就是这样！来，再来一遍！深呼吸，用力！"

"不错！来，再用点力！"

喊到第十遍回音终于出来，王宁得意又挑衅地看着我，而我更得意："恭喜你！母子平安，顺利生产。"

"你说什么？"王宁睁大眼睛。

"你没听到刚才我在帮你接生吗？"我指着地上的狗，"恭喜你，生了一条公狗。"

"你！"王宁气急败坏，重重掐我一下，"你才是狗！"

我开怀大笑，王宁却生气地转过身去，脸色也沉下来。

"喂，你不会生气了吧？"

"我不理你了。上次用藏头诗骂我是猪头，这次骂我生小狗！"

"我是开玩笑的，不是骂人。"

"你是谁呀？你这么厉害啊？连我也敢骂！哼，不要和我说话！"

"喂，我真是开玩笑的。"

"我不认识你。"

"好吧，我错了，你要怎样才能原谅我？"看王宁表情严肃，我赶紧赔不是。

"除非……"王宁笑了。

"除非什么？"

"除非你用刚才喊的'王宁很美'四个字为我作藏头诗。"

"原来你生气是装的！"

王宁笑得像阳光一样灿烂，娇声问："那你啊愿意为我作啊？"

"如果我不愿意呢？"

"那我就不理你了。哼！"王宁再次从鼻子里撒娇地哼出一声，我立刻理智全无。

"好吧，我答应你。"

"嗯，你写得好，我会夸奖你的。"

"怎么夸？"

"就像这样！"王宁说完再次圈起手向山谷喊道，"王——斌——是——个——有——才——的——骚——货！"

这次多了"有才"二字，不过也只是更高级点的骚货罢了。

我暗叹，果然不能招惹女人。

我思考片刻后，对王宁说："这样吧，你刚才说的茉莉花的传说里王荫祥也姓王，和你一个姓。而真娘的'真'字与美连起来，真美与很美意思相近，所以我干脆用'王宁真美'四个字来为你作诗吧！"

"好啊好啊！"王宁拍手叫好，眼睛跟上次一样闪烁光芒。

"那老规矩，我想好再告诉你，行吗？"

"行，你慢慢想。我困了，想休息下。"

"那要不要我给你当枕头呢？"

冒出这句话的时候连我都不知道自己是怎么了，好在王宁没拒绝。

于是我坐在石凳上，背靠柱子。而王宁则躺在凳上，把上半身靠在我怀里，放心地睡了下来。

我怀抱这个大眼睛的女孩，看着她美丽的面孔上长长的睫毛偶尔跳动一下，恬静而安详，我竟觉得她像跌落凡间的天使。

天使是不应该被爱情所伤的！

我希望王宁能在我怀里休养生息。

有半炷香的时间，我的心跳速度超出正常范围。

我突然害怕王宁醒来后会振翅飞走，却又希望她是上天派来抚慰我灵魂的精灵。

我忍不住轻抚王宁的面庞，那柔软水嫩、白皙美丽的面庞。王宁微微睁开眼，温柔娇气地看看我，然后又安心睡去……

29

缆车上的甜蜜

王宁醒来后我们便开始登山了。

索道恢复正常，可坐的人却屈指可数。缆车在空中爬升，我和王宁一起欣赏紫金山的风景。

五月的阳光刺眼而又温和，树木一片青葱。

远近山峦尽收眼底，耳边是鸟儿悦耳的鸣唱。

一条条山路清晰，交叉伸展，浑然天成。而人工阶梯上游客也谈笑风生，不亦乐乎。

这是我和王宁第二次见面，与第一次在旋转餐厅一样，同样置身半空，有种飘起来的感觉。

但这一次我们却一同欣赏大自然的风景。

我们人类都从大自然中来，也最终要回归到大自然中去，所以在大自然的怀抱里，我们会不会更有一种归属感？

反正我有这种感觉，不知道王宁有没有。

但某一时刻我却想分清楚到底是因为大自然还是因为王宁，让我有了这种归属感。

王宁很激动，说自己从没这么开心地爬过紫金山，我说那是因为有个英俊出众的杰出青年此刻正陪着你。

王宁说我不是什么杰出青年，而是骚货，绝对的骚货。

王宁假装要对缆车下的人工阶梯再喊一次时，被我慌忙拦住。

"姑奶奶，看在我要作诗赞美你的分上，你就饶过我吧。"

"那你的诗作好了没？"

"作好了。"

"那你快念啊！"王宁眼睛眨了眨，迫不及待。

于是我小心翼翼地念出来：

> 王胄青楼财富显，
>
> 宁娶当红徒枉然。
>
> 真娘一跃解情缪，
>
> 美魄流芳千古谈。

念完后，我特意解释："怎么样，你看每句句首的字连起来是不是'王宁真美'？四句诗把传说的情节全部概括，同时'宁'字用得巧妙。'宁'是多音字，在诗里两个音都用上了。横着念是宁愿的意思，竖着念则是王宁的意思。这下你满意了吗？"

"嗯，满意啦！王斌，你真牛！"王宁看向我的眼神像月光一样温柔倾泻下来，将我团团包围。

王宁把我看了一遍又一遍，激动地说："王斌，你好厉害，我很欣赏你！"

"欣赏我吗？"

我忍不住"扑哧"一声笑出来，而王宁迅速捕捉到我的不怀好意，把诗又念一遍，恍然大悟，拧着我的胳膊说："死王斌，你这诗不但藏头，而且藏尾。头四个字是'王宁真美'，但尾四个字却是'显然缪谈'。王斌，你怎么不去死！"

"哈哈……"我终于大笑出来。

王宁也忍不住笑着说："哼，你可真有才呀你！我啊是该好好夸奖你呢？"说完对着人工阶梯又喊起来，"王——斌——是——个——有——才——的……"

在最后两个字出口前，我赶紧伸手捂住她的嘴："姑奶奶，饶了我吧！"

"那你说，我到底美还是不美？"

"美！王宁真美！"我只好屈服，顺着她的意思往下说。

"哼，那我啊迷人啊？"

"迷人！"

"那……"王宁头一扬，"鬼呢？"

"也能迷住！"

"啊是真心话啊？"

"是！"

"那你是说我很讨人喜欢咯，对吗？"

"对啊！"

我回答得斩钉截铁，心里却在笑：明明是你自己说自己讨人喜欢嘛。

"那……你喜欢我，对吗？"

"对……"

我始料不及，刚吐出一个字便打住，诧异地看王宁。王宁的目光像星星一样明亮，又像月光一样温柔，还带着炙热的羞涩。

我突然感到一直深藏在心底的火种被点燃，心里陡然亮了起来，也热了起来。

王宁眼睛眨得更快了，目光羞涩又坚定地凝视我。

终于，我先不好意思地扭过头去，一秒钟后又扭回来，鼓起勇气，凝视王宁的眼睛，眼皮也不受控制地打着架。

"你确定想知道吗？"我问。

"嗯。"

王宁似乎被我炙热的眼神烫到了，低头用手顺一顺刘海，然后再次抬起头来，问："你啊喜欢我啊？"

"喜欢！"我斩钉截铁地回答。

"嗯。"

"那你也喜欢我吗？"这次换我问。

"喜欢。"王宁温顺地回答。

"那……你为什么喜欢我？"

"因为……"王宁说着冲人工阶梯喊道，"王——斌——是——个——有——才——的——骚——货——"

这一次我竟忘情到没有阻拦。

人工阶梯上游客纷纷抬头，传来阵阵笑声。有个调皮的男孩居然冲我们喊："他不是骚货，他是宇宙超级无敌大骚货！"

王宁笑得眼泪也溢出来。

王宁如此开心，让我觉得被糟蹋得很愉快。我希望王宁能保持此刻天真灿烂的笑容，因为真的很美。

"王斌，我喜欢你！"王宁大声说，说完把头歪过来轻轻靠在我肩上。

我也不由自主地抬起右臂轻轻地、温柔地搂住这个既美丽又娇气的女孩。

"王宁，我也喜欢你。"

"嗯。"王宁慢慢闭上眼睛，我傻傻凝视她的美。

……

"王斌，你干吗呢？哼！"

"我……我没干吗呀？"

"那你怎么不……"王宁不说话，把脸微微向上昂起。

我恍然大悟，原来她在等我亲吻她。

"你到底……是……什么意思？"我心脏狂跳。

"你！"王宁睁开眼睛娇气地瞪我一下，然后又闭上，噘起嘴从鼻子里撒娇地哼出一声，然后再次把脸微微昂起，安静等待。

在激烈的内心刺激下，我左手捧起王宁的脸，情不自禁地把唇覆在她的额上，然后温柔贴住。

王宁轻轻"啊"了一声，然后紧紧抱住我……

30
现实

回忆正在甜蜜处被打了断，正如人生总是容易在得意时被泼上冷水一样——公车停在一家公司门口。

"斌哥，我们到了。"猫拳似有意又无意地提醒我。

我推开车门，把双脚缓缓放回地面，感觉有些沉重。可能一路上电脑包压住大腿的缘故，血液有些不通畅。

我把包斜挎肩上，再转身背对公司，昂起头闭上眼睛深吸一口空气，让它一直进入肺里。

南京的空气依然如故，湿润中仿佛夹着一丝淡淡的甜。

我又想起三年前刚到南京工作时，每天走出公司大门后习惯性呼吸新鲜空气的情景，那时王宁还没出现在我的世界里。

异乡空气的清新令我格外珍惜，因为我不知道什么时候就会离开这里回到家乡，回到那煤灰漫天飞舞、天地间灰蒙蒙的世界里。

或者去别的地方，但空气也不见得能比南京好。

王宁出现后，我记忆里最深刻的气味从此变成茉莉花茶的香味。

喝茶的习惯因王宁而养成，并时刻不离地陪伴我。

对于人的一生来说，没有什么会比记忆更持久，也没有什么能比记忆更伤人，或者养人。

我是该庆幸遇到王宁后有过一段刻骨铭心的感情呢？还是该后悔不该遇到她？那也就不会有后来的伤和痛。

如果不曾遇到，我想我重新回到南京并呼吸这里的空气，心情一定是十分愉快的，但我的记忆里一定也少了一抹浓艳而美丽的色彩。

可惜人生没有如果，所以我无法验证不曾失去的轻松。

我又不自觉得深吸一口气。

"斌哥，空气是不是有问题？"

猫拳的声音把我拉回现实，我这才发现我立足的地方再也不是我以前所在的公司了。

猫拳啊，猫拳，你大概不会知道，当你怀念爱情时，连空气也会有爱情的味道。多么令人悲伤的味道。

"斌哥，要不给她打个电话吧！"

原来猫拳知道。

"不了，我们干活去。"我转身径直朝公司大门走去。

我、猫拳和程姐，拖着斜斜的身影消失在夕阳的余晖中。

31
回忆

两天的调试工作结束后，大家筋疲力尽，同行的原班人马带着如释重负的心情沿原路返回，而我的思绪一路飘飞。

我果然还是离开了人山人海的南京，那山与海都不会与我再有牵连，可心却为何被记忆紧紧缠绕？

缠得那么深、那么紧，每次想解开，却终究只是徒劳。

我问苍天，这到底为什么？苍天不语。

我看着车窗外倒退的景物，那些熟悉的建筑也只是从我心里淡淡划过，直到我又瞥见远处那一抹紫金山的颜色，才看清缠住我心的到底是什么。

原来所有相思不舍的根源，都来自我和王宁乘缆车时的那个吻！

初吻！

是我的，却不是王宁的。

但当时她是那么甜蜜，而我更加甜蜜。

那可是我的初吻呀！是过去懵懂岁月里无数个日夜痴痴幻想的初吻。

那个吻给我带来的心跳，让我此生不忘。

我仍记得吻她额头时她投入的表情，还有亲她面颊时我贪婪的本能和泛滥的温柔。

那天从索道下来后，我们登临山顶的天文台，在天文台上吹着五月的柔风，又甜蜜很久。记不清当时说了多少情话，但王宁要我答应永不离开她的眼神，始终令我难忘。

我曾经多么想好好保护她！

那天我们在天文台旁的一棵古松下埋下装有我们各自心愿的许愿瓶，瓶子是在山顶买的。

王宁在纸条上写下她的心愿时还用手紧紧捂着，说不能给我看，而她也不会看我写的。

她说希望等我们经历三年之痛或七年之痒时再过来看看，看对方当年都许的什么愿，看看有谁背离了自己愿望……

那些真挚无比的愿望啊，就那么一直静静地躺在那里！

"王斌，如果你能把我背到山下，我就让你再亲一下。"这是下山时王宁对我说的话。

我二话不说把王宁搂到怀中，又甜蜜地亲一下她的脸颊。

"王斌，我啊是很重啊？你啊敢娶我回家？"

"王斌，你怎么不说话啊？你啊是不想啊？"

……

到了山底，我放下表情享受的王宁一屁股瘫坐在地，一面擦汗一面喘着粗气，说："差点被你压死！刚才没力气说话，现在我明确告诉你：就算你再重，我也要娶你！"

"哼，不可以骗人哦？"

……

唉！我不禁又深深叹出一口气。

那些欢声笑语明明就在耳边，就像昨天刚刚发生过一样，可是却已经成为过去。

一切都已过去！

可这一切结束的原因究竟是什么？

32

造化

我和猫拳回到实验室时，我妹已经等了很久。

在我返程路上，她打电话说要来看我，我让她先在实验室等我，晚上我请吃饭。头疼妹帮我把房间整理了一遍，书桌上还放了一袋香瓜。

有个妹真好。

头疼妹第一次见猫拳，友好地拿了一个瓜丢给他："嗨，胖子，请你吃瓜！"

猫拳接瓜时皱了皱眉。

"喂，胖子，其实我不该请你吃瓜。"

"为什么？"

"因为你长得确实像瓜，我不该让你同类相残。"

猫拳终于忍无可忍，冲我竖起中指。

晚上和我妹吃饭时，我还是提不起神，心不在焉地听她描述近期遇到的新鲜事。

注意是描述，不是讲述。

因为女人在讲故事时总喜欢添枝加叶，而我的故事虽然一直在脑海中高速盘旋，却始终停不下来。

像一架高速移动的飞机，我无法看清它的全貌，却可以感受它在天上腾云驾雾。

自从我和王宁在紫金山一游后，我们的恋爱关系便确立下来，有好几个月的时间我都处于一种腾云驾雾的状态。

而腾云驾雾最厉害的一次是在一个下着蒙蒙细雨的夜晚，我俩浑身湿漉漉地坐在公路旁的树林里说情话。

"王斌，你真好！"王宁主动亲一下我的脸颊。

"真的好吗？"

"嗯，真的好。"

"那我会一直对你好下去的。"

119

"可是你知道我心脏不好,我很怕哪天会突然离开你,离开这个世界。"

"放心,你不会突然离开这个世界的,我坚信。我只怕你会不想离开,最后成了大家都'痛恨'的老不死的。"

"去你的,讨厌。"

……

从树林出来后,我和王宁去找饭店吃饭,路上我一手撑伞,一手搂王宁的肩。

"王斌,你怎么一直亲我的脸也不亲我嘴呢?哼!"王宁娇嗔。

"我……我胆子小,不敢。"

"你真傻!"

"是吗?愿意做你男朋友,我也觉得我很傻哦!"

"讨厌!"

王宁一面撒娇,一面双手挽住我的臂弯,把头靠在我肩上,娇滴滴地望着我说:"一把伞,两个人,雨停了也不想收。"

当时的夜色,王宁的眼神,还有绵绵雨丝,永远扎根在我心底。

从此我开始喝茉莉花茶,并恋上那股浓郁的茶香。

也许是爱屋及乌,每次喝茶我都想起王宁,想起那个关于真娘的凄美传说。王宁在叙述传说时的心碎神态和悲伤眼神以及天真的愿望,始终令我难忘,让我忍不住想保护她。

可不知为何,虽然王宁很喜欢茉莉花,但我却始终觉得她的娇贵姿容与茉莉不搭。直到后来某天,王宁开着上百万的奔驰跑车来见我时,我才肯定自己的直觉。

王宁不是茉莉,而是百合。

看着王宁姿势高贵地从名车里出来,我当时的难受远远超过惊讶。我隐约觉得我和王宁不会是一个世界里的人。

王宁果然是千金小姐。而我,是贫民。

也是自从那次后,我开始领教到王宁的公主脾气。王宁大部分时候像个娇滴滴的公主,可一旦脾气上来那绝对是说一不二的。

我和王宁还是带着美好的憧憬开始天真地讨论买房结婚的事,虽然我们才谈了不到半年恋爱,见面次数也不多。

　　而买房对于经济条件悬殊的我们，其实是个无解的难题。

　　有次约会，王宁事先没打招呼，见面后直接带我去看她喜欢的一处楼盘。楼盘位于郊区，依山傍水，绿化得如园林一样优美，一看就知价格不菲。当售楼小姐为我介绍王宁看中的观景房价格时，我一头便扎进自卑的旋涡里，再也没勇气逃出来。

　　王宁看到我难过的表情没说什么，眼里似有泪光。

　　那天回去后，我跟王宁摊牌，说我实在买不起。王宁说买不起也没关系，我家配部好车就行，房子她们家买。

　　可是好车也买不起呢？

　　后来王宁几次哭着在我的怀里问我："如果走到最后一步，我们无路可走了，你啊愿意带着我私奔啊？"

　　"愿意！你想去哪我就带你去哪。"每次我都坚定地答。

　　再后来，我们也讨论过另一种可能促成我们的计划。

　　王宁希望我继续深造硕博连读，将来她自费陪我到国外留学，等学成归来后我带着海归博士的光环进她家，也算光耀了她生意世家的门楣。而我当时也觉得可行，于是制订考研计划，并开始利用工作之余的时间埋头苦读。

　　王宁曾带着幸福的憧憬说，希望我们一起去浪漫的法国留学，去看一看异国的风情。我说不行，你知道法国是烧杀抢掠我们中国的八国联军之一吗？你知道法国卢浮宫里躺着多少从我们中华民族掠夺过去的奇珍异宝吗？他们现在的所谓民主富强都是建立在当年的血腥掠夺上，而他们以后资源匮乏了也不会跟弱国讲什么民主和仁义道德。

　　王宁觉得既然不喜欢法国那就西班牙吧，那也是她很喜欢的国家，最后我们将目标定在热情似火的西班牙。

　　只是很可惜，这一目标最终没有完成，因为我忙得把王宁的生日也忘了。

　　王宁没有原谅我，她换掉手机号码，从我的世界里彻底消失。因为没去过她家，所以我也根本找不到她。

　　偌大的南京，茫茫的人海，我只能独自徘徊在曾经一起去过的地方。

　　有好几次，我一个人走在曾经她开车载我经过的路段，一走就是半天，有时甚至是一整天。

　　我心痛得竟无处藏身。

在恋情无端结束的日子里，我还是不分昼夜地工作、学习，按自己原来制订的计划一步一个脚印朝前走。

那真是一段痛苦黑暗的日子啊！

巨大的心理压力和失恋的沉重打击压着身为异客的我，一度使我濒临崩溃。

干脆离开南京吧！

于是，我辞掉工作。坐火车离开南京时，连眼睛都不敢睁开去面对这座给我留下美好回忆的城市，嘴里反复不停地念着两个名字："王斌，王宁，王斌，王宁……"

名字的韵母接近。而且，都是同姓！

我曾多少次坚信这是天公作美的一场相遇，直到最后才不得不接受造化弄人的事实。

后来考研差几分没能进入科大，但能调剂回工大也算天无绝人之路。而遇到小猪让我明白：不仅天无绝人之路，而且皇天不负苦心人。

一个月后，当小猪告知我要来合肥参加课程培训，并可能在这边暂住数月的好消息时，我激动得仰天长啸：

天若有情天亦老！

33

恭迎大驾

本来小猪不打算在合肥过夜，因为不管是住旅店还是租房子，都是一笔不小的开支，不如坐绿皮火车当天来当天去地省钱。我则坚决主张让小猪在这边住下来，这样能有更多时间投入学习上。

至于房子问题我骗她说好友猫拳租房，可以让他回宿舍暂住几天。

小猪答应下来后，我开始四处奔波为她租房子。

当然，自掏腰包。

虽然要动用我在南京工作时省吃俭用攒下来的那一点点微薄的积蓄，但我也觉得——值!

后来发生的事情证明,就算砸锅卖铁也值。

我为小猪在校内租了一套精装修的房子,一室一厅,一厨一卫。

房主是女性,所以房间装饰得清新典雅,客厅还养了几盆花草,让我觉得环境很适合小猪这样的美女。

我又别出心裁地为小猪设计了一套隆重的欢迎仪式。

考虑我妹和猫拳一直很好奇小猪的惊天颜值,早想一睹芳容,我决定给小猪接风那天也叫上他们,大家一起吃顿饭。

不过前提是他们必须按我的设计,配合我一起热烈欢迎小猪的到来。

我妹听到我的附加条件气不打一处来:"哥,你说,以你妹我的仙姿,有多少人排长队撒花鼓掌想见我都没资格,你竟然让我点头哈腰去迎接别的女生?"

我说:"那你就在家当你万人景仰的女神好了。"

最后我妹表示:当女神当厌了,放假一天当回啦啦队队长也挺好玩。

我又让猫拳发动同学关系,借来学院迎接贵宾用的红地毯,另外又买来四盒礼炮。

小猪来的那天是下午,我先带她去住所安顿行李。

小猪对房子很满意,表示一定要请猫拳吃大餐以示谢意。我说不用你请,我来请他就行。

我带小猪去实验室时,我妹和猫拳早已守在那里,红地毯已提前十分钟在实验楼门口铺好,四盒礼炮也分地毯两侧摆好。

还有三十米到实验楼时,我用免提方式拨通猫拳电话:"各小组请注意,各小组请注意,女神马上到楼下!"

"洞幺明白,洞幺明白,洞幺已就绪,Over!"猫拳回复。

紧接着,礼炮声高高响起,一簇簇拖着尾巴的爆竹腾空而起,在天空中炸响。

小猪在我的引领下踏上大红地毯,她今天换了夏装,一袭紫色收腰碎花连衣裙,复古而又融合现代元素的荷叶形衣领大方淑女,掩映着凹凸有致的标准身材。

衣服并不新,但洗得很干净,在鲜艳的大红地毯映衬下反而更凸显了小猪的不俗和明艳。

而她玉腿圆润紧闭，举步间娉婷婀娜，让我立刻产生仙女下凡和望而生爱、继而生畏的复杂感觉。

小猪开心地享受这高规格的欢迎仪式，十指交叉握扣，垂于腹间。那张绝美的脸微微昂起仰望爆竹，同时身体轻轻摇摆，可爱得如小女生。

我一阵眼花缭乱，而猫拳也惊得瞠目结舌，呆呆地望着小猪。我递眼色给他，示意他去准备下一道程序。

正在打扫卫生的楼管提着笤帚一路小跑过来："小王同学，你燃放烟花爆竹是违反校园管理规定的，你还乱铺红地毯，你这样不……"

"行"字还没出口，看到扭过头来的小猪，楼管也惊得不说话了。

我拱手对楼管道："终身大事，在此一举。请您老高抬贵手，小弟感激不尽！"

"行！去吧，我来善后！"楼管斩钉截铁。

"猪头，就你会占便宜！"小猪经过我时斜着白我一眼。

那一眼太迷人，绽放出令人心神震荡的美。

我一生都会记得那眼眸白我时露出的迷人眼白。

因为那眼白里有着一分怒意、两分怨意和七分笑意，加起来变得十分娇嗔，更十分美丽！

34

穿针引线

我领小猪上了实验楼。

我们快到实验室门口时，我妹电话打了过来："洞俩准备完毕，洞俩准备完毕，请求指示，请求指示。"

"按原定方案执行！"我潇洒地下达命令。

实验室里立即传出一阵"欢迎欢迎"的呼喊，并伴有摇铃声。

一进门，我们看到我妹带着胖墩墩的猫拳像啦啦队一样笨拙地摇晃铃铛，小猪脖子一缩，"扑哧"一声地笑出来。而看到小猪的那一刻，我妹摇铃的手臂也垂下来，站在原地张大嘴巴，难以置信地看着小猪。

"你们好！"小猪自信地跟他俩打招呼。

没有回答。

过了半晌，我妹终于回过神，急忙上前挽住小猪："热烈欢迎，欢迎嫂子！"回头喊猫拳，"胖子，快！"

猫拳这才回神地跟上去，也同样说："热烈欢迎，欢迎嫂子！"

"干吗学我？"我妹瞪猫拳一眼，"我哥又不是你哥，我哥的媳妇，我喊嫂子，你凭什么喊？"

"这……"猫拳尴尬地挤挤眼，想了想后说，"那我干脆吃点亏算了，你就当我是你哥未来的妹夫吧。欢迎嫂子！"

"你！"我妹狠狠瞪猫拳，"死胖子，你要嫌活得太好，我可以让你不好。"

"哈哈……"我和小猪同时笑起来。

"谢谢你们，"小猪笑完急忙解释，"不过我可不是……"

"你可不是外人！"没等小猪说完，我妹抢过话来，"你现在可是我亲爱的嫂子了，以后我们就是一家人了！"

"呵呵，你抢得好快，可我不是这个……"

"可你不是这个世界的人，你是带着好几世的记忆才在今生又找到我哥的，对不？"

"不，我的意思是……"

"你的意思是那么隐蔽，别欲盖弥彰呀，嫂子！"

"我……"

"你一定累了吧！来，嫂子，快坐下歇歇！"我妹递眼色给猫拳，猫拳搬了一张椅子过来。

小猪还想说什么，看我妹又准备开口，只好转身求助似的对我说："你妹好厉害！"

"你说错了。"我纠正小猪，"你应该说'我妹好厉害'才对，因为她以后也就是你妹！"

我和头疼妹对视一眼得意地大笑起来，我隐约觉得小猪瞄了我一眼。

我给大家一一做介绍，小猪对我妹早有耳闻，猫拳倒是第一次见。

小猪说猫拳给她的第一印象就是长得很有喜感，这一点倒和我妹英雄所见略同。

猫拳憨憨地问："你们怎么都觉得我有喜感？是……喜欢的感觉吗？"

"滚，少臭美！"我妹率先发炮，"我说你有喜感的意思是你长得有让人喜笑颜开的逗人感觉，简称喜感。"

小猪接着发炮："我说你有喜感，意思是你长得能让人想起一个有喜感的谜语。"

"谜语？什么谜语？"猫拳问。

我暗自好笑，因为我知道猫拳肯定要倒霉。

"这个谜语就是用你的体貌特征打一种美味的食物。"小猪笑容熟悉。

"这不好玩。"猫拳有所警觉，不愿接招。

"让我来猜！"我妹拽了拽小猪袖子，"嫂子，答案是不是冬瓜？"

猫拳眉头微皱。

小猪笑了："接近但还不是，谜底跟肉有关哦！"

"我也许能猜到。"我突然灵光一闪。

小猪微笑地看我，我们目光接触后迅速分开，但那一瞬间我有种我猜到了而她也认为我猜对了的感觉。

我妹又出来起哄："哥，你先别说，跟嫂子玩个游戏吧！"

"你要干吗？"小猪紧张地看向我妹，我和猫拳同小猪做一样的动作。

我妹从桌上找来两支笔，分给我和小猪："哥，嫂子，你们把谜底先写在手心，然后同时打开，看是不是一样。"

"好主意！"猫拳称赞。

小猪不吭声，表示默许。

我举左手手心面朝自己，在上面写下两个字：肉松。

小猪也在手心写下谜底，我们把手掌凑到一起再同时打开，掌心写的都是肉松。

"没错，肉确实松！"我妹坏笑，小猪也笑，猫拳不笑。

"哇，嫂子，你好厉害，我哥也好厉害！你们俩简直就是双剑合璧、心意相通啊！"我妹又趁机起哄，"嫂子，我突然想起一句诗，用来形容你跟我哥再好不过，就是——身如彩凤双飞翼，心有灵犀一点通。"

小猪微微别过脸去，嗔道："你又喊……"

"我又喊出你藏在心底的秘密了，对不对？"

小猪刚开口又被我妹给堵回去，只好转过身来无助地看我，眼神既娇媚又像在求救："八戒，你妹又乱说。"

"哪有！"我大声力挺我妹，"我妹说得对，我们确实，身如彩凤双飞翼，心有灵犀一点通！"

"哈哈……"

35

好厉害的妹

晚上吃火锅，席间猫拳仍是我妹和小猪轮番攻击的对象。

四人分两排落座，我和小猪坐一起，猫拳跟我妹坐一起。我妹一边涮火锅，一边涮猫拳："喂，胖子，谢谢你，坐你身边真的好有安全感！"

"为什么？"猫拳贱笑。

"因为我坐你旁边简直就像渔船停在航母旁边一样，小得可怜。而且你只要一出手，什么岛屿都能让你给铲平了，我到现在连锅里一块肉都没捞到，全让你捞完了。我不用担心自己吃胖，这不是很有安全感吗？"

猫拳伸到半空的筷子停顿后缩回来，紧接着猫拳拿起汤勺，干脆直接用汤勺去锅里舀，动作夸张得很。

"喂，死胖子，你居然用舀的！你真当自己是李逵抡板斧吗？"

"什么意思？"我、小猪还有猫拳，三人同时问。

"就是仗着自己'体强家伙硬'的意思啊！"我妹不假思索地答，说完就发现自己说错话了，慌忙捂嘴。

可是来不及了，猫拳不知怎么开了窍，故意舀起一块长长的羊排送到我妹面前，阴阳怪气地问："家伙不但硬，而且还很长。那你想不想要我这根又硬又长的家伙呢？"

我扑哧一声笑出来，小猪也不好意思地别过脸去。

我妹狠狠瞪猫拳，猫拳却把羊排又放到自己碗中："嘿嘿，想要我还不给你呢！"

猫拳正要吃，我妹却站起来冲他吼道："又长又硬了不起吗？那老娘今天就再教你一句歇后语！"说完她抬起穿高跟鞋的脚，对着猫拳的小腿一脚踢过去，猫拳惨叫一声。

我妹像收拾好蠡贼似的来回擦手掌："死胖子，知道为啥用鞋头踢你而不用长的鞋跟吗？"

"为，为啥？"猫拳哭笑不得。

"笨！这就叫高跟鞋头踢流氓——跟（根）长有鸟用！"我妹加重声音，"太细了！太细了，你懂吗？"

"厉害！"我和小猪同时赞叹。

"猪头，我终于明白为什么你说你妹是道高一尺魔高一丈了。"小猪忍着笑看我。

我妹凯旋而归，坐回原处："嫂子，你才厉害，能让我哥花血本为你租房子，还请你吃大餐。"我妹故意这样说，想让小猪感激我。

小猪羞涩地笑了，抬头看我一眼，目光正好和我的眼神撞到，我紧张地避开。

晚饭过后，我妹和猫拳各自找理由离开，为我和小猪创造条件。

我妹建议我们去包河公园散步，小猪欣然接受。

临别前，我妹把我拉到一边："哥，想不到你真遇到一个大美女。而且我以女人的直觉告诉你，小猪一定很喜欢你。你一定要先下手为强，可别放羊归圈，后憾无穷啊！"

我妹又乱改成语，不过她让我趁热打铁的意思，我懂。

今天多亏我妹穿针引线，使我和小猪的关系又近一步。

我估算了一下，如果我没记错，我妹今天一共叫小猪三十多次"嫂子"，每次小猪试图否定，都被她千方百计地把话给堵了回去。

而每次小猪向我求助，我都会对她说："在这一认识问题上，我和我妹的观点是始终保持一致的！"

36

包河野战

包河河畔，一轮明月高悬夜空，映得河面清辉波动、灯影幢幢。

环河石径上不时有情侣走过，我和小猪逛累后在河边的一片草地上坐下来。

从这里向两旁望去，左侧荷花映月，右侧有石拱古桥灯火通明地倒映在水中，而正前方——对岸昏黄的路灯在河面上映下一条条光柱，随波摇曳。

小猪一身连衣裙的淑女打扮立刻融入这种古色古香的环境中，举手投足间更显得风姿绰约，引人入胜。

我突然被小猪侧面的柔美弧线深深吸引，仿佛掉入梦境一般，真不敢相信这一切都是真的。

而每次当我偷看小猪时她都好像心里早就知道一样，总默默接受我的注视，直到过了很久后才故意轻咳一声，提醒我适可而止，就像第一次见面时那样。

这次也是小猪先打破沉默："八戒，谢谢你，今天辛苦你了。"

"哪里，不辛苦的。"我笑一笑。

"今天你来接我前把整个房间都认真打扫了，怎么会不辛苦？"

小猪用确信的眼神望着我。我很惊讶，不知道怎么被她洞察出来的。

其实我是挺累的，昨天因兴奋而失眠，一直到凌晨三点才睡，早晨又早起收拾半天房间。

"你怎么知道？"我问小猪。

"房间里所有能看见的东西全都整整齐齐一尘不染，连花盆都被擦得很干净，而且刚浇过水，我猜这是你的功劳。"

"你真细心。"

"所以，八戒"，小猪眼睛一亮，"你辛苦了。"

"没有，其实我妹今天才真的辛苦，你不觉得吗？"我不敢正视小猪发亮的目光。

"为什么？"

"因为每次你想解释都被她千方百计把话给堵回去，简直就是兵来将挡，水来土掩啊！"

"对哦，你妹好厉害！我有一百种方法能把话说清楚，不料却输在她第一百零一种堵话的……"小猪没说完，似乎想到什么，不好意思地扭过身去，望着河面不再说话。

我也不说话，痴痴凝视着小猪柔美婷婷的背影。

过一会儿，我忍不住对小猪说："你的背影好美！"

小猪身体颤了颤，没说话。我双手抱头向后仰躺在草地上，问："我可以再欣赏一会儿你的背影吗？"

"嗯。"小猪轻哼一声。

我醒过来的时候，小猪正一脸怒笑地看着我："不是说要欣赏人家的背影吗？怎么睡得跟死猪一样？"

"啊？我睡着了吗？"我揉揉眼睛，伸个懒腰。

"是的。你还打呼！"

"啊？不……不会吧？你太美了，我想我一定是看醉了。"

"猪头，你真欠揍。"

"Sorry，刚才突然有点困。"

"嗯。"

"真的很Sorry！"

"已经原谅你了。拿着，猪头，这个给你。"

小猪将捏在手里的一张纸条递过来，我接过一看，原来又是她的墨宝。只见上面写着：

天蓬园憩

——观天蓬元帅于公园打盹，由感而作。

池荷舞破月花衣，水里白袍草上披。

呓语偏将情意泄，馋涎飞处又哼唧。

诗的前两句写景，不但色彩丰富，而且动静结合。一轮明月倒映在满池荷花之间，仿如月亮穿上花衣一般。当清风拂过水面时荷花摇曳，似乎把月亮的花衣也给弄破了。而水中倒映出的草地上，有白袍铺于其上，由此可见有穿白袍的东西睡在草地上。可为什么不是红袍，不是黄袍而偏偏是白袍？原因很简单，因为猪皮是白色的。这一点联系诗名就能猜到。

诗的后两句是进一步对这头猪做特写，说它一边打呼噜，一边流口水，还说梦话，泄露了藏在心里的情意。

我又一次叹服于小猪深厚的文学功底和细腻的文思。

这丫头，认定我是天蓬元帅猪八戒了！明明自己喜欢猪，自己做头小猪也就是了，非要把我也拉下水去。

"怎么样，喜欢吗？"小猪很得意。

"喜欢。不过呓语一句是你虚构的吧？"

"没有啊，猪头，你刚才确实说梦话了。"

"啊？不会吧？"

"我没骗你哦，你在梦里还叫着一个女生的名字。猪头你真痴情！"小猪语气认真，不像假的。

我心里一惊，瞬间想起王宁，想起前些天做梦梦见她的事。这个节骨眼上不会又梦到她吧？

我感到面颊发烫，心情紧张。

"不……不会吧？怎么会呢？我应该叫的是你吧？"我强作镇定。

"猪头，你说谎！你心里是不是有个难以忘记的女孩？"

"没有啊。我难以忘记的就……只有你。"

"八戒，你骗人，我不要理你了。"

"我真的心里只有你，没别人。"

"我不信。"

"你不信，我可以对天发誓！"我急忙举起三根手指，正想发誓却发现小猪正在认真打量我。我突然想起她在舜耕山上唬我的情形，跟现在简直如出一辙，原来她又在拐弯抹角试探我。

"谁叫你发誓了，你着什么急呀？你好好说就是了。你说的，我都会相信。"小猪羞涩地转过身去，眼波比月光还要温柔。

"那我已经说了，我心里真没别人。"

"嗯。猪头，你过关了。"

"过关？过关是什么意思？"这次轮到我发难。

"过关就是过关呗。"

"可过关究竟是什么意思？"我起身坐到小猪面前，直视她。

"我不知道。"小猪再次转身背对我。

我身子一斜，把头再次凑到小猪面前："可我到底过了什么关？为什么要给我设关？这好难理解啊！喂，过关到底是什么意思？"

"不知道，不知道，不知道。"小猪红了脸。

我用手指戳一戳小猪的肩："过关到底，到底，到底是什么意思？"

"你好讨厌！人家逗你的，你没说梦话。"小猪低头，娇艳羞涩地笑了。我感觉有灵魂离开我的身体。

"可我还是不明白你为什么要逗我。嗯？"

"想逗就逗呗！"

"那就别怪我不客气了。"我伸出右手食指向小猪腰部戳过去。

小猪痒得一面笑，一面躲，我又把左手食指也举起来向她示威，小猪吓得从地上爬起，一边跑，一边回头对我说："猪头，人家又没让你发誓，你干吗着急呀！"

我当然着急了，我可不想失去你，你知道吗？

我也从地上爬起，朝小猪追过去……

"猪头，你老实告诉我，你刚才是不是很害怕？"

"我又没做亏心事，干吗要怕？"

……

送小猪到租房的门口时，我问小猪要来笔和纸。

"猪头，你想干吗？"

"刚才你送我一首诗，我也以公园和月夜为背景送你一首！"

"哦！你也有灵感了？"小猪睁大眼睛。

"是的。刚才在公园追你时突然有了灵感。"我故意在说"追你"时加重声音。

小猪目光羞涩地一闪："猪头，那你快点写给我呀！"

于是我趴在墙上，借着灯光把一首代表我对小猪赤裸爱意的《天蓬野战》写了下来：

天蓬野战

——同小猪公园里追逐嬉戏，由感而作。

时时园里追骑跨，月隐月明冬复夏。

妾唤郎君心莫急，郎答夜晚何须怕。

诗中，我承认自己是天蓬元帅猪八戒，是一只猪，并时常在夜里追着向小猪求爱。诗里，母猪让公猪不要心急，而公猪反问母猪何必害怕，这跟公园里小猪让我不要着急并问我害不害怕的情景正好吻合，而我也反问她何必要怕。

想出这首诗时连我都觉得自己是天才！

写完我把纸对折，交给小猪："我走以后，你再看。希望你能看懂我誓死也要'追求'你的心意。"

说到"追求"我再次提高音量，并脑补追逐求爱的情景。

小猪瞬间涨红了脸，低头收下纸，像蚊子似的哼一声。

"记住，虽然我有点心急，但只要我们的关系光明正大，就没啥好怕，知道吗？"

"嗯。"小猪声音几乎听不见。

"还有，要记住是'追求'哦！"我再次强调。

"讨厌！"

"我要狠狠'追求'你哦！"

"你无不无聊。"

"我真的很想狠狠、狠狠、狠狠'追求'你哦！"

"行了，你快走啦。"

"那我走了，明天见！"

"嗯。"

小猪关门后，我才离开，一直到回宿舍后，我的心情久久不能平静。

一想起小猪听我说要追求她时的羞态和闪躲，我便忍不住欣喜若狂，心里不断回忆那首歪诗，激动得眼泪也笑出来。

而小猪的一颦一笑、一举一动始终在我脑海中萦绕，尤其小猪羞红脸的样子更是让我躁动了一整夜。

这一夜，我彻底失眠了。

我一会儿禽兽般幻想亲吻小猪，并疯狂地抱紧她的身体，一会儿又深深陷入对这种禽兽行为的不耻和唾弃中，一会儿陷入对小猪的单纯爱慕中，仿如体内有神魔交战一般。

一会儿神打败了魔，一会儿魔又重挫了神。

我的体内燃起无名烈火，从头到脚、从血液到细胞都在焚烧冒泡。

这种神奇之感时而让我疯狂，时而又令我窒息。

我说过，小猪的美能让绝大多数男人都为之心动，我也是男人，所以并不例外。

我渴望拥有小猪的美！

而我何其幸运，竟与小猪如此亲密，可我丝毫不敢去冒犯这种美，只能偷偷幻想。

记得以前听过一种说法，说男人喜欢女人是出于动物的本能。

最初的喜欢是从渴望异性身体开始，本性使然嘛！

而后随着喜欢的加深逐渐升华成爱，然后你会发现你每次想她都和最初的幻想不一样了，你甚至完全脱离动物的本能。而想她也成为像呼吸一样的习惯，你只是单纯想要看到她，想对她好……

也许我对小猪的喜欢尚停留在会触发动物本能的初级阶段，但有一点我很肯定，我喜欢小猪，而且越来越喜欢小猪。

我陶醉小猪的美却又敬畏这种美，不知是出于内心的自卑、软弱，还是害怕？虽说读过几本恋爱宝典，也自认有些理论，但每次面对小猪我还是会怕。

这种怕就像明知遇见歹徒需要镇定，但真遇到时还是会害怕；就像明知死亡不可避免，但真来临时还是会心悸。

这种怕是一种本能反应。

只是，这种反应却如此美妙，令人心动。

我突然惊觉，原来我和猫拳都是同一类人：虽然平时思想邪恶，会对异性产生各种变态想法，可一旦遇到真正喜欢的女生，却又变成无比虔诚的守护者，就像李若彤版电视剧《天龙八部》里段誉对王语嫣那样。

与此同时，我也想起王宁，但竟然第一次，我在想她时产生一种释然与告别的心情，我知道这是因为小猪的美丽和温柔驱散了我心底的伤。

原来小猪才是上天派来抚慰我灵魂的精灵！

而她真正像是一朵茉莉花，一朵只为我而绽放的绝美的粉色茉莉花。素洁、浓郁、芬芳、久远。

我在心里告诉自己：我一定要好好呵护她，我愿意做她永远的天蓬元帅猪八戒。

也让她做我心里永远的茉莉花，和一只小猪。

37

蜜月

次日清晨，我一早便守在小猪门外，小猪出来时一手锁门一手捂着嘴巴打哈欠。难道，她也失眠了？

小猪看到我后便像受到高度惊吓，闪电般转过身去，侧对我静静站着。

"怎么了？"我走上去问。

"哼，我妈说得没错，你就是色狼、变态加臭流氓！"小猪侧着身体、昂起头对着天空说话，耳根处有微微的红。

我再一次看到小猪羞涩的笑容，连美丽的眼白里也全都是这种笑容。我瞬间又灵魂出窍，呆呆凝视小猪的侧面。

过了好一会儿我才反应过来，对小猪说："我们去吃早饭吧。"

"嗯。"

我转身迈步，同小猪一起往前走的时候，隐约间觉得小猪偷偷瞟了我一眼。

清晨的阳光照在脸上，感觉很温暖。

小猪住下后，我生活的这一小片天地，这块曾经被我认为像牢笼一样的地方，一下子变成天堂。

小猪每天只有上午有课程安排，下午晚上没课，我利用这段时间完美演绎了护花使者的角色。

每天清晨，我会一早就守在小猪房间的门口，带她去吃各式各样的早点，都是家乡吃不到的。我们中午一起吃午饭，下午和晚上则一起去学校自习教室里学习。如果天气好或学习累了的话，我会带小猪去学校周边逛公园。

我知道小猪家生活拮据，所以绝大部分费用不管她怎么反对，我都一力承担，我第一次有了男人养女人的光荣感和使命感，当然，产生这两种感觉的主要原因是我自恋地觉得自己是小猪的男人。

我想做她的男人！

如果说当年请客王宁我还吝惜金钱的话，那么现在，我根本没考虑过自己对小猪的付出是否会血本无归。

每天睡觉前，我先琢磨第二天带小猪吃什么，并幻想下次见面后的情景与可能发生的亲密接触，这是一件非常快乐的事。

尤其渴望与小猪进一步接触，每次都让我快乐得无以复加。

而我最快乐的时光莫过于每天同小猪一起上自习。

为了不影响学习，我和小猪商量后决定分前后座位坐下。小猪坐前排，我坐后排，这样我只要一抬头就能看到她的头发和背部。

不过我抬头的次数并不多，因为绝大部分时间我都在痴痴凝视小猪的背部。这种行为如果被我妹知道，她肯定又要叹着气说："唉，哥，你也就这点出息！"

这种行为在小猪换上浅色且略微透明的上衣时最为严重，那条横着的细长纽带总是若隐若现，纽扣处发散出无穷诱惑力，总让我吞咽口水，身上热一阵冷一阵。

偶尔学习累了，小猪会回头看我，而我每次都会受到高度惊吓，慌忙低下头，心脏怦怦地乱跳。

原来做贼心虚的感觉这么好！

而小猪也仿佛经常会被吓到，猛地扭过身去。

有时我在埋头看书时，眼睛的余光会感到小猪似乎在用很隐蔽的动作偷偷扭头看我。

我渐渐产生一种感觉，总觉得小猪在偷看我，而当我抬头去证明这不过只是我的幻觉时，才发现，原来这并非幻觉！

我和小猪的目光触碰的一瞬间都惊慌地各自回头。

有时现场会出现混乱，比如小猪转身时胳膊会不小心碰掉桌上的笔。如果笔掉到我这边来，我会蹲下去帮她捡。

但我通常捡得很慢，因为蹲下后会看到她的玉足，那又让我产生犯罪却欲罢不能的幻想。

有时我也会写字条给小猪，写完后反复折叠，折成很小的一团塞给她。当我用指尖轻触小猪背部，示意有字条给她时，我总能感到有电流从指尖流过，一直流遍全身。

我喜欢看小猪拆字条时背部轻微的颤动，让我感觉她在偷笑。

而字条虽然被折了很多道，小猪拆起来却从不嫌麻烦，只不过她在回我时会用更大的纸折成更小的团，每次我打开都有挖宝藏的感觉。

字条的内容通常很简单，起句基本是"你的背影太美了"或"你美翻了"之类，通常是我写给她。

如果小猪不信，我会夸张地后仰，做出被掀翻的姿势给她看。

而字条接下来的内容就千变万化了。就像下棋，开局差不多都是那几步，中局则变化万千。

不过不管怎么变，小猪的美让我深陷其中。我时常怀疑，我和小猪的爱情也许就像棋局，还没开始，我就已经注定会输得一败涂地。

小猪的美让我明白"为之折腰"这四个字的含义与幸福。

从一起自习的第十天起，我给小猪写的字条内容换成另外三个字："我输了！"

小猪回我："八戒，你这么厉害怎么会输呢？你输给谁了？"

"当然是输给你呀！而且是输得彻底。"

"那你为什么会输呢？"

"因为你真的很美！"

"无聊。"

"我是说真的！如果你穿更透明一点的上衣的话，我会输得更惨哦！一定死无葬身之地。"

"猪头，你流氓！"

"我真希望这个夏天能过得慢一点啊！"

"猪头，你太坏了。"

"据说如果女生对男生说出类似'你好坏'这样的话，并且同时还不生气的话，说明女生其实喜欢这个男生哦！"

"猪头，我不喜欢你。"

"没关系，我当你喜欢我就行。"

"变态！"

"喂，那个不敢承认喜欢我的女孩，你知道我是怎么输的吗？你知道我输得多惨吗？我可以作诗一首来告诉你。"

小猪转身，惊喜而又羞涩地看看我，像蚊子似的哼一声："哼，肯定不是什么好诗！"然后转回身去。

我拿出纸和笔把诗认真写下来，笔尖仿佛凝聚了我全部的精神与力量，因为每个字都发自肺腑。

诗名是"天蓬败北"，而内容是：

> 一双媚眼扫千军，一声娇嗔万人晕。
>
> 国破城倾魂断日，不忘小猪石榴裙。

我把字条轻轻塞给小猪，几秒钟后小猪猛然回头，眼神羞涩而闪烁地看我，我只觉得全身一阵酥麻。

"谢谢你！"小猪轻声说，但声音显然很激动。

"喜欢吗？"我问。

"嗯，喜欢。写得真好！"

"你不是说不会是什么好诗吗？"

"对不起八戒，我误会你了。"小猪笑得很甜。

"嗯，你喜欢就好。"

"可是八戒，诗名好像不对哦！"

"怎么不对？"

"我不明白你为什么不用'天蓬拜倒'而用'天蓬败北'，拜倒更符合诗意，而败北却是打了败仗的意思哦！"

"对呀，我是打了败仗呀！"

"八戒，你别瞎说，我们之间可没打过仗。"

"谁说的？"我忍不住笑了，大声反问，"我们前几天不是才在公园里打过野战吗？以天为蓬打野战，简称天蓬野战。你不会这么快就忘记吧？我可真是被你打败了，想不到你野外作战能力这么强，我真是招架不住呀！"

"你去死！"

小猪像花儿一样恼羞地笑喷出来，伸手就要打我，我慌忙向后一仰，躲开了。

"咳，咳……"教室里传来几声咳嗽，提醒我们这是公共场所。

坐在我旁边的女生终于忍无可忍，转身对我说："同学，请你们小声点！搞清楚，这里是教室，不是你们的野战场！"

小猪的脸一下子就红了，转身快速收拾好桌子上的书，低头抱起书就往外面跑。我也收好东西跟上去。

教室门口，小猪轻轻踹我一脚："猪头都是你害的，丢死人了！"

"没关系，反正没人认识我们。"

"你，流氓！"

我和小猪换了一间教室上自习。

换过教室后，我和小猪仍会在看书时交换字条，而且交换频率越来越高。

小猪如果学习累了会回过头来看我，在经历了不知道多少次眼神的羞涩碰撞与闪躲后，我们终于都不再想躲闪。

小猪开始含情脉脉地凝视我的眼睛，而我也更含情脉脉地凝视她。

小猪不停闪烁的双眸像是拥有强大的魔法，把我深深吸引进去。

我常常不敢直视，却又总忍不住鼓起勇气想去探索那眼眸里的柔情蜜意。

而这柔情蜜意像火焰一样，把我五脏六腑全都点燃。

我突然变得像火山，而体内的热情则像熔浆一样，呼之欲出。我的眼成了火山口，有灵魂不断喷薄而出。

我终于知道原来这世上最美的花是情之花！

我也终于知道，这世上最美的感觉是血液沸腾到全身冒泡的感觉。

我和小猪持续放电几天后又引来教室里其他同学的不满。一个戴黑框眼镜的男生终于忍无可忍地对我说："哥，我知道你福好命好，有这么漂亮一女朋友，可你也不能天天炫耀呀！你带个大美女在教室里整天眉来眼去的，让我们这些光棍可怎么活？兄弟，说真的，我正努力备考研究生，如果明天你们不打算换教室，那我换教室好了。"

我和小猪只好又换教室。

我们很默契地满教学楼里寻找空旷的教室，然后坐在教室的最后两排。

仍然是小猪坐前排，我坐后排。

我们放电的频率和能量等级迅速又上升一个台阶。

有一天，我在放电时发现小猪左眼眼角处鼓起一个红色的小包，小猪说那叫针眼，可能是水土不服引起的。

没关系，毕竟美女，就算起针眼也一样明艳照人、楚楚动人。

那颗小小的针眼就像美人痣一样，反而给小猪增添了一种意想不到的美，更加惹人疼爱。

我又重新陷入那双美丽迷人的明眸中……

第二天清晨，我在洗漱时发现自己右眼眼角处有些微胀痛。

我对着镜子一看：哇，原来我的眼角也长出一颗针眼呢！红红的，比小猪那颗略大点。

小猪起的是左眼，而我是右眼，两只眼睛正好在对视时距离最近。

真幸福啊！我首先就是这种感觉。

我用百度科普，才知道原来针眼的医学名叫睑腺炎，是一种并不具有传染性的小炎症。

奇怪，明明不传染，为什么我和小猪对视后也会起呢？难道是放电放的，电流太强？但是没理由呀，强电只会杀死人体，为什么我没有死反而还觉得重获新生、充满能量？

这种连科学也解释不了的神奇让我为之兴奋不已。

这就是天意吗？

这就是注定吧！

我突然被宿命论带离了一直信守的科学轨道。

次日清晨，小猪看到我的针眼后开心得手舞足蹈，发着光的眼睛里既兴奋又心疼。如果说在此之前我从小猪眼里面看到的只是一种喜欢和欣赏之情的话，那么现在则是一种深深的疼爱。

我瞬间为之融化。

绝美的脸，柔情似水的眼神，天上地下，此间无二！

而此情此意，上天下地，舍我谁有？

如果我是一叶迷失在浩渺江波上的小舟，那么此刻我已经看到想要停靠的港湾；如果我是一只游荡在苍茫天穹下的飞鸟，那么此刻我寻寻觅觅想要找到的另一只飞鸟已经出现。

我愿为她择一处高檐,筑一座暖巢,从此为她挡风遮雨,和她双宿双飞……那应该是尘世间最美好的事了吧?

可惜再美好的事也有结束的那天。小猪上完全部课程,终于到了要离开合肥的时刻。

38

一诗定音

送小猪坐火车回去那天,我没通知猫拳和我妹来给小猪饯行。

虽然他们早有此意,但我却想抓住最后的时间多看小猪几眼。我可不想有任何人插进来,干扰我和小猪独处的时间。

当唯一一辆从合肥开往淮南的绿皮火车呼啸而来时,站在月台上的小猪依依不舍地看着我,眼中似有泪光,而我的不舍一定比小猪要更强烈。

人群渐渐地全被吸进火车车厢,从等距离的各个车门。

小猪也终于登上火车,站在车门处对我轻轻挥手,我从不舍瞬间变为难过。

当检票员摘掉车厢牌号准备关门时,我一个箭步蹿上去:"送很重要的人!先上车再补票,请帮帮忙。"我说。

检票员看看幸福微笑的小猪,又看看我,没有阻拦。

把小猪送到学校,我再连夜坐火车返回,在车上我收到小猪凌晨一点半发来的微信,内容是一首诗,一首能让我彻夜不眠的诗:

天蓬远别

山一重来水一重,相思欲著月华浓。

望君怀妾深深处,自有银辉伴尔踪。

小猪的意思很明确:我一去之后从此两人之间山水阻隔,就像猪八戒西天取经一去之后,从此和高老庄的媳妇天涯远隔一样。小猪希望把相思之情寄托于一轮明月,这样有月光照到的地方我只要抬头看看月亮,就像看到她一样,因为那月亮里有她对我深深的思念,而她希望我也同样深深思念着她。

我兴奋得一阵抓狂，恨不得以每秒百米的速度向前狂奔，一边跑一边呐喊，以释放内心快要爆炸的激动之情。

小猪在诗里以妾自称，无疑是告诉我她愿意做我女人，或者至少是做我女朋友。

我仰天长啸：我太幸运了！

等激动的心情平静下来后，我也给她回诗一首以明心志：

天蓬永在

山山水水几千重，不过相思一念中。

最怕春宵深梦里，红颜偶断负晴空。

我的意思也很明确：只要心意相通，再遥远的距离也不能将相爱的两个人阻隔。即使身处两地，间隔千山万水，但只要我想着你，你就会立刻出现在我眼前，所以再遥远的空间距离都是形同虚设！只不过我最害怕的是托付了你一片相思之情的明月高挂天穹之时，我因为先进入梦乡而辜负了在明月照耀的彼地，那仍然辗转反侧不能入眠、心心念念想着我的人。

把信息发给小猪，过很久后收到小猪回信："八戒，人家'那个'你。引号内可以换成另外两个字，自己猜。"

我立即回复小猪："我比你'那个'我还要更'那个'你！引号内可以换成另外四个字。不用猜，是'喜欢'复'喜欢'。"

车厢里所有声音都静止了，而所有人的动作也都像放慢一样，我仿佛与车厢隔绝。

我清楚地感到自己在傻笑。不知此刻的小猪，是否也正在笑？

39

意外

俗话说"三月不减肥，九月无三围"。同年九月，我和猫拳双双拖着无围的身材进入研究生二年级阶段。

研二的培养方式与研一不同。研一主修专业课，而进入研二后所有的基础课程都已修完，我们主要的任务就是撰写论文，为最后答辩做准备。除此之外，我们还要根据导师的指导去他公司做项目，有时也出差到分公司做技术支持与培训。

在经历实验室看片被抓以致后来被派往南京出差之后，我和猫拳被定为南京业务的负责人，有时候我们一起去，有时我单独去。

每次回到南京，我都有种故地重游的感觉，也会淡淡想起王宁。我没再联络她，而她也没再联系我。

我以为如果就这样结束也挺好，虽然我始终因为不知道当年分手的真正原因而心存遗憾。

但现在我有了小猪，我感到很满足。

小猪是上天给我的弥补与恩赐，我要紧紧抓住。

我必须，也应该紧紧抓住。

小猪进入大专最后一年，虽然毕业对她来说毫无压力，但因为要照顾家里并备考专升本，时间也紧张起来。

我们很少能像以前那样每晚用微信尽情聊上一通，有时一整天我们也只是互通几条信息，但内容都是很甜蜜的。

小猪会在她想我的任意时刻发信息告诉我，她在想我，这些信息都存在我们从认识到现在的微信聊天记录里，我经常花半天时间翻出来看。

每天睡觉前，我会查记录回味当天的幸福甜蜜，然后带着一脸痴笑入眠。

我的甜蜜可谓方兴未艾，但猫拳那边的情况却不容乐观。

猫拳时常主动请我喝酒，借酒消愁。

我常安慰他，得失是常有的事，而修行却一直在苦难中进行，不管任何时候我们都要保持像刚从起跑线上冲出来时的那种状态，奋力争取我们所渴望的美好。即使最终得不到想要的，也能失之东隅、收之桑榆。

话虽这么说，可谁又能轻易撇开内心的痛苦专心向前？

我开始督促猫拳用糖衣炮弹对付小师妹，也因此，猫拳书桌上的水果零食逐渐多了起来，而我这边已渐渐鲜有水果的影子了。

我妹有阵子没来看我了，她不来让我的口福损失不小。

时间在爱因斯坦相对论得到科学手段的检验前，仍悄无声息地从指缝间溜走，不可逆转。

在我自以为从此可以逍遥度日而不必再受王宁的困扰时，王宁却偏偏再次出现在我面前。

那是金秋十月的一天，我出差到江宁的分公司调试智能开关设备。

调试工作进行得很顺利。即使再高端的设备，只要我掌握了它的设计原理，我就能轻易操控它。

我让它向东，它就不敢往西。

可是人与人之间却不是这样，有时我反而觉得和机器打交道要比和人打交道容易得多。

因为人和机器之间没有欺骗，没有背叛，没有尔虞我诈，所以也就没有伤害。

伤害人类的往往不是机器，而是人类自己。

果然，在我正准备收工走人时又再次意外收到王宁的短信，而信息内容则让我更加意外，甚至吃惊："王斌，你现在啊在南京啊？我怎么突然感到离你很近呢？我啊能再见见你了？"

伤害我的果然不是手机，而是使用手机的人，连打出来的字竟然都带着特有的南京口音。

我的心脏轻易又被刺痛。

我犹豫很长时间，最后回复王宁："我不在南京，有缘自然能再相见。"

重逢

返回合肥前，我又去了趟紫金山。

我知道王宁此刻内心或许很脆弱，需要一个人用心陪陪她。可是，我也只能独自再走一走以前陪她走过的路，以一种缅怀的方式来陪伴她，仅此而已。

因为我的灵魂已渐渐被小猪吸走。

不单单是因为小猪的美，小猪含情脉脉的眼睛里那欣赏、羞涩和疼爱的感情像一盏明灯，照亮我的方向。

小猪使我明白我内心渴望的快乐是什么，又在哪里。

我相信小猪的出现是上天给我的指引。

而王宁，我和她有过一段爱恋，也有过难以割舍的记忆，但现在已经到了应该割断的地步，而且我和她确实也不是一个世界里的人。

我踏着以前和王宁走过的人工阶梯缓步前行，每一步都很缓慢，每一步也都让我想起王宁当年的模样——走路摇摇晃晃，辫子也跟着左右轻轻摇摆，仿佛公主一般的娇气模样。

而我们靠柱而坐的那个亭子，依然还在。

那根柱子上的油漆已经开始脱落，石凳的光泽也比以前暗淡很多。

我和王宁相拥而坐的影子渐渐出现在我眼前。当时的衣着，当时的眼神，当时的幸福甜蜜……

分毫不差。

我又坐缆车来到山顶，虽然举目一片辽阔，但我的视线却只集中在当年和王宁埋许愿瓶的那棵古松下。

我挖出我们一起埋下的许愿瓶。

瓶子粘满泥垢，金属的盖子也颜色模糊，锈蚀严重。

本以为会很难拧开，结果轻轻一拧，开了。似乎有被人打开过，会是谁呢？

我从瓶子里取出纸条，一张，两张，三张……

除了当年我和王宁一人写的一张字条，又多出来两张新的。

我突然想到，这应该是王宁后来加进去的。

第一张字条上是当年我写的心愿："王宁，希望你永远快乐。"

第二张字条是王宁的："王斌，希望你永远爱我。"

后两张也是王宁的：

"王斌，我对不起你。我错了，错得心里很痛。你啊能原谅我啊？"

"王斌，如果可以，我真想和你重新邂逅一次，就像当年我们第一次见面时那样。"

我的心脏瞬间失去控制，每一次搏动都是那么沉重，我果然还是比较善于控制机器。

我在原地蹲了很久，直到双腿麻木，才听到身后有脚步挪动的声音。

我扭身回头，脚步声也停止了。

顺着一双高跟皮靴往上，我看到来的人左手自然垂放，手里捏着一张崭新的字条，右手在胸口处紧紧握住斜跨在右肩上的背包皮带，而那张白皙微圆的脸比过去略显沧桑成熟了点。眼睛依旧大而明亮，可是却没有了当年的那份天真与娇气，而大大的眼睛里突然涌出两行热泪。

是王宁！我已经整整三年没有见过一面的王宁。

我的心脏瞬间被撕裂，扶着古松我勉强支撑着站起来，双腿麻得不能动弹。

王宁过来扶我，站定后我们许久都没有说话。

终于，王宁从我手中拿过那张她最后写下心愿的字条，看过后眼里再次涌出一股热泪。

"王斌，你说有缘自然能再相见，那……我们啊算有缘啊？"

"……算……算吧，我们……确实有缘。"我犹豫很久，还是给予王宁肯定的回答。

"那我们这样啊能算邂逅啊？我们……啊能再像以前那样了？"

我没吭声，等心脏疼完后，我告诉王宁："人与人之间的邂逅一生中只可能有一次。后面的，都叫重逢。"

王宁终于哭了出来。

放声痛哭。

真相大白

这是我和王宁第一次重逢，我陪着她在山顶上坐了很长时间。

王宁脸上的泪始终没停过，断断续续地流了又干，干了又流。在我一再追问下，王宁终于全盘说出当年狠心断绝和我联系的真正原因。

原来，还是因为初恋！

王宁的初恋是一个醉生梦死般生活的阔少，是她爸爸多年来生意合作伙伴的独子。因为家境好从小就一直在外留学，等镀了一层金后回国接管家业时，两家为了长期往来，为了亲上加亲，有意撮合他们在一起。王宁全部的喜好和习惯，他从一开始就了如指掌。在家人的精心帮助下，他装成一个既有学识又年少多金的高才生，和王宁不经意间邂逅，并成为知音。在俘获王宁的芳心后，他迫切想得到王宁。王宁当时觉得自己还小就没答应，因为这事他们吵过几次。为了气王宁，他故意在王宁面前左拥右抱，后来甚至变本加厉，经常流连于风月场所。王宁伤心失望，毕竟他曾经在她面前许下那么多令她无比憧憬的愿望，可这些愿望终究还是破灭了。

王宁离开了他。

可她的心，却始终未曾离开他。

王宁也想过要摆脱他，可那些付出的感情却不是轻易能够抛却的，而那些有过的美好回忆也不是轻易就能忘却的。

给了他的心，怎么能够轻易要得回？

她原本以为自己是高贵的公主，能高高在上地享受别人的追崇和爱护，可最后却发现在他面前都是自己的一厢情愿，她是那么轻易地被他变成折翼的天使。

她怎么都无法相信，也不能接受。

她开始幻想，以为这一切都是假的，可他一次又一次地伤害她的心，直到那颗水晶般透明高贵的心碎得不剩一片时，她才终于承认无法再自欺欺人下去。

于是，她想到用酒精来麻醉自己。

她不停买醉，对爱情彻底失去信心，变得百无聊赖。直到后来遇见我，才又重新燃起对爱情的渴望。

王宁说她不是不喜欢我，可对我的感情却不可能再像对初恋那样炽热，我明白这是先入为主的原因。

王宁告诉我她不是没有用心想和我走到一起，然而家庭的阻力只有她自己明白有多巨大。房子和车不过身外之物，即使住小房子，只要开心快乐，其他也就无所谓。但是她从小就有遗传性心脏病，对身体的保养费用十分高昂，而假如病情加重更是需要很多钱来治疗。这一点最终成为攻陷我们爱情的软肋，而导火索仍然是她的初恋男友。

王宁和我好了以后，为了拆散我们，王宁家给她买了她一直想要的那款奔驰跑车，而男方家里也买好高档别墅以备婚用。

王宁的初恋又开始疯狂追求她，给她买的礼物堆积如山，对她的承诺多可填海。

王宁最终还是心软了。

当我正饱受上班的辛苦与考研的煎熬时，王宁却被他的糖衣炮弹和甜言蜜语彻底攻陷。

于是，他们携手一起去欧洲旅游了半年。

那半年，最美的海岛他们都去过，最美的沙滩他们都踏过，最美的宝塔他们都登过，最美的雪山他们都看过，最美的海底他们都潜过，最美的食物他们都吃过，最美的星级宾馆他们都住过，最美的鲜花他都为她戴过，最亮的钻石他也都为她买过……

可是，最美的誓言终究还是没有看到实现的那天。他背着王宁在外面养了更年轻、更漂亮的女人，并且那个女人还为他怀上身孕。

他跪着向王宁保证不会给外面女人名分，但恳求王宁原谅，他真的不忍心伤害那个更年轻漂亮的女人。因为那个女人，不，是女孩，把宝贵的第一次也同样美好地交给他……

故事说到这里时，我喝止了王宁的讲述。

王宁脸上的泪一直流，而我心里的血也一直滴个不停。

我将王宁握在手里的字条夺过来，看也没看，装进许愿瓶里连同瓶子一起狠狠地扔下山去。

我知道，那些愿望已失去意义，也永远不可能再实现。

金秋的风吹得紫金山上落叶纷飞满目凋敝，而一直维系在我记忆里的那朵鲜花，那朵属于我和王宁的百合花，也在此刻彻底凋零。

我不怪王宁，也不恨王宁，因为这是第二次王宁在我面前彻底放下她的公主架子，完全袒露脆弱的一面。

但和当年初遇时不同，这是王宁第一次向我忏悔，真心忏悔。

我甚至对王宁又产生一种疼惜的感情，可此时这种疼惜之情和初遇王宁时的那种疼惜截然不同。

错，不在王宁，而在于命。

命中遇到的人有时真的影响人的一生，而在爱情中更是如此。

人们对待爱情的态度无非就两种：有的人想先得到，再去爱，往往最后并不爱；有的人想先去爱，再得到，往往最后得不到。

王宁遇到的恰恰是前者，是想先得到的那种。

而我大概是后者。

我相信在王宁的心里也有一个很美的世界，并且她很想努力去追寻这个世界，但这个世界却远比穷人家女孩心里的世界要完美、挑剔得多。

这个世界既非常浪漫又无比现实。

我终于深刻地明白，原来我能给予王宁的只是在她身边静静的陪伴。再多点的话也不过是作几首小诗给她，逗她开心。

深秋的风吹在脸上，吹进心里，四周一片枯枝败叶……

心碎的感觉是什么？

心死的感觉又是什么？

我最后答应王宁，和她做个普通朋友。

42

两个世界

王宁开车载我回去时，坐在她那辆奔驰跑车里我还是浑身不自在，但心情却比三年前第一次坐时要平静很多。

我一言不发地望着车外，而王宁也红着眼、面无表情地开车。

王宁的车一直占据双车道的正中间，车速平缓。车后传来一声声尖锐的汽笛声。

"有人想超车，你让让路。"我说。

"本小姐不乐意，啊行啊？"王宁噘着嘴，一脸漠然。

我了解王宁脾气，没再说话，心里却觉得离她更远了。

在路口转弯时，一辆日系马自达轿车从后面超上来，并排行驶后马自达车窗打开，一个三十多岁的男子冲王宁吼道："妈的，开跑车了不起吗？你聋了还是脑子进水了？"

"你骂谁呢？你再骂一次试试看！"王宁转头向窗外喝道。

"老子骂的就是你！赶紧回家报名幼儿园，好好再上一次！"男人骂完摇上车窗，一个油门蹿了过去。

"王斌，你系好安全带。"王宁冷冷地说。

"干吗？"我慌忙找安全带，还没等我系牢，王宁一个油门朝马自达撞了过去。

"别撞油箱！"我在惊慌中嚷道。

随着"咣"的一声和一次飞出又被拉回，我看到王宁奔驰跑车的前风挡上裂出一道深痕，两辆车都停下来了。

王宁的车一头扎在马自达屁股上，前大灯完全碎裂，深深凹陷进去，引擎盖也被挤得翘起来，对方的车也损伤不轻。

中年男子从车里出来后表情显然有点蒙，不敢相信。

我惊得不知所措，王宁却淡定地掏出手机给家里打电话："喂，老爷子，我的车在上海南路追尾了，你派人过来处理一下，我打车先走。"

王宁从始至终看也没看那个男人一眼，只淡淡看一眼车状，转身对我说："走！"然后扬长而去。

我只好跟上。

本来想说王宁几句，毕竟她挡道在先，怪不得别人，但一想起对方开的是日系的车在叫嚣，所以还是算了。

我不能怪王宁，毕竟她是因为我心里难过才冲动。而王宁也气呼呼地跟我说："我老爷子说过，在外面不要惹事，但也别怕事。你知道我不会骂人，所以才撞他，让他人走不了，事也办不了。"

"你这么好的车撞个岛国一样小的马自达，不亏吗？"

"我只要能出气就行。"王宁噘起嘴，"撞坏了大不了换车！"

我不再作声，心里却更加明白我和王宁根本就不是一个世界里的人。

她是公主，而我，是贫民。

也许就像古代市井草民难得有机会碰见公主一样，每次遇见都会惊为天人，有种不真实却又惊奇的浪漫感觉。

也许我当年遇到王宁会产生爱恋，多少也是由于这种飘飘然的幻觉在作祟。但幻觉就是幻觉，虽美，却脱离实际。

我想为王宁保留她内心想要追求的那种美，却忘了自己根本没有能力为她创造浪漫，给她同样飘飘然、如梦如幻般的感觉。

是该忘记王宁的时候了！

突然间，我深深地，深深地，想起小猪……

43

咸鱼翻身

时间如流水。

如果有一样东西能比爱情更容易付诸东流，并且不能失而复得的话，那就只有时间了。

时间在研二的轨道上悄悄推进，我和猫拳都感到该抓紧了。

当然，我需要抓紧的是爱情和学业，猫拳只要抓紧学业就行。

每次看猫拳埋头论文，我都为他叹息，这么纯情的好男生却只能寂寞地待在实验室里搞学术。

虽说书中自有颜如玉，虽说与其临渊羡鱼，不如退而结网，但猫拳这张网结得时间确实也太长了点。

正当我为猫拳发愁认为他会从此与青灯黄卷长伴时，意外发生了。

猫拳好像恋爱了！

起初我也没发现什么端倪，只不过觉得猫拳书桌上的水果隔三岔五就有一大堆，但这些水果却从未转移到小师妹的桌子上。

难道，猫拳移情别恋了？我一度很怀疑。

我曾旁敲侧击地向猫拳打探实情，但他始终守口如瓶。

这家伙，有了情人就忘记兄弟！

不过猫拳虽然嘴上不认，但他时常对着电脑傻笑的神情是逃不过我的眼睛的。这种神情在我想起小猪时早已不知流露过多少次了。

后来在我一再追问下，猫拳终于松了点口风。不错，猫拳的确恋爱了，对象不是小师妹。

猫拳说，女朋友是外校的，已经参加工作，公司就在合肥。

我问猫拳："对方是什么样的女孩？"

"嘿嘿，她漂亮、聪明又热情，而且还……主动投怀送抱！"猫拳一脸甜蜜。

"哟，尝了点荤腥就忘记兄弟是吧？说！什么时候开始的？怎么不告诉我？"

"斌哥，告诉你怕你不信，我想等生米煮熟、板上钉钉后再跟你说的。"

"行啊，你小子，看不出来还能走桃花运！走，哥请你喝酒去，就当恭喜你了。"

我和猫拳开怀畅饮。

关于猫拳恋爱的细节我没多问，猫拳也没主动交代。

喝完第四瓶啤酒后，猫拳有了醉意，眯缝着眼睛对我说："斌哥，你说她多好的一个女孩啊，跟我一样也没谈过恋爱，我们俩连接吻都不会。斌哥，接吻真的很甜蜜啊……"

我鄙视地看一眼猫拳，忍不住感慨："一个是淫荡的汉子，一个是缺爱的妹子。一个饥不择食，一个来者不拒。一个似银河倾倒一泻千里，一个如汪洋大海吞纳百川。我可真想看看，到底最后是你融入了她，还是她包容了你。"

猫拳像完全没有听到我在说话，仰靠在座位上，双手下垂，嘴里喘着粗气回味道："斌哥，她虽然有些强势，但有时又很温柔。我真的……很喜欢她！"

我稳住酒瓶，给自己又满上一杯，对着同样醉得不成样子的猫拳一饮而尽："来，恭喜你，你终于长出息了！"

我由衷地为猫拳感到高兴。

44

错失良机

猫拳迟来的爱情就像航母停机坪上随时待命的战斗机，说起航就起航了，而且迅速投入战斗中。

我和小猪相识一年之久都没敢牵她的手，而猫拳竟和那个不知道是谁家的花痴女才恋爱没几天就发展到接吻，我不禁感叹后生太可畏。

其实我也抓过几次机会想牵小猪的手，但都被她巧妙地给躲掉了。

举例来说，有次小猪跟我说她很欢迎我回去看她，并且是举双手双脚欢迎。那我当然不信，可小猪反而牛皮吹得更大："别说举双手双脚，就是举全国之力也行！"

最后我和小猪打赌，看她怎样举双手双脚甚至举全国之力来欢迎我。

如果她做到了，我愿意帮她刷女生宿舍的卫生间。

如果她做不到，那就答应我以后见面无论何时何地，我想牵她就能牵她，不准拒绝。

小猪爽快答应，并希望我愿赌服输。

结果我见到小猪时，她双手各举一张字条对我大喊欢迎，不用看我也能猜到，一张写的是"双手双脚"，一张写的是"全国之力"。

举双手双脚，举全国之力！

没办法，我只好帮小猪刷宿舍卫生间，并痛失牵手小猪的机会。

其实刷卫生间也没啥丢脸，毕竟无论是女生使用过的私密物品还是场所，都会让男生充满亲切感和好感。

不过倒垃圾桶的时候所有亲切感和好感一下子全没了。

后来我也有过一次最接近牵手小猪的机会，却被我自己浪费掉了。

那是年后倒春寒的一天，下着小雪，我和小猪相约出来踏雪。我们走在满地盐粒似的冰晶上，鞋底发出"咯吱、咯吱"的声音。

小猪很喜欢雪，一会儿伸手接雪，一会儿又仰面朝天让雪花飘到脸上。

看小猪那股投入劲，我真怕她一时兴起来了灵感，想和我对诗。这么冷的天，我可没那雅兴。

小猪玩了一会儿后目光灼热地望着我说："猪头，人家冷了。"

我赶紧脱外套，小猪却说："人家是手冷。"

于是我把左手插进大衣口袋，并往外挤出一个口，对小猪说："你把手放进来就不冷了。"

小猪羞涩地看我一眼，右手作势要往我口袋里插，但刚到袋口又猛地缩回，放进自己外衣口袋。

"你想得美！"小猪羞得满脸通红。

看着羞答答的小猪，我本想强势拉起她的手，但还是止住了。

不是我不想，我相信如果鼓起勇气拉住她的话，她一定不会挣脱。但是就差那么一点点的时候，我总没有勇气。

小猪的美总是让我没有足够的自信向前一步，而过后又懊悔万分，恨自己不该打退堂鼓。

有时我偷偷猜想，小猪在巧妙拒绝我的请求后会不会也像我一样，非常懊悔？

当然这些我无从得知，我只知道小猪的美让我不敢越雷池半步。

那是一种纯洁的美，美得让人觉得只要能远远欣赏就好，而不敢伸手去触碰，生怕对她有一点点的亵渎。

那是一种足以让任何人都为之倾倒，并愿意用一生去守护的美！

而我，甘愿用生命去守护，用一生去等待。

我和小猪仍然沿着共同的方向结伴前行，这个方向在我心里，也在小猪的心里。我们不必说透，却都能清楚地感觉到。

这个方向应该就是爱情的方向吧！

爱情固然美好，但生活依旧残酷。为了解决将来的生存问题，我和小猪仍废寝忘食地朝各自的目标奋斗。

我发现小猪真的很刻苦，除了每晚学习到深夜外，小猪周末还要带好几份家教，常常一天忙到晚。

我很不解，一个女孩子的身体里为何能蕴藏如此巨大的能量？

这让我时常很心疼小猪，想起小猪说过期望能活得像猪一样的愿望，有时我反而觉得她活得像极了一匹快马。

而且，马不停蹄。

这样说或许不对，因为小猪是美女，所以应该用鲜花来形容美女更为贴切。

那么，小猪的确很像一朵生长在野地里的茉莉花。

虽然这块土地很贫瘠，但小猪却顽强地从土壤中汲取养分，让自己不断成长，散发香气。

45
无价之宝

嗯，真的很香！

我忍不住又呷了一口茉莉花茶，窗外月胧明。

合上笔记本电脑，闭上眼，让小猪的倩影在我面前陪我说会话。

每当思路闭塞，小猪总能令我灵感倍增。

这已经不知道是多少个连天加夜撰写硕士论文的日子了。虽说小论文现在就着手准备还为时过早，但一想起小猪的刻苦我便觉得自己应该做得更好，否则在小猪面前我会自惭形秽。

小猪给我带来一股奋发进取的能量，我时常能感觉到这股能量在我的体内膨胀、爆发，像圣斗士的小宇宙。

我开始相信生活不光是艰辛的，同时也是美好的，好到让我敢于直视生活中的任何困难。

即使每天为攻读学位只睡四个小时，我也不会觉得吃不消。

如果我再努力一点，再无畏一点，将来能不能给小猪提供宠物猪般的生活呢？我开始频繁地想这个问题。

想完后，我便告诫自己：必须用功读书。

我认同"对于获取财富来说，读书永远是排在命和运之后的笨方法"一说，但我依然坚信天道酬勤，笨方法总比没有方法好。

既然不能与生俱来，那就通过自己的努力后天创造。所以我一直在书海中乘风破浪，踏浪前行。

不过在认识小猪以前，我总觉得读书对于像我这样的穷人来说更多的是一种习惯，而不是妄图改变命运的手段。

或许穷惯了，所以也没觉得穷有什么不好，至少可以清心寡欲地读读书，让心灵驰骋在那一片用文字构筑的锦绣世界里。

于是我勤勤恳恳读书，倒也忘了自己其实一无所有。

但小猪的出现让我如获至宝，我第一次对"宝"这个东西有了认识和体会。

以前但凡提到"宝"，总觉得不过是诸如"珍宝"或"珠宝"一类的东西，多少都和金钱有关，但与我无关。并且我不知道能用金钱来衡量的宝，拥有时到底是怎样一种珍贵的感觉。

而现在小猪这块宝的出现，不但让我引以为豪，更让我感到独一无二。我才知道原来所谓的宝就是没有东西能与之相比拟。你稀罕，别人同样稀罕；你拥有，别人却无法拥有。

有些宝是用有价的金钱能购买得到的，而小猪这样的宝却无法用金钱来衡量。或者说，小猪是无价的。

至少对我来说，她是无价的，我相信对别人也是一样。

而我何其幸运，竟得到小猪的垂青，可我不能因为不用一分一毛就赢得小猪，便觉得金钱就不再重要。

我开始不断幻想，希望将来能用自己的知识和双手为小猪创造宽裕的生活条件，帮她实现做一头猪的愿望。

但是因为从书本上学到的东西还没有在社会得到应用，所以我的愿望仅仅只是愿望。

这些愿望在我明确成为小猪男朋友之前，其实都是扯淡。

我知道这样很自作多情，但我还是控制不住自己，经常陷入幻想中。

而所有幻想都与小猪有关，也仅与小猪有关；

我幻想能温柔牵起小猪的手；

我幻想能热烈亲吻小猪的香唇；

我幻想时时刻刻把小猪留在身边；

我幻想把小猪养成一头无忧无虑、好吃懒做的宠物猪；

我幻想能时常牵着我的宠物小猪去看海；

我幻想自己也变成一头猪，并和小猪生出漂漂亮亮的小小猪，然后三只猪一起去看海。

……

我发现，每一种幻想都让我充满能量，无所畏惧。

同时也让我知道：幸福其实可以很简单，简单到仅仅连幻想一下都觉得幸福得要死。

只有经历过失去的人，才能真正懂得幸福有多来之不易。

我希望能牢牢抓住这份来之不易的幸福。

所以尽管这几个月内王宁曾发信息给我试图与我重归于好，我都置若罔闻。

我无法像她当年狠心断绝与我联系时那样，彻底从她的世界消失。毕竟相识一场，我还是希望王宁能渐渐忘记我，所以视而不见也许是更好的处理方式。

我仍记得王宁给我发来的信息内容："王斌，可不可以就当我犯了一次错？我承认我很蠢，两次都栽在同一个人手里。可当年相遇时你不是也不介意他之前的存在吗？那么，看在是同一个人的分上，能不能当作一切都没有发生？如果你能原谅，我们现在就结婚。房子我家有，你不用担心。"

王宁，你大概不会明白，家庭的凝聚力在于爱情，没有爱情的婚姻是禁不起风吹雨打的。

而爱情的世界里，绝不允许出现背叛。

不是我为你的错误埋单我们就能回到过去的那种感觉，即使你的遭遇有着家庭不可推卸的责任，我们也无法回去了。

属于我和你的爱情，已经结束。

而属于我和小猪的爱情，终于在 6 月底的一天排山倒海般袭来。

惊人抉择

经过两年多刻苦学习，小猪终于在 5 月份的专升本考试中一举夺魁，被名府北京师范大学邀请。

然而出人意料的是小猪竟毅然决然放弃这次好机会，选择作为保送生留在本校继续深造。

原因很简单，因为本校开出的生活费学费全免条件更适合小猪家目前的经济状况，而且留下来念书的话可以照顾瘫痪的母亲。

我为小猪的选择深表惋惜，而小猪却安慰我："没关系的，猪头，是金子在哪都能发光。再说了，北师大高手如云，我去了也许从此就销声匿迹了，倒不如留在这里，宁做鸡头，不为凤尾。"

傻瓜，你去了怎么会销声匿迹呢？以你的美貌只会更加出类拔萃！

我没对小猪说出我的看法，因为我打心里也舍不得让小猪去那么远的地方求学。

请原谅我的自私，我当然希望小猪能有更好的深造环境，但如果去了北师大，那就表示我将很难有机会能与小猪见上一面。

而现在，只要时间允许我和小猪随时都能见面，我们所处的两地之间也就一个多小时的车程而已。

"八戒，下个月底，我就毕业了，班长想组织全班同学去西湖玩，当作毕业留念。"舜耕山顶，坐在石凳右边的小猪目光有点神秘地对我说。

"那很好啊！"我说。

"可是，八戒，我不是太想去。"

"为什么？"

"因为杭州消费高，去玩的话得花不少钱。"

"有些地方就算贵点，你也必须玩一次的。"我鼓励小猪，"如果钱粮上有困难，我支援你！"

"谢谢你，八戒，不过我现在还……我是说我不能花你的钱，我还是有点犹豫，到底该不该去。"

"去吧！西子湖的优雅和秀丽，你一定会喜欢。"

"可是，八戒，我不去也能知道西子湖是怎样的优雅和秀丽。"

"哦？不去也能知道？"

"当然了！你没听过一句话吗？如果没钱旅游的话，就让书本带你去旅游。我不必去也能想象得出西湖的青山绿水、游人如织、雕梁画栋、亭榭楼阁。我还知道西湖有久负盛名的西湖十景，有许仙和白娘子的不老传说，有叫花鸡和西湖醋鱼，有油纸伞和乌篷船，有苏小小墓，有花木扶疏翠掩红遮的苏堤白堤，还有……"

小猪越说越起劲，眼睛闪闪发光，仿佛身临其境一般："还有断桥！对，断桥！其他地方都可以不去，但断桥一定得和心爱的人逛逛。"

"最好是你在桥那头，我在桥这头"，小猪还没说完，我接过话来，"然后我们动作夸张地奔向对方，在桥心相遇时紧紧拥抱。那一刻你是白素贞，而我是许仙。我激动地握住你的双手泪流满面："娘子，我们终于可以团聚了！'而你也是泣不成声：'相公，这些年来奴家不能侍寝，真是苦了你了，也苦了奴家了。奴家好想相公！相公，桥那边就是一家客栈，奴家好累，奴家想要休息一下下。相公，奴家……奴家要！'"

"滚！我怎么可能这样说？"小猪扬起手就要打我，"猪头，你真欠揍！"

我硬生生吃了一记化骨绵掌，骨头瞬间融化。

"好吧，说真的，你真不打算去吗？你应该去看看的。"我继续劝说小猪，我相信小猪心里是很渴望去的，虽然她嘴上不承认。

"猪头，我是不想去的，不过……"

"不过什么？"

"不过班长在班上宣布，如果我答应过去，他愿意给全体出游的同学购买回程车票，所以大家都强烈呼吁我的参加。"小猪紧张地看我一眼。

"这……"我敏锐地嗅觉告诉我：有杀气！

"这是怎么回事？"我大声追问。

"猪头，班长从大一开始就一直追……追求我。"小猪低下头。

"什么！你说什么？"我吓了一大跳。

"所以我……答……答应了他。"小猪抬眼看我。

"什么！你……"我猛地从石凳上蹦起，"你怎么能这样！"

我声音很大，小猪也吓一跳。

不过小猪被吓后反而笑得很甜："猪头，人家是开玩笑的，人家还没答应他。"

"你！"我头脑发涨，冲小猪大声吼叫，"以后别跟我开这种玩笑！"

小猪这次真被吓到了，像做错事的孩子一样轻轻拉了拉我的衣角，示意我坐下。

"八戒，对不起，我下次不乱开玩笑了，你别生气。"

我负气地坐下，心脏仍剧烈跳动。

"八戒，你如果不想我去的话，那我就不去了。我……我可以宁负天下人也不负你。"

小猪说完埋下头，双手不停揉搓衣角。

"去！你必须去！你如果去，你的往返车票，我包！"我仍余怒难消。

"八戒，"小猪笑了，"我还以为你要包下全班同学的车票呢。"

"去，我可没那么傻。"这次我也笑了。

"八戒，你不生气了吗？"

"嗯，如果你以后别再抢我台词，我就不生气。"

"啊？猪头我有抢你台词吗？"

"有啊！你那句'我可以宁负天下人也不负你'，像这样的好句子应该我对你说才对。"

"呵呵，"小猪笑得很甜，"猪头，那你以后要多说哦！我就喜欢听你的甜言蜜语。"

"可以。只要你不怕被淹死就行。"

"放心吧！"小猪豪迈地拍拍我肩膀，"什么都能把女生淹死，就是甜言蜜语淹不死。"

47

好兄弟

"什么？去杭州玩两天？你疯了吗？"猫拳瞪大他那双小眼睛，难以置信地看着我。

"没事，我已经决定了。"

"斌哥，导师布置我们每人翻译 100 页英文资料，限期三天，你去西湖得花掉两天，你觉得你能交得了差吗？你还想不想毕业了！"

没想到猫拳一语击中要害，正中我的下怀。

为了骗猫拳帮我翻译，我只好将小猪被迫游杭的来龙去脉说一遍。

猫拳也同意那个不惜一掷千金也要把小猪请过去的班长，必定会有所图谋，所以猫拳也认为由我亲自保驾护航是对的。

既然猫拳如此深明大义，那我接下来自然是顺理成章地对他晓之以理、动之以情："猫拳，你说，像我这种英雄救美的壮举，是不是很美好？"

"好！"猫拳斩钉截铁。

"那我这种不爱江山爱美人的情怀，是不是也很美好？"

"好！"

"那我这种弃学业于不顾为获芳心赴汤蹈火的胆识和精神，是不是很美好？"

"嗯，非常好！"

"那……身为我最好的朋友的你，自然不能见死不救，在我最危急的关头你挺身而出替我翻译资料，救我燃眉之急，解我后顾之忧。这种为朋友两肋插刀的行为是不是也很美好？"

"好你……"猫拳把"妹"字吞掉，改口道："好才怪！"

"拜托，帮帮忙啦！"

"帮不了。我自己都泥菩萨过河。"

"不能自保那你就全力保我！你追小师妹的时候我可是为你出谋划策不遗余力，现在我有难了，你能袖手旁观吗？"

这招很管用，猫拳半天不说话。

最后猫拳答应，那 100 页英文翻译由他帮我完成 50 页，剩下 50 页实在无能为力。

太棒了！这就够了。

看来恋爱的确能净化灵魂，猫拳不但变得很仗义，而且竟然连讲脏话的坏习惯也改掉了。

晚上睡觉前，我莫名其妙接到我妈电话，而她的话更莫名其妙："儿子，谈恋爱有时就像打麻将，有人点炮给你一定要果断拿下！吃和也是和，不是谁都有资本等着自摸一家赢三家。儿子，机不可失，失不再来！切记，切记！"

我被搞得头晕向转，这都什么跟什么啊？

也没多想，我便沉沉睡去。

48

杭州车站

杭州火车站人潮拥挤。

看了看出站口大厅墙上的钟，差几分钟到 5：00。外面的天才蒙蒙亮，而这里却灯火辉煌。

我无暇欣赏这座城市的面容，也来不及细细品味这座城市与众不同的气息，一出站便急忙从叫卖旅游地图的小女孩手中夺过一张，并付给她 5 元纸钞。

挺可爱的一个小女孩，样子十三四岁，打呵欠的表情很萌。

按照约定，我坐这趟列车先来，小猪会陪同学一起坐下班车过来，大概比我晚一个小时抵达。

我们约好在出站口碰面，届时由我以"哥哥"的身份将小猪接走。

趁着还有一小时的空当时间，我得先订好下榻的宾馆。

听卖地图的小女孩说，火车站近旁西湖大道一带有很多商务宾馆，那边距西湖景区也比较近。

我打车顺西湖大道绕行一圈，选了一家店面比较温馨的宾馆，并订下一间大床房。

大床也就是双人床。

不过我只是单纯觉得床大睡着舒服，所以才选的大床房哦！

订好房间后返回火车站，在一家星巴克店里喝杯咖啡，等待小猪到来。

小猪从站里出来时被两个女孩簇拥着，一人挽住小猪一只手臂。

小猪穿了一件崭新的粉红色长裙，头发高高扎起。

仍然是素颜出镜，但那张洁白如玉的脸在黑色长发和粉色衣裙的映衬下，特别夺目。

其实那两个女孩长相也都不错，一个长相温柔，一个长相甜美，但和小猪一比，真是黯然失色！

同行的还有一个衣着鲜亮的男生，一直找机会跟小猪说话。

小猪一脸漠然，始终不怎么搭理。

男生长相油腻，是那种白色奶油一样的油腻，而身材却高大魁梧，让人容易想起篮球健将。

他应该就是小猪说的班长吧！

小猪一看见我便快速跑来，身旁长相甜美的女孩也跟上来。

"哇！"有着甜美面容的女孩一声惊叫，然后激动地指着我说："原来他就是你的白马王子啊！长相真的怎么看也不像王子呀！"

"呵呵"，小猪掩嘴笑道，"白马王子这四个字里也就马字最像他，白、王、子这三个字跟他都不沾边。"

那个女孩也笑了，花枝乱颤地对小猪说："不错，我也觉得他确实长了一副做牛做马的模样。王莹，想不到你喜欢骑马，嘻嘻……"

王莹！

原来小猪的大名叫王莹！

我的心脏被一道突如其来的闪电劈中，整个人僵硬在原地。虽然认识小猪已经一年多了，但我还不知道她的大名。

不是没问过，只不过每次问她都会说："你叫我小猪就行！"

一来叫习惯了，懒得改口。

二来我也发自内心地喜欢上了"小猪"这名字，因为觉得跟她叫我的"猪头"很搭。

所以我一直习惯性地叫她小猪。

但直到今天，我才知道原来她叫王莹。

我忍不住在心里不停默念：王斌，王莹，王宁。王斌，王宁，王莹……

三个名字的韵母接近。而且，都是同姓！

震惊之余我如大梦初醒：原来小猪真是上天派来弥补我的人！

"猪头，你发什么呆呀？"小猪捏住我的袖子左右摇晃，把我摇醒，"这是我闺密，叫田甜甜。"

"你好。"我慌忙跟长相甜美的女孩打招呼。

"你也好。"女孩调皮地笑笑，然后转身对小猪重重叹气："唉，我说，莹莹，搞了半天原来你喜欢呆萌类型的男生。"

这个长相甜、名字也甜的女生，说话却不怎么甜。

"甜甜，我和这头呆猪笨猪一起去游西湖，就不陪你们了。回头帮我跟大家说一声，就说我杭州有亲戚，今天跟我哥一道去玩。"

小猪眼波流转地对田甜甜说。

田甜甜爽快答应下来，随后再次打量了一眼还没清醒过来的我，用很认真的语气交代我说："我不能叫你猪头，因为这个形象的名字是莹莹的专利，所以我就叫你呆子吧！呆子，我们家莹莹是学校出了名的大美女，你可要好好珍惜啊！喏……"

田甜甜转身，瞥一眼怔怔地站在远处的奶油男，说："看到了吧，那个帅哥是我们班长，是标准的富二代，这三年来一直追求莹莹。不但方式非常果敢，而且出手相当阔绰。不过莹莹从来没要过他的礼物，一直刻意躲他。我们都不理解莹莹为什么这么傻，当然，今天看到你后就更加不能理解了。所以，呆子，你一定不能辜负我们家莹莹哦！"

听完田甜甜的话，我沉浸在幸福中。我突然充满信心和勇气，直接牵起小猪的手对田甜甜说："放心吧，我一定不会辜负王莹！"

王莹，不，我的小猪，被我突如其来的举动震惊，在我拉起她的那一瞬间玉手微微缩了缩。

但这细微的举动在我坚定的手掌心里瞬间便化为乌有！

我看见小猪面颊上露出幸福的笑容，而眼眸里则是足以把我淹死好几遍的娇羞水波。

我大脑瞬间变得迷离，真不敢相信这一切都是真的。

这是我第一次牵小猪的手，她的手像棉花糖一样柔软，而且光滑。

至于温度，应该有点凉吧，当然那是因为我手心太热的缘故。

我拉起小猪，转身快步向出租车停靠站走去。

我相信我的背后会留下一大群人艳羡的目光，当然还有一个人自叹弗如的悲伤。

这一刻幸福极了！

我问小猪："我发现你闺密一直叫你王莹，她怎么不叫你小猪？"

"傻瓜，那是因为……"小猪停顿，温柔地看着我说："因为她们都不知道'小猪'这个名字呀！"

"啊？可我记得你说你喜欢别人叫你小猪，我以为他们都这样叫你。"

"傻瓜，那是骗你的，只有你一个人才可以叫我小猪。"

看着小猪盈盈流转的目光，我再次被幸福淹没。

小猪，你想做一只好吃懒做的没有烦恼的"小猪"，这个秘密你一定只想让你最亲爱的人知道吧？

你放心，我一定会加倍努力，将来给你创造富足的生活条件，让你真正做一只你所向往的"小猪"！

49

幸福，接踵而至

我们打车去西湖边上有名的"外婆家"快餐店吃早点，大厅里排队点餐的人早已占据大半空间。

我尾随在 S 形长队后，独自等待每隔一分钟向前迈进一小步的机会。

小猪去洗手间了，她说肚子有点不舒服。

在我信以为真地傻傻等了二十分钟后，小猪终于回来。

小猪出现在我面前时，我狠狠吃了一惊：原来小猪去洗手间是为了化妆！

这是我第一次看到小猪化妆后的模样，我很怀疑自己的眼睛。

在淡妆的修饰下，小猪简直又换了一个人！

如果在此之前我还觉得小猪美若天仙的话，那么现在，小猪就是天仙！

小猪在众多男性的睽睽注目，不，是虎视眈眈下眼波明媚地走到我身边，并伸手挽住我的臂弯时，我只觉得一阵眩晕，真有种不拉住我我就要飞升的感觉。

而我的虚荣心也在这一刻得到极大的满足！

"八戒，这是我第一次化妆，我在家偷偷学了很久呢！"小猪嫣然一笑，显然对化妆效果很满意。

我呆呆地凝视小猪，大脑一片空白。

等迟钝过去后，我问小猪："为什么来的路上你不事先化好？"

"我说了呀，猪头，这是我第一次化妆，所以我当然希望让你能第一个看到，而不是班长他们。"

女为悦己者容，这话一点儿不假！

我顿时失去语言表达能力，只好下意识地紧紧拉住小猪的手。

这一刻幸福极了！

终于轮到我点餐，我要了几份"外婆家"拿手的特色小吃作为我和小猪的早餐所用，然后又要一份东坡肉、一只叫花鸡和一壶女儿红，让服务员帮我打包。

小猪很不解："八戒，你点这么多干吗？吃得完吗？"

"西湖很大的，逛湖一圈可能需要一整天，谁知道沿途有没有饭店吃饭？我得先买好酒菜，以备不时之需。"

"呵呵，那你带点菜就行了，干吗要带酒呢？小猪是不会喝酒的。"

"没关系，这酒不是给你喝，是我自己要喝。"

"八戒，你喜欢喝酒啊？"

"不，我从不喝酒。"

"那你干吗还买？"

"因为……我要用它来壮胆呀！"

"壮胆？"小猪眼眸闪烁。

"对呀，壮胆！"我不怀好意地看小猪，"盼了好久今天终于牵到你的手，我感觉好幸福。我当然不会只满足于这一点点小幸福，我还想要更多、更大的幸福，所以我要借酒壮胆呀！"

"你讨厌！"

小猪嘤咛一声从我手中夺过酒壶，快速放进自己包里："猪头，这酒，我替你保管！"

看着小猪眼里流动的娇羞，我又一次产生脱胎换骨的感觉。

这一刻幸福极了！

50

西湖

上有天堂，下有苏杭。

从地处繁华路段的"外婆家"出来，这座名动大江南北的杭州城，便以一种独有的尊贵又不失俏丽的姿态出现在我和小猪面前。

昔日的酒肆楼阁已经换成代表现代繁荣的高楼大厦，而建筑风格依然保留古代亭榭楼阁的风韵。

酒旗不再招展，但各式各样的发光招牌却更加夺目。

有些店面的招牌依然闪亮，暗示着昨夜出现过的那一片繁华的景色。

而天公作美，日丽风和，清晨时分的西湖附近已聚集不少游客。

有三三两两闲庭信步的散客，也有成群结队跟在导游后面东张西望的游客。他们的共同特点，就是面部都洋溢着激动的神情。

我和小猪跟在一个由导游带领的团队后面，很快便来到西湖边上。

"八戒，你看！"

小猪抑制不住内心的激动，轻拍我的肩膀，示意我朝前看。我抬头，只觉得一道波光透过树林，灿灿地射了过来。

西湖！

传说中赫赫有名的西湖！

我和小猪情不自禁地同时加快脚步。

沐浴在朝阳之下的西湖，仿如身姿优美却蒙着面纱的美人，周身散发芬芳气息。就算你不能窥得她的全貌，你也会愿意相信面纱下一定是一张美丽迷人的脸。

而当我和小猪穿过湖边的人工园林径直来到湖畔时，这层面纱终于被揭了下来。

眼前一片风光明媚！

只见三面青山环抱之中一汪碧波平躺，宛如正在休憩的美人。

波上舟船往来，轻灵地穿梭在三座小岛之间。岛上林木葱翠，鸟鸣不绝，而青木密织的波浪之中钻出几顶夺目的大伞。

那是供游客歇脚的凉亭。

视线顺着湖面延伸，可以看到两条长长的绿色条带横亘在湖面之上，那自然便是有名的苏堤和白堤了。

一座座拱桥彼此应和，吸引游客伫立桥心，凝眸远眺。

而一叶叶乌篷船拖着长长的涟漪，时不时从桥洞里轻灵穿过。船尾站着体格壮硕、头戴毡帽的船夫，优雅娴熟地挥舞着竹篙。

大片大片的荷叶像绿色的衣裙，围绕苏堤、白堤。

晨辉映射，荷叶在露水与阳光的作用下熠熠生辉，仿佛情人的眼波；又仿佛可以让人看到驾着木舟的采莲女在荷叶间时而情歌欢唱，时而对着桨下的碧波顾影自怜。

"荷叶罗裙一色裁，芙蓉向脸两边开。乱入池中看不见，闻歌始觉有人来。"

这优美灵动的诗句，应该就是有感于这样的景致才写出来的吧！

而荷叶最深、最密的地方似乎是受到某种灵气的吸引，汇聚到一座青山之下，远远望去，山腰上朦朦胧胧罩着一层氤氲的烟雾。

真无愧古人所言：山是眉峰聚，水是眼波横。

宋人对江南山水的形容可谓冠绝古今，这绮丽的诗句如果拿来形容西湖秀色的话，当真是恰如其分！

而青山之巅，一座宝塔巍峨耸立，卓然不群。

仿佛傲视人间的天神，以一种睥睨天下的姿态和不怒自威的容颜，令人心生敬畏。

那便是传说中镇压美丽蛇精白娘子的雷峰塔了！

"八戒，你看，雷峰塔！"

小猪激动地挽起我的手臂："八戒，我们就从这里顺时针绕湖一圈吧。先去雷峰塔，然后再穿过苏堤、白堤去逛断桥。"

"行，听你的。我们走！"

51

诗兴大发

小猪果然很喜欢江南的秀丽风光，一路上步履轻盈，燕舞莺飞。所到之处，若是遇到了代表性的人物雕塑或古代建筑，总会引经据典，给我说一些新鲜的趣闻野史。

"八戒，你看，这花多美！"小猪站在湖边的一处花圃旁，指着姹紫嫣红的鲜花，神情十分欢喜。

"八戒，你知不知道白居易有一首很优美的词，写的就是这种江南秀色。"

"哦？什么词？"

"花非花，雾非雾。"小猪动情地吟咏道，"夜半来，天明去。来如春梦几多时？去似朝云无觅处。"

"这首词我知道，它是用鲜花来比喻美好的事物，感叹世间美好之事总是像鲜花一样朝开夕落，短暂易逝。"

"八戒，你看到的一定是教科书上的解释，其实还有另外一种说法更为合理可信。"

"哦？怎么讲？"

"传说，白居易在任杭州刺史时生活安逸，常常彻夜笙箫与歌伎为伴，而这首优美的词描写的就是歌伎。花是形容歌伎容颜美丽，雾则形容歌伎体态轻盈，而'夜半来，天明去'等句写的是歌伎的活动时间以及飘忽不定的行踪。诗人以优美的比喻写出对歌伎的爱慕之情，真是既美又浪漫啊！"

经小猪这么一说，我也觉得很美，不过让我倾慕的对象并不是传说中的歌伎，而是现实中才色双绝的小猪。

"八戒，我猜白居易一定很喜欢江南的景色和风物吧，不然也不会写出这么多脍炙人口的动人诗句。"小猪转身面对波平如镜的西湖，再次忘情地吟咏起来："江南好，风景旧曾谙。日出江花红胜火，春来江水绿如蓝。能不忆江南？"

我也配合小猪吟咏道："江南忆，最忆是杭州。山寺月中寻桂子，郡亭枕上看潮头。何日更重游？"

小猪转过身来，眼波流转地凝望我："八戒，我们真是……"

"真是心有灵犀，真是珠联璧合，对吗？"

"才不是呢！哼，自作多情！"

小猪转身甩下我，欢快轻盈地朝前跑去，我紧紧跟上。

"八戒，你看这里的地板跟别处有什么不同？"

我循着小猪手指的方向望去，那是湖边一处古宅庭院里的一道圆形石门门槛外的路面，上面铺着方形地板。

地板材质一样，只不过上面印的图案却分为两种：一种是花的图案，另一种是古代通宝钱币的图案。

图案不同的两种地板交错排列，数量倒是相同。

"八戒，古人很喜欢用这种地板来铺设自家庭院，我在小说里看到过有关这方面的记载。"

"哦。古人真俗，居然把金钱和鲜花摆到一起。"我嘀咕道。

"八戒，不懂就别乱说哦！"

"我怎么乱说了？把俗气的金钱和鲜花放在一起，这难道不俗吗？"

"当然不呀！八戒你只知其一，不知其二。"

"哦？还有其他说法吗？"

"嗯。"小猪点头，"钱形图案代表金钱，而花是代表花钱，并非代表鲜花。古人其实也有理财观念，懂得人生的真谛是要学会挣钱，但同时也要学会花钱。所以……"小猪指着我双脚踩住的两块"钱"字地板，说："所以在这种地板上行走是有讲究的，你得一脚踩'钱'一脚踩'花'，表示既要有钱又会花钱，挣一次钱就花一次钱。可不能光踩'钱'不踩'花'哦！因为那样叫光挣不花。古人其实也不提倡把钱带进棺材，所以用这种方式来提醒自己：一路有钱又要花，光挣不花是白搭！"

我"扑哧"一声笑出来："还有这种说法？"

"嗯。"小猪也笑了。

"那要是只踩'花'不踩'钱'呢？"

"那就是坐吃山空的败家子。"小猪像想起了什么，调皮地吐吐舌头，做出生怕别人听到的样子，说："我班长就是！"

"喂，人家对你那么好，就算不喜欢他，也别这么说他哦！"

"好？"小猪很不屑，"刚刚在车上都被他气死了，你还说好？"

"怎么了？"我问。

小猪一边走一边愤愤地说："他写了一首恶心的情诗给我，连招呼也不打就在车上当全班同学的面朗读，搞得整节车厢的乘客都跟着起哄叫好，真让我丢死人了。"

"啊？那样会丢人吗？那好像很光荣呀！"我暗叫好险，幸亏这次自己跟过来。

"光荣？要我说那简直是耻辱！"小猪仍未消气，"我早就跟他说过我不喜欢他，他还非要这样，完全不考虑人家女孩子的感受。再说了，他写的那叫什么诗啊？把一句句通俗得如同口语的话，从句子中间本来很连贯的地方莫名其妙地断开，再把后半截另起一行，有时甚至一个'的'字就是一行。他以为这样就是诗了？他简直在侮辱诗啊！"

我忍不住笑了，我知道小猪说的那种诗就是传说中的梨花体。

虽然小猪一脸不屑，但我还是不放心，想确定小猪是否对他真的一点好感也没有。

我问小猪："他既有钱又帅气，你真的一点也不喜欢他吗？"

"光有钱有什么用？"小猪很不屑，"不学无术的人即使家里再有钱，即使外表再光鲜，也不过是'绣花枕头腹中草，驴屎蛋子外头光'而已！"

我终于放下心来，这一刻幸福极了！

我和小猪在湖边一棵垂杨柳旁坐了下来，湖岸的泥土湿而绵软，似乎浸润着江南特有的温柔气息。

在车站买的那张旅游地图现在派上了用场，把它铺在地面刚好可以坐下两个人。

我和小猪几乎是我身体的一侧贴着她身体的另一侧坐下来，那种若即若离的接触感总是让我心驰神往。

水面距离地面很近，小猪像孩子似的褪去鞋袜，把双脚放入水中，时而欢快地来回拍击水面，时而把一只脚从水面下向上抬起，勾落片片水花。

看着小猪那双白嫩秀气、吹弹可破的玉足，我心中犹如火烧。

有好几次我忍不住伸手想把小猪搂入怀中，却总在手臂刚耍伺机而起时心生畏怯。

而小猪也像早有警觉，每次在我刚要抬手时都受惊吓般猛地向旁边缩一缩身体，并把头轻轻别转过去。

终于，在数到天空中飞掠而过的第七只鸟和水面上划过的第十四只船后，我鼓起勇气问小猪："你说对此良辰美景，是不是当浮一大白？"

小猪假装听不到，眉目间却含羞带笑。

"快，拿，拿酒来！"我大声吩咐。

小猪忸怩地从包里掏出女儿红，把酒瓶一下塞给我。

我拔开瓶塞咕咚咚地喝下几口，然后大爷般伸出手臂，将小猪一把搂了过来。

"讨厌！"

我仿佛听小猪这么娇嗔了一句，却又仿佛没有听见。

什么都不记得了，因为我已经烂醉如泥了。

真真应了那句话：酒不醉人人自醉！

52

爱情观

我苏醒后，和小猪就班长追她的话题又聊了一阵。

我很好奇小猪为何对班长的狂轰滥炸能始终不为所动，而小猪则坚定地对我说："将欲取之，必先予之。有些人的给予是为了满足他想要得到的欲望而已。"

"可他家里有钱，他能用钱给你很多别人给不了的浪漫。"

我突然想起和王宁的心酸过往，想起她经受不住哄骗弃我而去的事，心里很想知道小猪对待金钱的态度。

"那有什么稀罕？"小猪望着湖面认真地说，"有的人只有一根毛，却恨不得给你九头牛；而有的人手里有九头牛却只是给你几根毛，并哄你说他愿意给你全世界。这些毛也许能给毫毛没有的你带来意想不到的幸福感，可是却并不能因此说明他爱你，因为他随时可以轻易地给予别人更多。而且他所给予你的并不是他通过自己的努力创造的，他又凭什么以此说明他爱你？"

小猪用一个精辟的比喻表达了一个非常深刻的道理，这个道理是现实中很多女孩子想不明白，也不会去想的。

看着小猪坚定的目光，我更加坚信小猪一定是一个可以陪我携手走完一生的人。然而小猪的话并没完，仿佛打开了话匣子一样："猪头，你知道我最向往的爱情是什么样的吗？"

"什么样的？"

"就是像我爸爸对我妈妈那样，一辈子不离不弃！即使生活再艰苦，即使井下工作再危险再累，爸爸也会咬紧牙关用生命挣钱养家。有一次，爸爸

172

出工伤被石头砸伤了腿，我看到他疼得背地里咬牙呻吟，但当着妈妈的面却一声不吭……"小猪说到这里哽咽了，似乎想起什么，眼里迅速涌出一股泪。最后，小猪长长嘘出一口气，目光坚定而闪烁地望着我，说："你知道吗？这才是真正的'生死契阔，与子成说。执子之手，与子偕老'！"

我下意识搂紧小猪，想给她依靠支撑，并大声告诉她："我们也会一起到老的！我会像你爸爸疼你妈妈那样，不，是比你爸爸疼你妈妈还要更加疼爱你哦！"

"去，花言巧语。"小猪眼睛眨啊眨的，晶莹而娇媚地望着我说，"那你说，你都打算怎样疼爱我呀？"

"你觉得怎样算疼爱，那我就怎样疼爱你。"

"那……你会在人群熙攘的马路上弯下腰来帮我系鞋带吗？"小猪娇滴滴地把头倚在我的颌下。

"我会！"我大声说。

"你会在同学朋友面前对我千依百顺吗？"

"我会！"

"你会在任意场合惹我生气时都能主动跟我道歉吗？"

"我会！"

"你会像奴隶一样听我父母的使唤吗？"

"我会！"

"那……你结婚后会把工资卡主动交给我来保管吗？"

"我……"我正要脱口而出，突然觉得有点不对："喂，等等，怎么交工资卡也算疼爱吗？"

"当然算呀！"

"可那怎么能算疼爱？那明明是割爱。"我大声抗议。

"哼，不割怎么会疼？不疼哪里是爱？你说你到底要不要交？"小猪妩媚地白我一眼。

"交！一定要交！"

"哼，这还差不多。"小猪娇羞地笑了，温柔地倚在我怀里，背部紧贴我的胸口。

我顿时失去意识，唯一能记得的就是这一刻幸福极了！

"西湖真美啊！"小猪安静地在我怀里靠了很久，忽然忍不住对风光旖旎的湖面赞叹道。

"哦。"我简单应一声，完全有点心不在焉，因为我正深深沉醉在小猪的发香里，并忐忑地幻想亲她面颊的情景。

小猪抬头看我，眼波流转："八戒，你不觉得西湖很美吗？"

"嗯，美，很美。"我想了想，接着说："但西湖再美，对我来说也不过是一潭死水，你的眼波才是永远流淌不尽的人间美景。"

"八戒，你这句话有点像小说里的句子哦！"小猪笑了。

"小说？"我又想了想："也对，如果我全部的人生经历好比一篇小说的话，那我希望你是这篇小说的女主角。"

"八戒，那你是男主角吗？"

"当然！"

"嗯，那我就放心了。"

"放心？放心什么？"

"放心，小说一定会以感人肺腑的悲剧收场呀！"

"悲剧？"我愕然。

"对呀！"小猪笑了，"因为故事里你一定会被我欺压得很惨呀！"

我也笑了。

小猪，你知道吗？即使被你欺压一辈子，我也心甘情愿！

53

雷峰塔

我和小猪抵达雷峰塔时已接近晌午，此时的西湖湖畔早已人头攒动，一个个慕名而来的游客最后汇入人海中。

这座由来已久的宝塔屹立于夕照山的雷峰上，山下阁廊勾连绿意葱葱，建筑风格有点佛家圣地的味道。

阁廊外面有道黄色的石墙，上面印着"南无阿弥陀佛"六个红色大字，引来不少游客驻足拍照。

虽说这只是在一般佛教寺院里极为常见的六个字，但放在这里却别有一番意义。它象征佛法的无情，很容易让人想起那个铁石心肠的法海。法海当年镇压白娘子时口中振振有词，念的应该就是这几个字。

小猪在墙边拍照留念时还特意问我："猪头，如果换成我被镇压在这里，你会怎样？"

女孩子总喜欢问这些不着边际的问题。

我又不是许仙，更打不过法海，我能怎样？

但我还是得认真回答："我一定不像许仙那样懦弱等待，就算跟法海那条秃驴拼了，我也要把你给救出来！"

"这还差不多。"小猪拧开一瓶纯净水，自己没喝，先递到我的嘴边，我幸福地喝下几口。

要游塔就必须先登夕照山。

这座小山并不高，相对于五岳那样的大山，夕照山充其量只能算座小山丘。可夕照山的名气却丝毫不比五岳逊色，这可能也是雷峰塔的缘故吧！

登山的人工阶梯显然是后来建造的，彰显了现代人的恣意发挥。

水泥石阶的正中央建了一座金属材质的露天电梯，在铜质宝塔和满山翠绿之间，显得有些突兀。

我和小猪坐电梯时都感到有点怪，但这并不影响我们观光的激动心情。毕竟社会是向前发展的，每个时代都有它特有的标志性建筑。咋天的那些建筑在今天看来已经成为优美奇异的历史，那么今天的新型建筑未必不会在千百年后同样成为后人观光游览的胜迹。

我和小猪进入塔中才知道，原来整座雷峰塔也是后人仿建的。

原塔已经倒塌，新塔在原塔的废址上修建而成，将原塔残留的塔砖罩于其内，起到保护文物古迹的作用。

新塔工艺精湛，色彩古朴，饱含宋代建筑风味。

而塔内金碧辉煌，美伦美奂，墙上还挂满彩绘壁画和历代诗文佳作。

小猪津津有味地绕塔欣赏诗文，有时在一首诗下可以驻足半天。而对于壁画，小猪则走马观花囫囵吞枣。

"八戒，你看，这首诗写得真好！"

"等一下，我在数钱。"

"八戒，你真俗！"

我不管小猪，也不管别人对我们之间的称谓好奇不解，独自绕着笼罩原址的玻璃墙，细数游人投掷进去的钱币。

哇，好多钱呀！真是日进千金。

我恨自己不是《封神榜》里的土行孙。

上到塔的四层，我和小猪都惊呆了。这里四壁上陈列着精美的木雕，以雕塑的形式完整地还原了许仙和白娘子的神话传说。

其中《西湖借伞》《断桥重逢》和《水漫金山》等都是家喻户晓的故事。

游客们简直炸开了锅，赞叹声此起彼伏。

我和小猪跟在旅游团后，听不同的导游给游客讲述有关白蛇的美丽传说。一个血气方刚的年轻导游竟声色激动地拿扩音器对游客喊："朋友们，土豪们，有钱不要去一些发达国家挥霍，它们才短短几百年历史，能有什么看头？我们炎黄子孙有着五千多年的悠久文明和光辉历史，更有无穷无尽的神话故事，每个景点都有动人的神话传说带大家遨游古今。请大家多支持国内旅游事业！"

这话虽然有点拉生意的嫌疑，但说得确实有道理。

我率先鼓掌，游客们也跟着鼓掌。

"猪头，就你会瞎起哄！"小猪笑着挽住我。

"怎么是瞎起哄呢？"我突然有所领悟，激动地反驳小猪，"那些美丽的神话故事真的是很值得回味的东西，它为我们提供强大的精神支柱，支撑起悠久的华夏文明。"

"精神支柱？华夏文明？"小猪有点不解。

"对呀！"我试着解释，"神话能影响爱情，就好像原先的雷峰塔虽然已经倒塌，但那段神话还在，那些关于白娘子的美丽传说并没有因此而湮灭。相反，白娘子和许仙的爱情反倒成了永恒，并不断影响后人，激励后人追求美好永恒的爱情。而且……"

"而且什么？"

"而且爱情才是家庭的凝聚力，一个个有凝聚力的小家庭才能构成强大而有凝聚力的国家。"

"猪头，你净瞎扯。"

"怎么是瞎扯呢？我们这片辽阔大地曾被铁蹄践踏过多少次？又被西方列强侵略过多少次？但我们的民族却始终屹立不倒，我们的血液也一直流淌不息，这些都是因为爱情和亲情赋予了伟大力量，这些也都是因为我们有着厚重的历史。"

"八戒，你不是在说神话吧，怎么又扯到历史？"

"神话不一定都是历史，但我们自强不息的五千年历史却是一个神话，而厚重的历史才是凝聚力的来源，就好像……"

我看着身边美得宛如白娘子一样的小猪，考虑要不要把话说完。

"就像什么？"

"就像……算了，我们还是别说这些无聊的话题了。"

"呵呵，猪头，你扯不下去了吧！"小猪笑一笑，不再追问，转身又去看雕塑。

其实小猪，我想说在你身上也有着厚重的历史感。

至少第一次见你时，你就让我感觉像是从古画里走出来、从历史中提炼出来的美女。

在你的身上有一种古典的气质。

你美丽端庄，你温柔贤惠，你善良天真，你矜持含蓄……

你像一朵纯洁的鲜花，又像一首歌唱爱情的美好古诗词。

你总能让人联想起古代著名神话故事里那些温柔美丽的奇女子，那些深情款款用生命演绎爱情的女子，而你的柔情一定只有用占诗词才能描绘得出。

"我住长江头，君住长江尾，日日思君不见君，共饮长江水。此水几时休，此恨何时已。只愿君心似我心，定不负相思意。"

你像隔江守望的宋女，痴心不改地盼望夫君归来，哪怕杳无音信，相信你也会衣带渐宽终不悔，为伊消得人憔悴。

小猪，我深信不疑：你若爱上一个人一定也会为他不顾一切吧！

而我，会不会恰巧就是那个幸运的人？

……

"八戒，我们去逛苏堤吧？在塔里都待半天了。"

我正胡思乱想，小猪打断我，于是我幸福地牵起小猪，跟这座宝塔轻轻地挥手作别。

54

苏堤打赌

苏堤果然名不虚传。

作为西湖十景之一的苏公堤，此时已经人潮汹涌、热闹非凡了。

从雷峰塔俯瞰时就觉得苏堤像一条横亘在湖面上的绿色条带，带子中间是由形形色色的人儿构成的流动不息的彩色波浪，十分好看。

而此刻置身于变幻不止的人流中，看到来往游客个个盛装而来，更给人一种繁华的感觉。

而湖光明媚，紧紧簇拥着这根绿色条带，条带边更有大片大片的荷花竞相开放，真不知到底是人为观花而来，还是花为悦客而开。

六月的西湖，荷花多得让人眼花缭乱！

荷花与荷叶交相映衬，铺满苏堤两旁，使原本青翠静雅的苏堤多了一层色彩的点缀。

而最浓最重的色彩莫过于来往的人群。

那些衣着光鲜的人儿给苏堤披了一层缤纷的色彩，一层带着欢笑与惊叹的色彩。

人群中我悄悄打量：美女可真多呀！

江南宝地的确颇有灵力，会集了四方佳人。仅仅十多分钟时间，从我旁边走过的美女就不下十个，如果这一天时间算下来的话……

不过纵有再多佳人，也无非是给我身边那道最靓丽的风景做点缀而已。

小猪无疑就是西湖景区里那道最靓丽的风景！

这一路过来，小猪也不知吸引了多少男男女女的注目，这种吸引的巨大杀伤力无关年龄，无关性别。

我发现一个奇怪的现象：但凡迎面走过的男生在看到小猪后，都会惊诧而出神地注视很久，眼睛像被粘住一样，待到将要擦肩而过的瞬间才会短暂而恶毒地扫我一眼，那眼神里尽是鄙夷。而所有女性尤其是美女，看到小猪后往往眼睛为之一亮，但目光却只在小猪身上停留很短的时间，转而会用很不解的目光深深注视我，像是想要把我看穿一样。

你说奇不奇怪？

不过，不管是男性目光的鄙夷还是女性目光的怀疑，这两种目光都让我心旷神怡，我拉着小猪的手从未松开过。

这一刻幸福极了！

我和小猪完全沉浸在如画的风景里。

只不过对她而言这幅画是西湖，对我来说这幅画却是小猪。

我们也不知沿湖畔走了多久，走走停停，停停走走。

湖边，一个年轻妈妈正和她的宝贝女儿躲猫猫。

小女孩有四五岁的样子，躲在一棵大树的后面快乐地嚷着："妈妈找不到我，妈妈找不到我！"

年轻妈妈眯着眼佯装摸索，一步步靠近大树。就要摸着树干时小女孩倏地一下从妈妈手臂下面钻过，躲到另一棵树后开心地喊："妈妈，我在这儿呢！哈哈，我在这儿呢！"

看着这个快乐可爱的小女孩，小猪把我拉到一旁："猪头，不如我们也做游戏吧？"

"做游戏？"我愕然。

"对呀。你说行不行嘛？"

"行是行，不过这里人多，我们俩在这躲猫猫会不会不太好？"

"去！谁要和你躲猫猫了？"小猪抬手敲一下我的脑门，"傻瓜，我们是做别的游戏。"

"别的游戏？"

"对呀！不如我们来对诗吧？"

"啊？对……对诗？"我受惊过度。

小猪调皮地笑了："对呀，很简单的！我们来轮流背诵描写西湖的诗，诗里必须提到西湖。我背一首，你背一首，谁接不上来就自己作诗一首来歌咏西湖，你说怎样？"

"这……"我一时语塞，心想情况不妙。

小猪是念中文的，背诗是她强项，如果和她比谁会背的诗多，我铁定输死。

"八戒，我先背！"还没等我反应过来，小猪已经开动，"宋代诗人杨万里有诗一首描写西湖：毕竟西湖六月中，风光不与四时同。接天莲叶无穷碧，映日荷花别样红。"

以小猪抢背的速度我突然明白，小猪是有备而来。

小猪背完后目光炯炯地望着我，说："猪头，到你了。"

"啊？可……可我还没答应你啊？"

"猪头，我一个女孩子都不怕输，难道你还怕输吗？"小猪撇着嘴说。

你当然不怕了，因为你根本就不会输。

"我不是怕输，只不过这不公平。"我努力申辩，"你是念中文的，背诗是你强项。"

"猪头，这怎么会不公平？虽然我念中文，但我只不过是弱女子一个，你可是顶天立地的男子汉大丈夫呀！这样看就公平了。"

"弱女子？"我愕然，"这方面你会弱吗？你明明很强呀！"

"八戒，你到底玩还是不玩？"小猪像看战利品一样看着我，眼神明显有一种你逃不出我手掌心的味道。

"如果我不玩呢？"

"那……"小猪转身，然后自信娇媚地回眸一笑，"那我可就走喽？"

"走？去……去哪？"我顿时慌了。

"当然是去找我同学呀，还有我班长！"小猪笑得自信极了。

"好吧，好吧，你让我想想。"我赶紧拉住小猪，这招够狠。

"还想什么呀，我相信你一定能打败我这个弱女子。就算打不过，你写首诗送我也不是难事啊！再说了，连班长都能写诗给我，你口口声声说要疼爱我，难道连班长也比不过？"

这招更狠！

"好吧，我答应你就是了。来，拿……拿酒来！"

我从小猪手里接过女儿红，一口气猛灌几口，酒劲直冲头顶。

好像有诗句从脑海中划过，不过如果真要和小猪玩对诗的话，我知道就算我能对上几句也不过是垂死挣扎，还不如索性直接答应她，给她写首歌咏西湖的诗。

可是，我能就这样束手就擒吗？

一股热辣辣的酒气蹿上来，我把一大口叫花鸡咽下去，然后装模作样地对小猪说："对诗就对诗！我也想到一首：西湖美景三月甜，春雨如酒柳如烟。有缘千里来相会，无缘对面手难牵。"

"去！你这不是诗，是歌词。"小猪敲一下我脑袋。

这也被看出来，无奈我只好跟小猪说背不出来。

"八戒，背不出来就自己作诗送我吧！"

"要我作诗也行，不过我有条件。"我使出最后的赖皮招数。

"什么条件？"

"就是……"

"就是什么？"

"就是……"

"就是什么呀？"

"就是如果我写得很好的话，甚至比杨万里那首写得还要好的话，那你今天晚上就别……别……"

"别什么？"小猪小心翼翼地问。

"别回去了！"我鼓起勇气说出来。

"讨厌！你……你想得美！"小猪猛地扭过身去背对我。

我看到小猪耳根有点泛红。

一阵沉默后，小猪用比蚊子还小的声音问："不回去，那我们去……去哪里？"

"我订的有宾……宾……宾馆。"我声音更小。

"讨厌！你……你坏死了。"小猪突然甩开我向前奔去，在一张石凳上坐下，背对我。

我也跟上去坐下来。

沉默。半天。没有语言。

我轻轻摇晃小猪衣角，小猪还是不理我，只是耳根红得更厉害了。

我突然觉得自己脸颊也滚滚发烫，一颗心简直要跳出来。

过了好一会儿，小猪仍不吭声，仿佛和石凳融为一体。

"喂，怎么不说话呀？"我再次摇晃小猪，"你变成石头了吗？"

"去，你才是石头！"

"我怎么会是石头呢？你听，我有心跳的。"我拉起小猪的手放在我激烈跳动的胸口，"看，是不是跳得很快？"

小猪不吭声了，只胸口急剧起伏。

"喂，我说石头人，请问你心跳的频率又是每分钟多少次呢？"

"石头人是没有心跳的，你不知道吗？笨蛋！"

"那……要不你跟我回去吧？我滴一滴金精玉液在你身上，渗进去变成一颗心。有了心就会有心跳，你就知道心跳的感觉有多美好了。"

小猪不说话。

"喂，跟我回去吧！我也想听听你的心跳声。"

小猪仍不说话。

"喂，你怕输了吗？你开始不是一副胜券在握吃定我的样子吗？"

小猪还是不说话。

好一会儿，小猪终于轻声回答："要我答应你也行，不过你的诗第一句由我来定。如果你顺着我的第一句写还能写得比杨万里那首还要好的话，那我就……答……答……答应你。"

我只觉得一阵晕眩！

我用力甩甩头让自己清醒，来确定刚才没有听错，也不是在做梦。

"那你快出第一句吧！"我紧张地催促小猪。

"第一句就是……"小猪调皮地笑了，"就是'六月游杭为哪般'，你顺这句往下写吧！"

我这才明白小猪为什么答应我。

我瞬间头都大了，质问小猪："你这句简直就是顺口溜，哪有一点点诗的味道？你要我接着这句写，还要写得比杨万里那首还要好，这怎么可能？"

"嘿嘿。"小猪笑了，"八戒，真正的高手写诗开头都是随手拈来，起笔即使平淡无奇也能越写格调越高，仿佛平地拔起的大厦，能将砖土变为神奇。八戒，我相信你有这样的实力！"

我有个屁！我心里暗叫好苦。

眼看就要到嘴的鸭子，现在拍着翅膀对我无情嘲笑。

我突然有点沮丧，但只一个瞬间，我便幡然醒悟：小猪愿意鼓起那么巨大的勇气给我这种机会，我有什么理由气馁？我又有什么资格沮丧？

我突然充满了能量！

小猪，既然你想考验我，那就来吧！

55

断桥许愿

被一种极为亢奋的情绪所包围，我整个人都不好了！

表面上我在陪小猪游湖，实际上我的心思早已飞得不见踪影。那扑面而来的景，那神采飞扬的人，还有那沸沸扬扬的喧哗声，都在不停地冲击着我，给我注入一股前所未有的能量。

有文字在我脑海中飞翔！

仿佛回到了繁花似锦的宋城，仿佛踩在小桥流水的岸边，又仿佛看尽千百年来光阴流逝下的变迁……

以至于当我陪同小猪踏上游湖的观光船后，我竟浑然不知自己是怎么上去的。

真是一只气派无比的龙舟呀！

这其实是一艘大船，只不过船身做成舟的样子。船头则昂首峭立着一颗龙首。

那气势，简直视人间如无物！

船的正中是用红木筑的两层小阁楼，雕窗画栋，珠帘轻曳。

有暗香扑鼻。

阁楼里宾朋满座，四海一家。

一对卖艺的父女宋装打扮，吹拉弹唱尽是些江南小调。歌声悠扬欢畅，毫无哀色。

众人不时大声喝彩。

我和小猪吃饱听足后跑到船尾戏水，我们坐在船尾的甲板上，双脚放入水中，丝丝清凉沁入肌肤。

随着龙舟的移动，西湖美景尽收眼底。

小猪很兴奋，也很欢喜。尤其当龙舟将我们带到三潭印月景点时，小猪更是激动得手舞足蹈。

而我，则自始至终有种飘飘然如梦如幻般的感觉。

有风，从我身边吹过。

有歌，在我耳边轻吟。

有一道娇艳无比的粉红，在我面前漫天飞舞，遮住了全部的西湖光景。

那是小猪身着的粉色长裙！

真美呀！

忍不住，我又故意让小猪把那壶女儿红给我，咕咚咚地吞下几口，真有种红袖添香的感觉。

我暗自享受这种美妙感觉。

小猪全然不知我心里的秘密，仍自顾自戏水。

那道粉红在我眼前又或者说在我心里，时而清晰，时而模糊。

而周围的所有景物与色彩仿佛浮光掠影般不断地冲击我，最后在脑海中化为文字……

突然，极短极短的时光间隙里，我觉得自己眼前一亮！

像是感觉抓住了内心一直深深渴望的所有，我偷偷瞟了小猪一眼，第一次觉得似乎有可能跨越那不可企及的高度。

而这美好而又绚烂的一瞬稍纵即逝，转眼便化为乌有，我又深深沉浸在迷离的状态中。

我迷离地陪小猪下了龙舟，再祭拜过苏小小墓，最后一路凌波微步穿越白堤，直奔断桥而去。

还未踏上断桥，小猪便远远失声尖叫："猪头，你看，那儿有好多许仙和白娘子！"

我循着方向望去，果然在断桥桥心之上有几对年轻的学生情侣，双手紧握放在胸前，正深情地表演断桥相遇。

"哇，这也太肉麻了吧！"我和小猪忍不住笑了出来。

我拉起小猪的手向桥上奔去，小猪不但不推脱，而且很配合。

在桥心上，我也学别人，双手握紧小猪的手放在胸前："娘子，我们终于又团聚了！这些年不能与娘子同床共枕，真是苦死我了。娘子，我们还是别浪费时间了，快随我回家歇息去吧！"

"去你的！讨厌，恶心！"

小猪双手轻轻从我手中挣脱，却又被我不费吹灰之力拉回。小猪眼眸左右转啊转的，羞涩明亮。

我把小猪轻轻拥入怀中，静静地甜蜜许久，真有种我是许仙、她是白娘子的错觉。

我希望这一刻能永远就这般静止。

永远，永远！

不变！

同小猪模仿许、白二人缠绵半天后，我们拥坐在断桥的桥栏上，一起欣赏那碧波之上芬芳婀娜、千姿百态的荷花。

荷花怒放，心花也在怒放。

我不知道该说些什么，只不停傻笑，只想就这样静静享受这幸福静谧的时光。

而越看越觉得花美，那些白色的、粉色的荷花仿佛也都在冲我们娇艳地笑着。

没有多余的语言。

偶尔，我会耍耍小心机，让小猪把那壶女儿红拿给我喝，偷偷享受那红袖添香的美妙。然后带着微醺的醉意，我痴痴欣赏小猪绝美的容颜和那一池荷花。

快活是什么感觉？得意是什么感觉？

而神仙，又是什么感觉？

我不知道这世间是否真有神仙，但此时此刻，我和小猪就是神仙！

我们就这样一直坐到了日落西山，华灯初上。

暮坠天河，星眸闪烁。

西湖边上、杭州城里，五颜六色的灯光如同璀璨的烟火，又似色彩斑斓的锦绣，争辉斗艳，不止不休。

我一激动翻身仰躺在桥栏上，双手枕在脑后，仰望星河。

"别这样，太危险了！"小猪慌忙伸手，想拉我起来。

我顺势抓住小猪的手把她拉过来，让她背靠桥栏而坐。然后我将手臂绕过小猪的胸口，轻轻揽她入怀。

我感到手臂有强烈触电的感觉！原来，山峦也可以是柔软的。

真美呀！

我觉得自己正置身画中。

我真想就这般一直沉醉在画里，不要醒来。

可能我的动作确实有点危险，来往的游客里不时有人向我善意提醒："小心，掉下去你就见不到明天的太阳了！"

管他呢！

管他会不会掉下去！管他又有没有明天！

我只想，就这般深深沉醉！

"放心吧，我掉不下去的。"我很感激那个好心人，"谢谢你！"

"别谢我。我是担心美女掉下去，又不是担心你。"

"什么？不是我？"我张大嘴巴，被猛打脸。

"当然不是。你掉下去的话那真是正合我意呀！"

我定睛一看，原来对方是个男游客。

"哈哈，哈哈哈……"小猪笑得合不拢嘴，我也忍不住一起笑。

突然，一个瞬间！我神情紧收。

有文字从我脑海中突突地往外冒，像挡不住的潮水。

我兴奋，我狂热，我紧张忐忑。

我小心翼翼捧起小猪的脸，连声音都在颤抖："小猪，我作……作……作出来了！"

"什么作出来了？作出什么来了？"

"诗、诗……诗啊！"

"真的吗？"小猪睁大眼睛看着我，似兴奋又似有些害怕。

"嗯。我作出来了！"我也开始害怕。

"那你……快点念来听听呀！"

我坐起来，坐直身体。

小猪也面对面坐着，眼眸不停闪烁，或者闪躲。

"你还记得答应过我什么吗？"我声音微弱，"如果我顺着你的那句'六月游杭为哪般'来写，如果我能写得比杨万里那首还要好的话，那你今天晚上就……不回去了对吗？"

"你……你……"

小猪没有"你"下去，变得沉默。

我也沉默。

过了好久小猪像缓过气来一样，轻声说："你念吧。"

"那你听好！我给你写的诗就是……"我清一清嗓子，稳定情绪后激动地大声念道："就是——

六月游杭为哪般，楼舟绕渡戏三潭。

日迎佳丽三千许，夜叹华灯胜锦斓。

美酿不禁红袖添，提壶醉卧断桥边。

不闻惊客轰鸣声，唯见荷仙笑破颜。"

念完我坐立不安，等待小猪给予评价。

"写……写下来。"小猪声音小极了。

我拿出纸笔，把诗写好后交给小猪。小猪看了很久，很久。

我静静等待，听不到小猪开口，却可以看到她的眼眸越来越亮、越来越热。

突然，小猪大声赞叹："猪头，你太棒了！"

"怎么样，写得好吗？"

"嗯，写得真好！"

"可我没怎么仔细去押平仄。"

"那有什么关系？"小猪很激动，"《红楼梦》里林黛玉也说过写诗不能太死搬硬套，果真得了妙句，即使不押平仄也是可以的。"

小猪果然很专业，也很懂我。

我拽了拽小猪的袖子，轻声说："平仄该不该押或者该怎么押，对我不重要。我只想知道，既然你也觉得很好的话，那……"

"那是不可能的！"

小猪猛地转过身去，呼吸急促，背部强烈颤抖着。

"凭什么不可能啊？是你自己答应的，你怎么能不认账？"

我几乎打着寒战问出这句话。

小猪低着头，不说话。

我俯下身子从下往上看小猪，质问她："你怎么能言而无信？我那么信

187

任你。"

小猪还是不说话。

我勉强压住快要跳出来的心，双手扶着小猪肩膀把她轻轻扭过身来，问："答……应我，今晚别回去了，行吗？"

我不敢去看小猪，一点也不敢。

小猪不说话，身体抖得厉害，同样也不敢看我，只把头昂起来望着夜空，不再说话。我也不好意思再说话。

时间，仿佛凝固了很久，很久。

一颗流星从遥远的天际划过，被仰望夜空的小猪看到。

"猪头，你看，有流星！"

我抬眼望去，真有流星。

小猪迅速双手紧扣，仰头正要许愿，又转过身来对我说："猪头，快点许愿呀！很灵的。"

我也学小猪，和她一起对着天空中的流星许愿。

许完愿后，小猪像孩子似的眨着眼睛，问："猪头你都许的什么愿？"

"你背信弃义伤害我，我干吗要告诉你？"

"哎呀，八戒，别那么小气呀，快点告诉我嘛！"小猪红透了脸，轻声撒娇。

"好吧，我让你一次。你许的什么愿？你先说我后说。"

"行！八戒，我许的愿望是希望你许的愿望都能实现。"

"什么！你说真的吗？"我不敢置信，张大嘴巴。

"当然是真的呀。"

"你告诉我这次你没骗我，你真是这样许的，对吗？"我激动地紧紧抓住小猪的手。

"猪头，你有病吗？都说了是真的，没骗你。"

"Oh my god！ Oh my god！ Oh my god！"我振臂欢呼。

"猪头你是不是有病！现在该你了，快说你许的什么愿？"

"我许的是……"我热烈地看向小猪，"我希望你愿赌服输，我希望今晚你别回去了，和我在一起！"

"你！"

小猪好像有口气提不上来被堵住一样，颤抖着转过身去。

"答应我吧，好吗？"我从后面轻轻抱住小猪，感觉抱了一团火。

沉默，许久的沉默。

等两团火降温后，小猪轻声问："猪头，我想问你一个问题，你老实回答我，行吗？"

"行，你问吧！"

"猪头，你说你背不出来描写西湖的诗，你真的背不出来吗？"

"我真的背不出来呀！"

"会不会明明能背出来能打败我，却故意说自己不会背，骗我跟你打赌？"

"相信我，我没那么坏。"

又回归到更久的沉默。

夜空，仿佛渐渐变成了深蓝色……

我最后成功领小猪去了宾馆，但我没有碰她，只是从背后搂着她共度一夜。

小猪很害怕，而且觉得我们还没见过父母，所以我答应她一切等见过父母以后。

这一夜幸福极了！

清晨醒来，我收到老妈发来的短信："儿子，带美女入人多之境暴美色于众人面前，这跟打麻将其实是一个道理，一定要钉紧上家，防住对家，看死下家，我不和也绝不让别人和！"

妈，我和了！

回归现实

结束西湖之旅，又回到两点一线的生活。

距离提交论文的日子越来越近，我和猫拳都感受到压力，于是把自己关在实验室猛写论文。

写了改，改了写，有时一整天我们也说不上几句话，而他的神秘女友也始终没出现。

小猪刚入学，比较轻松，一有空就过来陪我，给我加油打气。

我妹那边工作很忙，也是有一阵没一阵地跟我通通电话，很少再来看我，我的口福因此减少不小。还好猫拳经常一出门就带回很多水果，让我沾到不少光。

日子就这么一天天枯燥地过去，偶尔也会出现一些甜蜜快乐的小插曲，都是小猪带给我的。

有时论文写累了，我会邪恶地期望小猪能给我来点更大的插曲，可没想到最大的插曲却是猫拳带给我的。

那是一个周日，我听导师安排去南京出差，刚要上火车却接到导师电话，说计划有变，于是我又折回实验室。进门后我看到猫拳竟然第一次把女朋友带到实验室来，两个人正背对我一起玩电脑游戏。

他们太专注，没察觉我进来，我正想跟他们打招呼，却怔住了。

咦？这个女孩的背影好像有一点熟悉耶！

我越看越激动，不对，这个女孩的背影好像不只有一点熟悉。

我移动脚步，终于看清女孩的侧面。

靠！这不是我妹却又是谁？

我脑袋一下子蒙掉，但转瞬便清晰起来：难怪去西湖前夕我妈打来那个奇怪的电话，原来是猫拳走漏风声在前，我妹通风报信在后。难怪我妹以前常买水果过来，现在多久都不来看我一次，而猫拳却每次外出都带水果回来，那全是我妹买的！她不来，是怕被我发现恋情，不敢面对我。还有，难怪猫拳以前最喜欢说的口头禅就是"好你妹"，现在却死活不再提，原来他是心虚，他真和我妹好了！

"咳，咳！"我愤怒地重咳两声。

猫拳和我妹同时回头，只愣了一秒，我妹便跳起来躲到猫拳身后，大声说："亲爱的，我怕，你要保护我！"

猫拳瑟瑟发抖，不敢吭声。

我咬牙切齿："真是千算万算，人心难算。日防夜防，家贼难防！"

"斌哥，我……"

"你在我后院玩火，是吧？"

"我……"

"我什么我？"

"我是真心的！斌哥，其实我早就暗示过你，是你自己……笨。"

"你找死！"我扬手打他。

我妹跳出来护住猫拳："哥，你要敢反对，我就跟你拼命！"

"你！"我气不打一处来，"胳膊肘往外拐就不说了，你就算找，也找个好点的呀！找他？你不是眼瞎吗？！"

"斌哥，我其实还不错的。"猫拳向上推推眼镜，为自己辩解。看我没真的生气，又补充一句："别担心，我以后一定会对她很好，很温柔的。"

"这我不担心，可我担心……"我欲言又止。

"斌哥，你担心什么？"

"我担心她以后一定不会对你很好很温柔啊！"

"哥，你去死！"我妹抓起椅垫朝我砸来，我侧身躲过，我们三个都大笑起来。

这出戏真是太意外了，而这招先斩后奏让我也毫无办法。

想不到我以前教猫拳的"瞒天过海"和"生米煮成熟饭"这两招，他这么快就融会贯通了。

我不得不接受了这个事实。

其实我也并不反对这桩好事，毕竟猫拳对待感情认真，让我很放心。只是他和我妹的发展速度让我不禁想起和王宁那段一触即发的爱情，来得快，去得也快。

我真心希望猫拳和我妹的爱情能一直进行到底。

恋情被撞破后，我妹又光明正大地出没于实验室，每次来都让我大饱口福。当然，会让猫拳的口福更大。

小猪也时常过来，因此我们四人常能凑到一起。

有时我们一起去看票价打折的电影，有时一起吃烧烤喝啤酒，有时又一起去廉价市场淘衣服和日用品……

我们过着毫无"品质"而言的生活，但这种生活却一直充满笑声。

在笑声中，我发现两个女孩都变了。

我妹变得渐渐温柔起来，以前那个母老虎般强势的她再也看不见了。而小猪也变得更加小鸟依人。最明显的是她们再也不嘲讽我和猫拳了，而是变得处处维护我们。

小猪对我真可谓是好得过分！

在西湖，小猪问我愿不愿意在马路上弯下腰来帮她系鞋带，而实际上是我鞋带开了，小猪屡屡抢先蹲下去当着来往行人的面帮我系上，但她自己却从不让我帮忙。

在西湖，小猪问我愿不愿意在同学朋友面前对她千依百顺，而实际上是小猪对我千依百顺。我说东小猪绝不说西，一次也不会。这一度让我的男同学们羡慕得牙痒痒。

小猪给我的像这样的爱还有很多。

每次约会，小猪会提前半小时去约会地点等我，她说她喜欢等我，享受那种我为她而来的骄傲。

每次吃饭，她会帮我拿餐具，盛饭，还不停地给我夹菜，而她自己总是不去夹味道最好的那道菜。

每次看电影，她会把靠中间的座位让给我坐。

下雨天出行，她坚持由她撑伞，而我只要搂好她就行。她说不想让我一只手在享受的同时，另一只手却在干累活。

这些细节都让我很感动，而最让我感动的是小猪无论吃任何东西都会把第一口先送进我的嘴巴里，从不例外。

我真不应该让小猪这样的大美女在我面前爱得如此卑微，可小猪却不以为然，说在外面一定得给足我面子。

"我愿意在你面前先低到尘埃里，然后再开出一朵美丽无比的花。"小猪几次这样对我说。

小猪你知道吗？在我心里你已经是一朵绝美的花了，一朵美丽无比的粉色茉莉花。

从此，无人可以代替！

请允许我暂时虚荣地在外面享受你给的面子，等我们有家了，我也会在家里给足你面子。

57

拼搏

小论文终于完成并提交，剩下就是等论文审核结果出来。

导师经验丰富，让我和猫拳不用担心，他很看好我们的论文质量，叫我们耐心等结果。

我终于可以多花点时间陪陪小猪了。

不过因为是异地恋，所以这种陪多数只是心理上的想念而已。

我发现自己无时无刻不会想起小猪，不管吃饭、走路还是学习。

也许是日有所思、夜有所梦，有天我竟然梦到小猪。不过那是一个奇怪的梦，梦里先出现的竟是王宁！

王宁因后悔失去我而主动来学校找我，并找到实验室来。在一番痛彻心扉的哭诉后王宁主动抱紧我，在我怀里撒娇要宠。终于，我没能控制住，爱火复燃，和王宁热烈亲吻起来。就在这时小猪突然进来，仇人见面分外眼红，两个女孩抱着厮打起来。我急得焦头烂额，帮谁都不是，只能急得在一旁大喊："快别打了！你们都是我的人，不能自相残杀！"

梦做到这里的时候小猪满脸是泪地回头看我，眼神痛苦绝望。

我猛然惊醒。

这真是一个荒唐的梦！还好这只是梦。

在经历好几天的心悸后，梦境恢复正常，而梦里也只有小猪，没有王宁。

每次梦见和小猪坠入"爱河"，醒来后我都会兴奋好几天，几天内反复回忆那个梦。

有时我觉得我和小猪的相识相恋也像一场梦，一场最美的梦。

我很感谢上苍的眷顾。

可有时候不光坏事会成双来，好事也成双来。我和猫拳都顺利通过论文审核并双双获得优秀论文，拿到一笔额外奖金。

为感谢导师，我和猫拳携手小猪、我妹，一起请实验室同学大吃一顿。

宴席上我们觥筹交错，好不快活。

那天晚上我喝大了，小猪为了照顾我没回去，我们一起住的宾馆。我仍然强忍住没碰小猪，我说过要等到陪她见过父母。

我们憧憬如何去见家长，并幻想出很多种见面后的情景。

有幸福的，也有悲摧的；有滑稽的，也有荒谬的……

日子一天天从甜蜜中溜走，我和猫拳都升上研三，即将毕业。毕业前我们还得最后再提交一篇毕业论文。

不过日子还早，在此之前我们得先参加一场由学界组织的科技创新杯比赛，而对手是学术界老大清华大学。

我校这边以我和猫拳为代表，配上其他实验室两名学生，一共四人同清华大学代表团竞赛。

竞赛方法是给每组同样的模糊控制设计题，看哪边设计的程序更智能，运行速度更快。我校关于这个课题的研究起步较早，所以实际上我们是笨鸟先飞，比清华大学有优势。

为了学校荣誉，我和猫拳得闭关一个月，整天在实验室里除了做实验就是反复修改程序，连吃饭也是叫外卖送来。

这段时间，我经常一天就只睡三四个小时。

小猪很担心我的身体，频频跑来陪我，帮我买饭洗衣服，有时连内衣也帮我洗。

白天，我忙实验时，她就坐在一边看书，默默陪我。那段时间我终于知道什么叫安心，什么叫别无他求。

什么功名利禄，什么学业前途，跟小猪比都不重要！

我真想就这样和小猪静静地待在一起，什么也不必做。但一想起想让小猪过上她所向往的宠物猪生活，让她真真正正成为一只"小猪"，我便浑身充满能量。

临近比赛的最后几天，我终于体力不支，累倒了。

其实也没什么大碍，就是发烧、四肢无力。

小猪看到我虚弱的样子，眼泪瞬间就落下来。

那一刻，我无比幸福。

那一刻，我在幸福的同时第一次深深害怕失去小猪。

那一刻，我再次坚信小猪是我的无价之宝，就算用我的命也要好好保护她，不让她受到一点伤害。

后来比赛结束，宣布结果时，评审组专家老师问我方代表也就是我："王斌同学，你觉得你们能跟清华大学抗衡吗？你凭什么有信心打败他们？"

我笑着看一眼代表席后方其他成员，答："就凭我认识了一个女孩。"

我刚说完，背后一片哗然。

我回头一看，发现我方代表除猫拳外，其余两名同学全张大嘴巴望着我，那表情显然在怀疑我是不是疯了。

猫拳是知情的，但也张大嘴巴向我无声呐喊："斌哥不要啊！求你了！"

但我还是坚定地把话说完："因为我认识了一个女孩，认识她后使我坚信没有什么事情是不可能的，绝对没有！

"为她我会拼尽全力，无论最后结果如何。

"这次比赛仅仅是我人生众多比赛中的一个而已，但她却只有一个。我也许会输，但这不重要，因为我已经为她拼尽全力了。"

我话音刚落，背后便响起一片热烈的掌声。

我回头，看见观众席全部起立鼓掌，而我方三个队员全都垂下脑袋，不停叹息："完了，这下全完了……"

对不起，我也许害了你们，但此时此刻我真是这样想的。我在心里默默向他们道歉。

评委席也响起热烈的掌声，随后我听见刚才那个女评委老师石破天惊的祝贺："王斌，你说得对，人生没有什么是不可能的！恭喜你，这次你不仅赢得了她，也赢得了比赛。希望你记住今天自己说的话，比赛将来还可以有很多，但你的她就只有一个！"

又是一阵更为猛烈的掌声，连清华大学的对手也集体起立鼓掌。

"我们赢啦！哇，我们赢啦！……"

三个队友欢声雷动的时候，我默默捧起奖杯，只希望这一刻小猪也能陪在身边。

伤害

小猪等待我从赛场凯旋时，在校门口早就东张西望翘首以盼了。看到我的那一刹那，小猪激动地朝我飞奔过来，一下子扑进我怀里，我抱起她逆时针旋转。

我们一边转一边欢呼，这是我有史以来第一次听到小猪如此大声地呼喊。

小猪的长裙在风的作用下像喇叭花一样绽放，美极了！

我一阵心神震荡，紧紧抱住我的小猪。

"猪头，我就知道你一定行！"小猪仰慕地看着我，像看崇拜已久的大英雄。

"这全归功于你。"

我将赛场上宣布结果时发生的那一幕说给小猪听，小猪感动得小声啜泣："猪头，你干吗要对我这么好？"

我对你好吗？也许算吧。

可是比起你对我的好，我对你的好简直连十分之一也没有啊！

我忍住不让激动的泪水掉下来，伸手帮小猪擦掉眼泪："傻瓜，我不对你好又对谁好？不然我去对别人好啊？"

"你敢！"

小猪轻轻捶打我的胸口，又幸福地掉下两颗眼泪，然后甜蜜地笑了。

小猪，如果可以，我希望一辈子都让你像今天这样笑，一辈子不让你再掉眼泪，或者掉也只掉幸福的眼泪。

可世事难料，一次突发事件还是伤害了小猪，让她流下伤心的眼泪。

那是一天周末，我们在电影院正看电影，我的手机响了起来，有人打我电话。我掏出手机一看，差点吓死。

来电的人是王宁！

我强作镇定挂断手机，几秒钟后手机又响，我再次挂断后假装若无其事地放进口袋，一颗心简直要跳出来。

我心虚得连额头也沁出汗，心里一个劲求菩萨保佑，希望别再打来，但几分钟后手机再次响起。

这次我挂断后正想放回口袋，小猪却拦住我："谁呀？可能有急事，再打就接吧！"

我攥着手机的手手心全是冷汗，只希望手机不是我的就好了。可烫手的山芋想甩也甩不掉，手机再次响起，这次是短信提示音。

我不敢打开去看，根本不敢。因为小猪经常检查我的手机，看里面有没有敌情和情敌。

小猪察觉异样，轻轻拉扯我袖子："快看呀？你怎么不看？"

我无言以对，如坐针毡。

"你不敢打开看吗？"小猪失声问出时右手已握住我手中露出半截的手机，想往外拽。

我下意识攥紧手机，不让小猪抽走。

即使昏暗的放映厅内，我也能感觉到小猪正紧张地盯着我。

我不敢去看那双眼睛，因为我知道那双眼睛里一定装满了怀疑、恐惧和伤害。

终于，小猪奋力将手机从我手中抽出。

这是我有史以来第一次发现小猪有这么大力气，我整颗心沉下去。

"王宁是谁？"声音慌乱。

我转身去看小猪，她眼里噙满泪水。

我没解释。

小猪在泪水滑落脸庞的时候，按下确认键打开信息。

有几分钟时间我听不见声音，一点也听不见，甚至连影片播放的声音也听不见。

我只感到小猪在静静抽泣，上半身抖得厉害。

最后小猪将手机塞到我的手中，我才看到王宁的信息："王斌，我很想你，你也会想我吗？你不会把我忘掉的，对吗？过几天我就要动心脏手术了，不知道还能不能从手术台上下来。你啊能过来陪陪我啊？我想在手术前再看你一眼，一起再最后品味一下我们有过的美好。你啊会来啊？"

这次轮到我发抖。

我不知道自己忐忑、尴尬、难过地愣了多久，直到小猪哽咽着说："你跟我出来一下。"

放映大厅门外，小猪泪流满面。

看到泪水在小猪美丽的脸庞上迅速汇成河流，我害怕极了，但我真的不知道该怎么办。

"你和她有过美好，是不是？"小猪声音极度惊慌失控。

"……"

"你说话呀？是在我们认识之前还是之后？"

"……"

"你怎么不说话？呜……"

"你告诉我这不是真的行不行？求求你了。"

"这一定不是真的，你告诉我这不是真的行不行呀？呜……"

"八戒，你说话呀？"

"呜……为什么要出来一个王宁？你说过你心里没别人的，你怎么能骗我？"

"呜呜……"

我只好简单扼要地把过去的事说给小猪听，当我说到王宁是我以前女朋友时，小猪哭得很厉害。

而当我告诉她初吻给了王宁时，小猪哭成了泪人，连鼻子也哭红了。那一刻我觉得自己真该死，虽然我并没有对不起她。

我为什么不能善意地哄哄她，骗她说自己和王宁什么都没有过？

我突然意识到我的惊慌失措伤害了小猪。

遇到这种情况，最好的处理方法就是第一时间坚决维护其中一个女孩，闭口不答只会同时伤害两个人，因为两个女孩都会认为你更在意的是另一个女孩。

而我不但一开始闭口不答，现在又口无遮拦。

我真该死！

唉，回头别忘了告诉猫拳，万一将来小师妹后悔再回过头来找他的话，可别伤害到我妹。

我抱紧小猪，安慰她那些早已过去，而我现在心里就只有她一个人。

小猪紧紧抱着我，像害怕不抱紧就会失去一样，伤心地问："那你答应我以后心里也不可以有她，行吗？"

"行，我答应你。"

"嗯。"小猪又掉落一滴眼泪的同时噘起小嘴撒娇地问："那你老实说，认识我以后你有没有联系过她？"

"没有，一次也没有。"

"哼，我不信！"

没办法，我只好跑到移动厅把半年来的话单全打出来给小猪看，还好那上面一条我联系王宁的记录也没有。

看小猪蹲在地上拖着长长的话单一条一条检查记录的样子，我感到无比幸福。

小猪细心检查，好半天才查完，脸上终于露出幸福安心的笑容。我把小猪从地上拉起来抱紧，用力吻她。

"讨厌！不行！我还要再查查，看有没有漏网之鱼。"正当我控制不住用手去解小猪内衣纽扣时，小猪从我怀里挣脱，带着甜蜜羞涩的笑容又蹲下去检查记录了。

而我也终于长长地嘘出一口气。我告诉自己，以后再也不能让小猪为我伤心流泪。

去南京，去看一看王宁，然后告诉她我有爱的人了！

在经过一番思想斗争后，小猪还是同意让我去南京看望王宁。在去南京的火车上，我再次收到小猪发来的饱含深情的一首诗：

天蓬迷乱

寻花问柳路遥遥，偏爱山窟戏母妖。

月照霜帘生暗影，茕芳暮暮待朝朝。

小猪还是把我比喻成西天取经的猪八戒，而我的读研生涯也正如取经一样。小猪怨我取经路上放着她这样的鲜花不珍惜，非要跑到山窟（南京）去招惹妖精（王宁）。但小猪还是告诉我，即使这样她也不会变志，她会日日夜夜独坐寒窗，等我回来。

读懂诗的那一刻我又掉下了幸福的泪。为自己爱的人忍受委屈，把深情厚爱寄托在文字里，用文字来慰藉自己的情怀，这到底是多深的一种感情？

我也发诗给小猪表明心志：

天蓬悔悟

家花焉比野花香？落难方知妖物藏。

蜜语甜言亲孽畜，狼心狗肺弃糟糠。

我把自己比喻成在外面拈花惹草的猪八戒，落难后才知道那些野花其实都是妖精（王宁）变的。我后悔不该甜言蜜语地去亲近妖怪，并唾骂自己是抛下糟糠之妻的狼心狗肺之徒。我想告诉小猪，我知道错了。

过一会儿，我收到小猪的回信："八戒，什么都不说了，我等你回来！你可别被妖精吃掉哦？"

不知道小猪在发这条信息时是泪湿眼角，还是面带微笑？

亲爱的小猪，我很快就会回来的，等我！

还有你知道吗？虽然我把王宁比喻成欺骗伤害了我的妖精，但其实她也是爱情里无辜的受害者啊！

王宁，希望你能早日康复！

不管是你的身体，还是你的心。

59

惊人秘密

南京心和医院的病房里，王宁安静地躺在床上。

我推门进去时，王宁猛然坐起，像终于等到期盼已久的人。

王宁面色略显苍白，感觉比以前瘦了。

"你终于还是来了。"王宁露齿微笑。

"是，我来了。"

"快坐啊！"

我沿床边缓缓坐下："谢谢。"

"我还以为你不会来。"

"我……"我避开王宁的视线，将手里的一束康乃馨放到她面前，"我还是希望你能好好的。"

我没有选择送王宁百合花，因为属于我和她的那朵百合已经在紫金山上重逢时彻底凋零。

"我以前那样待你，想不到你还愿意来看我。"王宁声音颤抖。

"那些都已经过去了。"

"是吗？真的过去了吗？你是真的觉得都过去了吗？"我感到王宁正注视我。

"是吧。"我不敢看她。

"可是，那些事情在我心里是永远也过不去了。"

"……"

"我那个时候真是太傻，"王宁哽咽起来，"我明知道你很忙，忘记我生日也是可以理解的，可我却找借口狠心离开你，把自己交给了一个骗子。我……"

王宁突然语塞："我真……真是罪有应得。"

我的心被"罪有应得"四个字狠狠割了一刀，割开一个裂口。

"王斌，我经历了一场感情的浩劫，经历后才明白什么才是真正的爱。真正的爱别无所求，只想傻傻为你付出。回首过去你一直在傻傻为我付出，即使被我伤得很疼，你也没有让我知道，可我却……为一个不值得的人毫无保留地付出……"

裂口处有鲜血开始往外流。

"王斌，我因为失恋难过、堕落，是你一直善良地安慰我逗我开心，把我从那段痛苦中带出来。可我却好了伤疤忘了疼，狠心离开你、辜负你。王斌，我真的好傻！我对不起你。"

我伸手去按胸口，想按住这个裂口。

"王斌，为了我们能在一起，你努力考研，现在也如愿考上了，而我却一无所有了。"

王宁泣不成声，掀起被角擦一擦眼泪，平复后继续说："是我错了！我以为他能给我想要的一切，想过一种有诗也有远方的生活，可我却忘了他并给不了诗。我陪他爬过雪山踩过沙滩，也去过遥远的异国他乡，可最后换来的却是无情伤害。王斌，我现在才懂，虽然你不能带我去远方，但你可以给我诗。诗能把人带到灵魂的高地，精神的远方……"

我用手紧紧按住胸口，但仍感觉裂口上有鲜血汩汩地往外流。

"王斌，我很怀念我们的第一次邂逅，你做藏头诗骂我是猪头，现在想想我确实太笨了。你说得对，我确实够猪头的！那场邂逅是我爱情路上的转折点，可我却……"

"王斌，我很后悔失去你，我真不应该把自己给他……"

"够了！"

我大喝一声，猛然起身将床边的板凳踢飞："你不知道我不想听你跟我说他吗？"

板凳砸在墙上发出巨大的响声，落地后在墙上留下一个刮痕，正如我心脏上的裂痕。

王宁被吓一跳，反应过来后蜷起双腿把头埋进膝盖，抱膝痛哭起来。

我平息一下怒火，坐回原处。

是啊，这真是可笑呢！

诗可以把你带到精神的远方，可你却选择跟他去了异国他乡！

我无比渴望的美好，你竟亲手将它葬送给一个垃圾！

你渴望纯洁的爱情，可一生只有一次的纯洁，它去哪儿了？

你说你后悔了，可有些事后悔有用吗？

还能回到过去吗？

我感到从心脏裂口流出来的血液中，此刻有张恶魔的脸正狰狞地对我嘲笑：完了，你完了，你马上就要死掉了！

就在这时，我突然想起小猪，然后神奇的事情发生了，我感觉我心脏上的裂口在慢慢愈合，最后一点一点奇迹般地合上了。

一些过往景象浮现眼前：

我第一次同小猪见面，她喊我猪头；麦当劳对诗时，她自作聪明说我是天蓬元帅猪八戒，想不到被我反调戏回去。以后每次见面她都以"天蓬"为题作诗逗我，就像当年我逗王宁一样。

后来我们又包河嬉戏、教室里含情注视、一起去游览西湖并度过美好的一夜。

在西湖，小猪引来无数男女的注目，我仍记得当时的心旷神怡。

我们断桥许愿，她希望我许的愿望都能实现，而我许的愿是希望我们能共度一夜……

心脏再也没有疼的感觉了。

我突然决定告诉王宁：我已经有小猪了。而且，我爱小猪！

可是看着蜷缩在病床上的王宁，那个曾经骄傲、任性的小公主此刻已变成泪人，我怎么忍心再雪上加霜？

我默默坐了很久，一声不吭，而王宁也埋着头不停抽泣。寂静的单人病房里，曾经那么熟悉的两个人如今竟变得有些陌生。

"你身体怎么样了？"我终于先开口。

"我也不清楚，老爷子没说，只告诉我要做手术。"王宁抬头看我，眼睛已经哭红，几根发丝沾在眼角边上。

"他是不想让你担心吧，应该没事的。"我安慰王宁。

"王斌，我感觉这次我可能走不出手术室了，真的。"王宁说完流下一股泪，流得很急。

但王宁并没有再出声，只是静静地看着我，好像只要有我在，其他什么事情都可以不必再害怕。

我又不自觉地伸手压住胸口，这次即使再想起小猪，胸口也还是疼的。

在生死面前，还有其他事情能更重要吗？

我不想王宁有事。

"放心吧，现在医学发达，你会好起来的。相信我！"

"王斌，死活如今对我来讲已经不重要了，我只想知道在你心里还有我吗？还有你觉得我们的第一次邂逅美吗？"

我犹豫很久，最后避开问题的重点，回答王宁："那次邂逅是我一生中最美的一次相遇。"

"那……我们还能重新再邂逅一次吗？"王宁用绝望中仅存一丝希望的眼神看我。

"应该……"

我想说"行"来安慰王宁，却突然想起小猪，这个回答好难！

"应该可以的，啊对啊？"

"应该……"

"应该什么，你快说呀？"

"王宁，我好像跟你说过，人与人之间的邂逅一生中只可能有一次。后面的，都叫重逢。"

我狠心说出，然后我听到王宁哭出声来。

我马上后悔自己不该对一个即将手术的病人这么狠心，只好握住王宁的手安慰她："不能邂逅，至少我们还可以重逢，不是吗？"

"呜……"

王宁向后躺下，转头看向窗外，无助地抽泣起来，而我也突然觉得无助。命运的安排有时真的让人很无助！

王宁过很久才回过头来看我，我还是不敢看她。

"王斌，我渴了。你能去走廊热水器那里帮我打瓶热水吗？我想喝水。"

"可以。"

热水器在四楼走廊的最西边，王宁的病房是在最东边。

我拎着水瓶慢慢向西边走，脚步始终沉重。

走廊最西边还有两部电梯，电梯再过去就是热水器。

我把暖瓶放入水槽，打开瓶盖，然后插卡。热水器感应到水卡，流出一股白花花的热水。

这种磁卡感应的原理，我是知道的。电子芯片能按人的设计完成人类下达的任务，从不违抗命令。

我突然想知道，人类的感情以及每个人的道路应该由谁来设计安排？我再次感叹命运的无奈。

接完水，我拎起暖瓶往回走，在经过电梯时电梯正好开门。

一个五十多岁的中年男子西装笔挺，怀里夹着老板包，一边打电话一边往四楼东边走，我差点被他撞到。

"喂，我说刘主任，我的好兄弟，再帮帮忙嘛！钱，我已经转给你了，你就跟王宁说她的病可以保守治疗，不用开刀。"

王宁！

我警觉地竖起耳朵。

"刘主任，你跟我家宁宁说保守治疗得全用进口药，很贵。全部疗程下来大概要花六十万。"

"哎呀，帮帮忙啦！你知道那傻丫头喜欢上一个穷小子，这一年来，茶不思饭不想地整日念叨他，可我怎么能将一辈子辛苦打拼来的家业轻易拱手送人？"

"对，对，就说要六十万，让宁宁知道那穷小子根本就没有能力照顾她，她会死心的。"

"好，好，就这么说定了。谢谢！"

我目瞪口呆，差点没拎住手里的暖瓶。

那个中年男子应该是王宁爸爸！

他没注意我，径直朝走廊东侧走去。我吃惊地站在原地，看他越走越远，最后进了王宁的病房。

我突然脚下打软，我好像发现一个天大的秘密！

难道当年拆散我跟王宁的就是他？用的这种伎俩？串通医生把王宁病情说重，让她相信需要很多钱来治疗，因此不得不放弃和我这个穷光蛋的爱情？

天啊，我简直无法相信！

我杵在原地很久，直到王宁打来电话我才清醒。

不管怎样，先把水给送过去吧。

我艰难地踏进病房，中年男子满脸堆笑，起身和我打招呼。可是在我看来，那笑容是那么令人鄙视和厌恶。

我没吭声。

王宁看我不对劲，问："怎么了，王斌？"

"心情不好想静一静，要不你们聊，我走了。"

"别啊！好不容易来一趟，你别走，我走。"中年男子起身拦我，"请多陪宁宁坐一会，她很需要你。"

"爸，你真要走吗？"

"嗯。你们聊，我先走了，公司还有事。"中年男子拿包起身要走。

"爸，你晚上啊过来了？帮我到云中小雅旋转餐厅买几个菜过来吃，啊行啊？"

"行！怎么会不行呢？宝贝想吃什么菜？"

"我想要一份蜜汁叉烧，一份泰式木鱼，一份鸡汁八菌汤，还要一份五彩肉松豆腐。"

我心里震了一下，这是我和王宁第一次邂逅时点的菜。

"好，我给你们带！你们聊，我先走了。"

中年男子走后，我坐王宁身边发呆。

我不知道说什么，王宁也不说话，似乎只要和我这样静静地坐在一起就很知足。

可是王宁，你知道我心里其实是有多乱吗？如果不是因为你爸爸，那当年我们就不会……

如果你听到他刚才的那些话，你该会有多伤心？

你没生病，却比真的生病还要可怜。

我很想告诉你事情的真相，但我怎么能？这件事情如果拆穿，对你会造成多大伤害？

一位护士进来帮王宁换输液瓶，我看到被护士换下来的空瓶上全是英文。药剂成分一栏有个单词特别刺眼："Glucose。"

Glucose 译成中文是葡萄糖的意思，王宁输的其实是营养液。

等护士走后，我找借口帮王宁重新挂一下新换的输液瓶，看到瓶子上药剂成分一栏仍是 Glucose 单词。

王宁在贵族大学念的西班牙语，英文她不懂，所以根本看不出这里面的猫腻。

王宁根本就没病情加重，也不需要动手术。

这是多么可恶的手段！

我心情沉重，陪王宁坐了半天，中间一直很少说话。

天快黑时我才离开，没陪王宁一起共进晚餐。虽然这有点残忍，可我不想自欺欺人。

过去的，毕竟再也回不来了。

临别时，王宁眼角挂满泪珠，但我还是狠心离开。

王宁，其实我心里也并不比你好受。

你知道吗？还有一个人正傻傻等我回去，我不能将同样的伤害加在她的身上。

我本想告诉你她的存在，但现在怎能如此残忍？

王宁，希望你能慢慢好起来！

60

傻傻的爱

到达淮南火车站已经凌晨一点整，出站口一眼便望见小猪，她正挤在人群的最前排努力地搜寻我。

我走近后发现，小猪眼角有泪水流过的痕迹，而且泪痕不止一条。

有一条还没有干，看来小猪才刚哭过鼻子，而此刻那双眸子却充满信任的光芒，我突然鼻子有点酸。

"你什么时候来的？在这里等很久了吗？"我紧紧抱住小猪。

"好久了呢。"

"那是多久？"

"好像是一个下午加一个晚上。嗯……应该还不止，因为现在已经是第二天凌晨了。"小猪一副想要我弥补她委屈的模样。

我什么也说不出口，只能紧紧地拥抱我的小猪，抱了好久。

这次我还是先把小猪送回学校，然后再坐车返回合肥。在车上，我一直回忆小猪在车站的模样，心里五味杂陈。

小猪眼角的泪痕，还有见到我后那信任发亮的目光，将永远印刻在我的心上，一辈子不会忘。

我突然发现小猪比以前明显消瘦了。

其实上次看电影就有察觉，只是不明显，今天却感觉瘦了一圈。

都怪我不好！我在心里痛骂自己。

我发誓以后一定要把小猪瘦掉的肉给养回来！

可惜回合肥后又忙碌起来，我一直没时间再回淮南。

小猪那边因为要忙英语等级考试，而且要照顾近来身体不适的母亲，也没时间过来陪我。

我们各自忙碌，一有时间就发信息给对方，述说彼此的思念。

我告诉小猪，我手机里已经存了几百条她说想我的短信，而小猪说她也存着我发过的信息，她一条也不舍得删，尤其是甜言蜜语。

她说那些都是证据，如果将来我对不起她，她就拿出来给我看，让我羞愧而死。这招够狠！

亲爱的小猪，如果可以，我想将所有的思念和感情全都倾注在你一个人身上，可是对不起，我还是会想起王宁。

自打从南京回来后我便经常想起王宁，想起那个秘密。

我不确定王宁从小到大是否真有心脏病，但有一点能肯定，王宁若知道自己父亲那样骗她一定会很伤心。

如果她知道是自己父亲亲手破坏我们，以她的性格是否会做出什么傻事？

她如果能为我做一次傻事，那应该也挺美好的吧！

她好像从始至终都没有为我做过一次傻事。

若非当年遭受破坏，她应该也会傻傻为我付出吧！

假如能回到过去，我们又……

我不敢放任自己胡思乱想下去，因为我会同时也想起小猪，一想到小猪，我便觉得再想王宁就愧对良心。

我会想起小猪很多次傻傻地为我付出的样子，也会想起小猪的美，然后随之而来的幸福感便把潜藏在心底的那一点点遗憾深深淹没。

渐渐地，我想起王宁的频率越来越低。

但我每次想起她时，都有一种遗憾想要从幸福的海洋里钻出头来。

毕竟王宁是在家人和初恋的合伙欺骗下才做错事，这不能怪她。

想到这，我便觉得心口还是会有一点点疼。

不过后来小猪对我的一次傻傻的付出，让这一点仅存的疼痛彻底消失，让我彻底放下王宁。

我和小猪按照各自的频率忙碌，一直没机会见面。

就这样又过去两个月，眼见年关将至，校园招聘越来越多，很多大型知名企业来我校组织专场招聘会。

我终于要结束学生生涯，进入人生的另一阶段。

小猪也知道我面临求职，可能会离开合肥。她啥也没问，只给我发来一首诗：

天蓬正果

千山万水打妖精，千辛万苦向西行。

千言万语无从诉，明日封功上天庭。

小猪的意思明白无误：我的求学生涯就像是猪八戒西天取经，一路上斩妖除魔，历经千辛万苦终于求得真经，而她纵有千言万语的相思之苦也无从述说，只好苦苦等她的八戒回来。可是，明天就要上天庭论功行赏了，就好像我要签工作一样，天帝会把八戒派去哪里呢？而我又会把工作签到哪里呢？是否从此就要人仙两隔分道扬镳了呢？

我立刻回诗一首向小猪表态：

天蓬弃仙

千般辜负欲何堪，千种相思泪满衫。

仙爵缈缈何途用？不若归得美眷安！

我的意思也明白无误：我在求学取经的路上对你千般辜负，多少次让你因思念而哭泣泪洒春衫，真是情何以堪？就算天帝封我再高的仙官又有何用？只有回到你的身边与你长相厮守，那才令我心安，那才是真正神仙一样的日子啊！

可话虽这么说，我还是想知道自己到底有几斤几两。

我和猫拳决定去招聘市场溜达一圈凑凑热闹，看能不能成功卖身，看能以什么价格卖身。

没想到简历投出后我和猫拳都收到同一家世界五十强公司的 Offer，愿意给我们提供职位，公司高管亲自打电话邀请我和猫拳加入。

不过很可惜，我和猫拳都是名花有主，名花的主。

为照顾好心中那朵绝无仅有的花，我们都不想去太远的地方工作，所以都把 Offer 给拒绝了。

那个高管后来又致电我们，说这是他光辉的招聘史上第一次同一天内被两个人以相同的理由拒绝。不过自古英雄难过美人关，所以他说自己死得不冤。他愿意给我们提供一份推荐信，五年内若改变主意可随时去他们公司就职。

我和猫拳愉快地接受这份人情，并打赌这个高管年轻时肯定也没能过美人关。

要过年了，学校放了寒假，我和小猪终于盼来团聚的时刻。

放假第一天我和小猪就约好见面。小猪远远跑来时，我一眼就看出小猪又瘦了一大圈，我吓了一跳！

小猪不会生病了吧？

我紧紧拉住小猪的手，那双纤细而不见骨的手此刻明显能摸到骨头。我第一个能联想到的词竟是弱不禁风！

"你怎么突然瘦这么多？"我紧张地询问小猪。

小猪不回答，从手提袋里掏出一个精美的包装盒，看样子是装衣服的。

"猪头，喏，这个给你。"小猪兴奋地看着我。

"这是什么？"

我疑惑地打开盒子，看到里面是一套崭新的西服。

"怎么样，喜欢吗？颜色和款式应该都配你，我可是想着你的猪脸挑了很久哦！"小猪美丽的眼睛里此刻信心满满，"尺寸应该也合适。"

"谢谢，很漂亮。可你干吗送我这个？"

"笨！因为下学期你就要论文答辩了呀！八戒，你怎么说也是打败过清华大学的高手，所以……"小猪深情地凝望我，像看仰慕已久的英雄，"所以当你站在答辩台上口若悬河、光芒万丈的时候，我希望你能穿得也很神气，这样才相得益彰呀！"

小猪笑了笑："而且衣服就像标签，你的人和才华都包于我的衣内，意思是纵然你再优秀也是我的。"

原来如此！

我内心感动的同时摸一摸衣料："这衣服不便宜吧？"

"嗯！"小猪像受了很久的委屈终于被理解，眼睛瞬间湿润，可怜巴巴地低下头说，"为了省钱买它，我三个月来一次肉也没舍得吃，几乎天天馒头、稀饭和咸菜。我不敢去食堂吃饭，因为害怕看到别人吃肉，我会控制不住自己。所以八戒，你今天一定要请我吃顿肉哦！因为我已经太久都没有吃过一次肉了。八戒，我想吃肉！我真的好想好想吃肉！"

小猪语气可怜极了，但眼神却坚定而幸福，原来小猪是因为这样才瘦下来的!

衣带渐宽终不悔，为伊消得人憔悴!

我再也控制不住泪水，让它夺眶而出，像河流一样奔泻。

"大男人不可以这样哦!"小猪慌忙帮我擦眼泪。

可是小猪，你知道我有多心疼吗?

我拦下小猪的手把她紧紧抱在怀里，而眼泪仍控制不住地往下流。

这一刻我突然明白，我对王宁的那一点遗憾从此将彻底不复存在。

因为王宁只有在脆弱的时候才会需要我，而真正爱我的、一直为我傻傻付出的，却是我的小猪呀!

亲爱的小猪，我一定要把你给养胖回来，一定要!

我一定要让你真正做一头"小猪"!

61

错过

新年如期降临，举国欢庆，鞭炮齐鸣。

我更加思念小猪，坐立难安。

节日的气氛好像与我无关，我第一次觉得年过得有些煎熬，只期望毕业早点来临，下个新年可以带小猪在我家里度过。

我想小猪一定也很期待来我家里过年吧!

我们整晚抱着手机互诉思念，真有一种任时光飞逝也无法阻挡我们彼此思恋的感觉。

看春晚时，我一直心不在焉地拨弄手机，被我爸批评了好几次，只有我妈在一旁始终笑而不语。

看完电视正要回房睡觉，却被我妈拦住："儿子，今天过年，妈妈有件礼物送给你。"

"这么好?"我有点意外，伸出右手手掌，"谢谢老妈! 给个千儿八百的意思意思就行啦。"

可没想到，神秘兮兮的老妈放到我手里的竟是一张麻将！

麻将背面朝上，我翻到正面一看，是张"一萬"。

上面是"一"，下面是"萬"。

"妈，什么意思？"我如同丈二的和尚摸不着头脑。

"儿子，你把这张'一萬'倒过来，头朝下，看看是什么？"

"是'萬一'啊！"

"所以啊，你要记住：如果遇到让你刻骨铭心的人，一定要紧紧抓住，不要翻船。要用一万的努力避免万一的发生，知道吗？"

"嗯！知道！"我在心里默默感激老妈。

"那这张麻将送给你，留着提醒你用。"

"谢谢老妈！"

终于到了正月十五，我和小猪相约出来一起欣赏烟花。当烟花在夜空中绽放时，小猪再次拉着我一同许愿，我们对着漫天烟花许下各自的心愿。

"八戒，你许的是什么愿？"

"老规矩，你先说我后说。"

"不行不行，这次你先说嘛。"

"好吧，我许的愿望是希望能早点把你给养胖起来。"

"嘻嘻，真的吗？那我可真是替你可惜啊！"

"为什么？"

"因为我许的愿望还跟在西湖时一样，希望你许的愿望都能实现。"小猪说完羞涩地扭过头去。

我暗叫可惜，心里大骂自己傻瓜，早知道就还许上次的愿望好了。

"你快看！"我指着映满红光的天空，激动地大声说，"那边又有烟花放起来哦，我们再许一次愿吧！"

"你想得美！哼，坏蛋！"小猪羞涩地白我一眼。

"哎呀，再许一次吧！愿望实现得越多当然越好，你说是不是？"我拽一拽小猪的袖子，小猪不理我。

"我答应你这次我一定认真许，想好再许，绝不辜负你的一番美意！"

"讨厌！"

"快啊，我们再许一次吧！"

"不行，你这坏蛋。"

我不好意思再说什么，从背后双手环抱小猪，轻轻吻她的耳根。然后我们脸贴着脸，一起欣赏烟火。

我后来没有留小猪过夜，因为我始终不确定这样做算不算使坏？

我突然想起头疼妹和我妈几次三番提醒我要伺机拿下小猪，算上这一次，我应该有三次错过这种机会了吧？

可是，两情若是久长时，又岂在朝朝暮暮！

为小猪，我不愿只争朝夕。

期望毕业早点到来！

为了守护各自心中的那朵花，我和猫拳把工作都签在合肥。

俗话说"男儿志在四方"，我和猫拳却志在美色，我们应该都是那种爱美人不爱江山的人。

猫拳签了一家能源公司，做变流技术的产品研发与市场拓展。

我性格较宅，虽说也算健谈，但不喜欢虚伪应酬，所以选择去设计院。

签完卖身契后没什么事，只等最后毕业答辩。这段时间我经常往返于合淮之间，一有空就去小猪学校看她。

每次小猪都会含情脉脉地注视我，并且程度比以前要加深很多。

跟在西湖一样，我遭到很多男生嫉妒。

而虚荣心这东西真的奇妙，越是知道有人在嫉妒我，我越会把小猪搂紧一点，或直接拉到面前亲一下。

小猪也会偶尔不请自来，给我意外惊喜。我们躲起来亲热，但始终很默契地不去触碰底线。

我想我肯定一生都不会忘记这段美好的时光。

当然有很多时光我都不会忘，这些时光都是跟小猪在一起。

答辩那天，小猪没有能来。我穿上她送的西服登上讲台，生平第一次有了一种谁与争锋的自信。

我的答辩轻松搞定，五个评委导师一致给我"优秀"。

答辩后，我要再过些天才能拿到毕业证，因此还要在学校里住段时间才能离校，告别我的学生生涯。

这段时间校园里到处充斥着穿学士服拍照留念的学生，我和小猪也约好时间一起来校园里拍照。她说她要陪在我的身边以示身份，并享用国家培育出来的教育成果。

为此，小猪还特意设计了三个拍照的场景，由猫拳帮我俩拍。

第一个场景是教室。

小猪要我身穿带补丁的衣服趴在桌上看书，象征艰苦。

同时桌上要堆满教材并有吃完的桶面盒，而我要做出咬笔头、苦苦思索的样子。

这里不拍小猪只拍我，意思是：寒窗苦读。

第二个场景是校园的情人坡。

那是球场旁的一块草坪，总引来很多情侣谈情说爱。

小猪让我穿上象征学成毕业的学士服坐在草坪上看书，帽檐的流苏要自然垂落。

这次拍照小猪会加进来，她依偎在我怀里，并主动送上香吻。

意思是：书中自有颜如玉。

第三个场景选在学院楼下的停车场。

这次小猪要我穿上她送的西服，而她自己也精心打扮。

我们挑一辆最值钱的轿车，在轿车旁合影。

我要梳起大背头，像成功人士一样一手假装开车门，一手搂小猪的腰，并深情吻她额头。

意思是：相爱如初。

小猪赴约来见我那天，在火车上还给我发信息："亲爱的，今天我穿新衣服了，一会儿见面别流口水哦！"

可惜人算不如天算，我却来不及等到小猪，因为我接到王宁父亲打来的电话。

电话里的声音很慌，他说王宁从家里楼梯上摔下来，吓得心脏病复发，现在生命危险，正在家里紧急抢救，很想能见我一面。

那个人说家庭住址用短信发给我，然后挂断电话。

电话响起嘟嘟声时，我完全没有反应过来，从头到尾说不出一句话来。

我理一理思绪，意识到这不是玩笑。虽然我厌恶那个男人，但他不会拿自己女儿生命开玩笑。

我赶紧给小猪打电话说明情况，并告诉她我得立刻赶往南京，希望她一定理解，到合肥后在实验室等我回来。

"去吧。我会乖乖等你的，代我给她祝福。"

我默默感谢小猪。

62
天意

我按王宁爸爸提供的地址，找到王宁家位于南京郊区的住宅。

这是一栋洋房别墅，漂亮的花园和草坪簇拥着中间那座洋楼。

我第一次见识有钱人居住的房子和环境，心里不得不承认这里如同人间天堂。

我没心思细看，匆匆按下铁门门铃。

几秒钟后，门自动开了，一个穿工作服的女工走上来迎接我，身后跟出两只满脸横肉的藏獒，对我大声咆哮。

"皮皮，球球，不要叫！"

狗主人应该很喜欢皮球，是足球爱好者。

两只狗并不友好，仍然凶恶地对我吼叫。

狗就是狗，我心里暗骂：要不是你们女主人生病，我只需跟她一句话，马上就能把你们宰了。

我没空理会它们，匆匆走进别墅，只希望王宁能转危为安。

可进去后我却蒙了，王宁此刻打扮精致，正满面笑容地站在室内楼梯口等我。

"你，你不是？"

"我没事。我让老爷子骗你的。"王宁笑得开心极了，"我就知道你会心疼我，一定会过来看我！你根本就放不下我，啊对啊？"

215

"你……"我气得语无伦次，"你简直无理取闹！"

"王斌，你这么生气说明你还是爱我的，啊对啊？"

"这跟爱不爱没关系，你骗我说自己病危，这是能拿来开玩笑的事吗？"

"可我想知道你还会不会在意我了。"

"那我告诉你，我根本就不在意你！"

"哼，你骗人！"王宁招牌式地哼一声，"你不是气我骗了你，而是气我用自己病危来开玩笑，你还说你不在意我？"

"我……"我有点语塞，"我被你气死了！"

"哼，你才舍不得气我呢，啊对啊？"王宁走过来双手拉住我的手，撒娇地左右摇晃，"王斌，你就原谅我这一次吧，好吗？算我求你了！我从没求过人，这次我求求你，啊行啊？"

我突然有种回到初次邂逅王宁的感觉，那鼻子里的哼声，还有撒娇的模样，一直深植在我的脑海里。

可我突然想起小猪，她应该在合肥正担惊受怕地等我回去吧？

她是不是正委屈无助地流着眼泪？

"王斌，我知道错了，我以后只听你的，只对你好。你啊能原谅我一次啊？就一次！我很想好好补偿给你造成的伤害。"

可是你知道吗？有些伤害根本没法补偿。

"王斌，你看我今天啊美啊？"王宁挺胸，摆出一副公主般的自信模样。

美腿、丝袜、漂亮的短裙，还有一双很女人的高跟鞋。

王宁再也不是以前那个纯纯的大一小女生了，连眼神好像都不是了。

我突然更加想念小猪。

"王斌，老爷子把这栋别墅送我了。如果他同意，我们就用这栋别墅结婚。他不同意也没关系，我把别墅卖掉，你去哪我就跟你去哪！"

我差点嗤之以鼻，有别墅很重要吗？不就只是一个睡觉的地方吗？

曾经某个人的别墅你应该也睡过吧？感觉幸福吗？

我去哪你就跟我去哪，这句话你几年前又何尝没有说过？

可结果呢？

我强烈想念我的小猪，想念从没骗过我一次、连看我发热都会心疼得掉下眼泪的小猪，心脏有点疼。

"汪汪！汪汪汪！……"那两只藏獒好像很开心，叫着朝外面跑去。

连它们也要看我笑话吗？

"王斌，我终于知道只有你才是真心待我。真正的爱别无所求，只想傻傻为你付出。可不可以给我机会为你傻一次？"

我伫立原地，完全听不清王宁在说什么，但开门的声音还是惊醒了我。一个五十多岁肚大腰圆的男人走进来："宁宁，来朋友了吗？要好好招待人家。"

男人友好地对我笑笑。

"爸，你怎么提前回来了？你不是要在马尔代夫玩七天吗？"

"公司有紧急会议要开，我回来了，来家里拿下文件。"

"爸，你……"王宁还没说完就变了脸色，惊恐地看着我。

我也变了脸色。

这个肚大腰圆的爸爸和上次医院里的那个根本就不是一个人！上次那个我记得是个瘦高个。

王宁是不可能同时有两个爸爸的，除非有一个是假的！

我狠狠看王宁的眼睛，那双眼睛里充满慌乱。

我突然想起刚才那两只藏獒激动地朝外面跑，应该是去迎接这个回来的男人，这栋房子的主人！

而这个人应该才是王宁的爸爸。

"王斌，我知道错了，你啊能原谅我啊？"

男人上楼后，王宁哭了出来："医院那个是我花钱请的，我也不想这样，可是不这样你又怎么会原谅我？你不原谅我，我又怎么有机会补偿你啊？"

声音还是王宁的声音，但我却仿佛在听一个完全不认识的人说话。

花钱请人合唱苦肉计，把当年分手的原因推给爸爸，让我相信是她爸爸串通医生骗她，才造成不得不选择离开我，这样我就会心疼她、原谅她了吧？

这是多么精细的计算？

这还是当年那个连外出都傻傻期待能遇到前男友的王宁吗？

这还是那个连说起真娘的故事都会被感动得痛哭流涕的王宁吗？

我感到自己完全被玩弄于股掌之间。

"你觉得这种谎言就算这次不破，又能瞒我多久？嗯？"我冷冷讥讽王宁。

"我知道早晚会破，也不打算瞒你多久，想等我们在一起后再找个机会主动跟你说，可……"

"这就是天意！"

"王斌，我真的想对你好，想以后补偿你，你要相信我！"

"哼，就是用这种算计来补偿吗？"

"我……"

"你说真正的爱别无所求，只想傻傻为我付出。"我不屑地看向王宁，看向这个再也不是当年那般傻傻纯纯的王宁，狠狠讥笑："你就是这样傻傻为我付出的？"

"我……"

"你不用再枉费心机了，我有女朋友了！"

"什么？"

"我一直想告诉你，怕伤到你就没说。现在我明确告诉你，我有心爱的人了！"

"这不可能！"王宁过来紧紧抱住我。

我用力掰开王宁扣紧的手。

"我不相信！你骗我的，你骗我的……"王宁大声哭泣。

"那我电话她，证明给你看！"

我掏出手机拨号小猪，恰巧小猪的电话也打过来，手机上显示的来电姓名是"亲爱的小猪猪"。

我故意让王宁看到："你听好！这是我女朋友打的。"

我接通电话并按下免提，可电话里却传来小猪的哭声："王斌，都怪你！这次完了，全都怪你。呜呜……"

小猪的哭声像是受到了极大的惊吓，慌乱、害怕至极。

这是小猪第一次直呼我的名字！

认识这么久，小猪无论任何场合都是叫我"八戒"或"猪头"，这次直接叫我名字，我感到情况不妙。

片刻后，手机传来猫拳惊慌的声音："斌哥，不好了，出……出事了！"

我感觉吸进一口凉气，一直凉到骨头里。

"什么事？"

"嫂子家出事了，她爸爸在井下干活时被砸成重伤，抬上来的时候就已经快不行了。"

吸进来的不是凉气，是刀。

"斌哥，嫂子家打电话让她赶紧回家见爸爸最后一面，她爸爸想见她。我们……"

电话那头又传来小猪撕心裂肺的哭声，打断猫拳。

"斌哥，我先送嫂子回家，我们已经在火车上了！"

"你……你们……"我完全说不出话来。

"斌哥，你赶紧回来啊！我先照顾嫂子，一会儿再和你联络。"嘟……

我杵在原地瑟瑟发抖，半天回不过神来。

这应该不是真的吧？

直到王宁哭着问我，我才惊醒："王斌，我真的很对不起，你啊能不要怪我啊？我不知道你有女朋友。"

我使出最后一点力气推开王宁："我好心过来看你，你就这样对我！"

"王斌，我不是故意的，我是真的想以后好好补偿你的。"

"走开！"呵斥出这一句时我感到额头全是冷汗。

走过王宁身旁，王宁再次拉住我："王斌，我知道我错了，可我不明白，我长得不美吗？你为什么不原谅我？我们以后可以有很富足的生活！"

"哼！"我不屑一顾。

王宁，你知道吗，拥有真爱才是真正的富足！

你口口声声说真正的爱别无所求，只想傻傻为一个人付出，可真正的爱并不是说出来的，也无须说出来。

我爱谁是我自己的事，我只要能爱着她就好，我只要能默默付出让她开心就好，无须说出来。

能说出来的并不是爱，那些都是甜言蜜语而已。

真正的爱是放在心里的！

可是我想，你大概永远也不会明白了。

转身离开前，我只丢下一句话："王宁，希望今生再也不要见到你！"

63

失去

打车去火车站，再匆匆登上火车，一路上度秒如年。即使时间过得很慢，我还是不知道自己是怎么上的火车。

动车在铁轨上水平飞驰，而我的心却从高空垂直下落。

疾速下落！

间歇打电话给猫拳，每次从手机里都听到小猪失魂落魄的哭声。

我很想跟小猪说我错了，却没脸。

小猪也一直不愿接听我的电话，我只好托猫拳帮我转达一句对不起，并托他一定把小猪平安送到家里。

一想到小猪现在有多伤心、绝望，我便如坐针毡。

小猪一定很气我吧？如果她爸爸救不过来，如果见不到她爸爸最后一面，她会不会恨我？她能原谅我吗？

我不敢多想，但恐惧逼着我不停地胡思乱想。

这是我从小到大第一次感觉到如此恐惧。

原来当一个人真正恐惧时，即使车厢的空调温度很低，也一样无法阻止额头上不断有冷汗冒出。原来即使背靠座位，也一样会浑身发抖。

我仿佛经历了几个世纪才赶到淮南。

在出站口，猫拳一见面就奔过来："斌哥，不……不……"

"不什么？"我全身发软。

"不好了！嫂子的爸爸还没到医院就咽气了，听说走的时候眼里都是泪水，一直挣命想看宝贝女儿一眼，可……"猫拳眼睛湿润。

我一个趔趄，差点摔倒。

"斌哥，老人家遗体已抬回家里，小猪嫂子也到家了，我赶紧带你去看看吧！"

阳光刺眼，我好像听到有雷声，就落在我的头顶。

……

小猪家在淮河边的一个村子。瓦房，有院子。

院子的铁门开着，两侧院墙上靠着几个花圈，花圈挽联上的黑色字迹像山一样一座座压过来，直让我头昏脑涨。

院内不断传出撕心裂肺的哭声。有小猪的，也有别人的。

我心惊肉跳，脑袋乱作一团，双腿像钉在地上一样动弹不得。

挣扎了半天，我还是没勇气跨进院门。

小猪哭得肝肠寸断，声音嘶哑，每一声都像刀一样劈砍着我。如果能被小猪亲手剁成肉酱，我也觉得要比现在好过点。

头上冷汗又冒出来，猫拳镇定地鼓励我："斌哥，这样不是办法，早点进去跟嫂子道歉，看能不能帮上忙，或许还能……挽回。"

猫拳说得对！

我终于鼓起勇气踏进院子。

一进院子我只觉得全身都瘫软了。院门正对的堂屋内，老人家遗体安静地躺在草席上，全身盖着白布。

几个披孝的人哭成一片，有坐着的，也有伏在地上的。

那个曾经婀娜娉婷的身影此刻单薄虚弱，正颤抖地趴老人身上，已经哭成泪人。

那声音曾经是多么温柔调皮，如今却多么哀伤绝望。

那是多么生无可恋的声音！

"爸，你快回来呀？爸！"

"爸！你怎么这么狠心，丢下我就走了……"

"爸！都是女儿不好，女儿好想你！爸！我错了。爸！"

"爸！你快醒一醒呀？你睁开眼睛看一看呀？是我，我回来了……"

"爸！"

每一声"爸"都像在对着苍天呐喊，希望能把升天的人喊回来。

我拖着沉重的双腿缓缓走向小猪，每一步都无比艰难。我终于明白什么叫难如登天。

我没脸去看小猪，但又心疼得忍不住想看看她。

小猪头发凌乱，披在老人身上，泪水将遗体上的白布浸湿一大片。她就那样抱紧老人，不愿让他离去。

我知道她想用身体来温暖遗体，不让遗体变凉。

可遗体终究是要凉的。

我的心也凉下去，比冰还凉。

"对……不起。"我终于挪到小猪身边，跪下，鼓起勇气说出来。

小猪身体颤抖一下，起身看我时红肿的眼睛里有恨意和陌生。

我一个寒战，心沉到底。

"他是你男朋友？"一个坐轮椅的阿姨从草席边移到小猪身旁。

小猪没回答，哭得更厉害了。

"他就是那个给你写歪诗的人？你的男朋友？你去合肥见的人？"阿姨全身颤抖，声音也颤抖。

小猪仍不出声。

"啪！"一个清脆响亮的巴掌落在小猪脸上，把小猪打趴下去。

小猪爆发一声惨哭，又伏下身去抱紧老人。

"滚！你快点滚！这里不欢迎你！"

那个阿姨，不，小猪妈妈愤怒地指着我，其他人也怒目相向。

"斌哥，要不先走吧，回头再说！"猫拳赶紧拉我。

我推开猫拳移到小猪身边，默默给老人家磕了三个响头，眼泪也流下来。磕完我转身面对小猪："我对不起你，也对不起老人家。这次我错了，请你原谅我。"

"她不会原谅你的，你快滚！"小猪妈妈大声咆哮。

我使出全身力气站起来，离开前多想再看一眼小猪，却觉得没脸，也没脸面对屋里的人……

64

麻痹

一连两天，我像失了魂一样，干什么错什么，我甚至不记得自己都做过什么。

我只记得发了很多信息给小猪，却一条回信也没收到。改成拨打她的电话试一试，也始终无人接听。

有几次那边会把电话直接挂断，每次挂断后的"嘟嘟"声都像剑一样插在我心上。

这种情况一直持续了大概一个星期，之后的一天终于收到小猪的信息："我想我会忘了你的。你也，忘记我吧！"

我攥着手机发呆半天，全身直冒冷汗，心惊肉跳，怎么也无法相信。最后决定无论如何也要给小猪打个电话，但那边却传来机器提示音："对不起，您拨打的电话号码是空号，请您核对后再拨。"

小猪注销了她的电话。

再赶紧发微信给小猪，系统提示对方并非好友。

我突然感到有两行热热的东西从脸颊划过，我突然就变成人群之中看不到妈妈的孩子，惊慌、害怕、不知所措。

不停地拨打电话，第五遍提示音结束时，我终于相信这一切是真的。

我像烂泥一样在宿舍躺了两天，浑身无力，仿佛心脏完全被摘走。两天内我一直自责，后悔自己优柔寡断，没早点切断和王宁的联系。

除了自责以外，其他时间全部昏睡，一日三餐也是猫拳送来。

我妹也频频过来看我，但他们的安慰我一点也听不进去，我甚至很不友好地请他们出去，让我安静安静。

第三天恢复一点力气，我告诉自己生活还要继续，然后走出宿舍。

我仍然无法相信我真的失去小猪了，我甚至欺骗自己这一切没有发生，小猪在跟我开玩笑。

我试了很多方法，唯有这样才能勉强好过一点。

我告诉猫拳，我决定辞掉设计院工作。

回淮南，去小猪爸爸出事的煤矿工作，去吃一吃他老人家吃过的苦，或许这样的惩罚能让我减轻一点负罪感。

而且我想到小猪父亲不在了，她家里的经济状况肯定急转直下，姐弟俩还要上学。

对，我回去！我得回去！我要尽自己一切努力去补救！

"斌哥，自古就有'四路无门才把煤掏'一说。煤矿多危险的地方，你去了，专业也未必能用上，你要考虑清楚啊！"

猫拳几次提醒我。

"这是我唯一能想到的可以补救的办法，别劝我了。"我拍拍好兄弟的肩膀，"放心吧，小猪也说过是金子在哪都能发光，我现在就去做乌金！"

"斌哥，煤矿那么危险，井下经常出事，你不怕吗？"

"怕。"

"那你还……"

"但我更怕失去小猪！"

猫拳不再说话。

辞掉设计院工作并和用人部门说明违约原因，很幸运没有被追要违约金。设计院老总鼓励我要把心爱的人追回来，给了我一点信心。

然后我跑到小猪父亲出事的煤矿公司，用人部门看过我的履历后欣然接纳，但一直好奇不解，问我想清楚没。我说我无比确定，我就是要来这里。部门领导很感动。

办好离校手续，我在家短暂休息几天便去公司报到。

那是浑浑噩噩的几天，然而想到和小猪的空间距离拉近了，我便感到一丝欣慰。

我参加了公司的新员工培训，每天在教室上课，学习煤矿的安全知识和企业文化，半个月后再分配具体单位。

上课时，我仍意识混沌，什么也听不进去，脑子里全是小猪。

猫拳和头疼妹不断发信息询问我的情况并给我鼓励，我很感谢他们。

培训前十天，我勉强能稳定住情绪，让自己相信"小猪没有不要我，只是在开玩笑"这个说法是真的。

直到最后五天，我开始全面崩溃，所有自欺欺人的假设全部崩塌。

因为我突然想起和小猪在自习教室看书的情形，每次她坐前排而我坐后排，我们亲密地互通字条。

有时我在埋头看书时，眼睛的余光会感觉到小猪似乎在用很隐蔽的动作偷偷扭头看我。

我渐渐产生一种感觉，总觉得小猪正偷看我，而当我抬头去证明这不过只是我的幻觉时，才发现原来这并非幻觉！

　　我们目光触碰瞬间都惊慌地各自闪躲，在经历了无数次眼眸羞涩的闪躲与碰撞后，我们终于都不想再躲闪。

　　她开始转过身来含情脉脉地注视我，我也含情脉脉地看她。

　　她的眼神好美，似有魔法，把我变成喷薄的火山，让我体验世间最美的电击。

　　而她的眼眸上总蒙着一层羞涩明亮的水波，娇艳迷人，瞳孔里全都是我。

　　绝美的脸，不停闪烁的眼眸，千变万化的温柔……

　　当她看到我放电过度眼角也长出针眼时，眼神既欢喜又心疼。

　　这种用科学也无法解释的奇妙现象让我为之兴奋不已。

　　这就是天意吗？这就是注定吧！

　　我忍不住伸手去戳小猪背部内衣纽扣的位置，一如往昔那般。

　　然而伸出一半的手指像被刺到一样缩回来，因为在甜蜜与恍惚间，我猛然发现坐我前排的不是小猪，而是一个平凡无比的陌生人。

　　那一刻我的心好疼好疼，无法阻止的疼。眼泪瞬间滑落，我赶紧擦掉。

　　我才知道原来我前十天的自我麻痹就像人体遭遇重创。

　　当刀剑割破肢体的瞬间神经系统尚来不及反应，所以伤口在最初几秒内是麻痹的，你感觉不到疼，但几秒过后伤口会爆发钻心的疼。

　　而我的麻痹期已经过去，现在伤口正爆发剧烈的疼。

　　这些疼都是从心脏里钻出来的。

　　假如仅被割破肢体，一段时间不动伤口便能愈合，疼痛就会过去。但我伤在心上，只要我的心还是跳动的，它就会想起小猪；只要它想起小猪，它就会剧烈跳动。

　　所以我的伤口大概永远无法愈合，疼痛会一直剧烈。

　　而每当我看到前排座位上的背影平凡而陌生时，我的心脏就会很疼很疼，疼到想哭。

　　这几天下来，我时刻紧握手机，希望能收到小猪的短信或电话，但是没有。收件箱里全是小猪以前的信息，我不敢去看。

　　小猪换了号码，她为何要换号码？小猪你在哪儿？

我开始意识到我失去小猪，而失去她我像失去左膀右臂、左腿右腿。我想吃饭，却不知道怎样去夹菜；我想喝水，却不知道该怎样端杯。

所有行动都变迟钝，也容易出错。即使行走，我也觉得自己跟在爬行没有两样。

我仿佛坠入深海般惊恐无助。

我知道有人想向我施救，可没了手脚就算给我绳子，我又怎么攀爬？

更何况，我甚至连求生的心都没有了。

也好，就让思念和后悔像海水般无情地拍打我吧！这样我才能时刻不忘小猪。

可有时候我真的很恐惧，也很无助。

尤其当我再也看不到小猪那含情脉脉对我放电的眼睛时，我便觉得生不如死。

死了就没有锥心刺骨的痛了吧？

我开始无法习惯新环境，我用冷漠把自己包裹起来，孤独地去面对每一个没有小猪的白天与黑夜。

65

恐惧

培训结束后我被分入新单位，负责矿井供电系统的维护与设计。

因为工作性质，我需要下井。我终于有幸深入地底，体验一下传说中令人毛骨悚然的煤矿生活。

其实随着科技的进步，煤矿生产系统也在与时俱进，煤矿开采已经很大程度地采用机械化，安全程度远比过去提高了很多。很少会听到煤矿爆发重大安全事故，但偶尔的小事故还是容易夺去人的生命，所以第一次下井还是全身会起鸡皮疙瘩。

你能想象乘坐升降机直达地下接近千米的深处，那种内心的恐惧会是怎样？

你可以想象一下，如果头上是一千米厚的岩石，你会不会担心那一千米厚的岩石全部压下来？如果压下来，人会怎样？

第一次坐升降机入井，当升降机下放时，原本几米宽的井口逐渐变成一个光点。

当然，这个人看不到。

因为人在封闭的罐笼里只能感受来自井口的光线在一点点消失，直到罐笼全部被黑暗吞没，仿佛掉入黑洞。

黑洞能吞噬光线，所以黑洞里应该完全漆黑。

这里也一片漆黑，伸手不见五指。

不过矿工都有矿灯，打开灯，那渺小的一束光线便撑起每个人的生存希望。

而下落产生的失重感，让我第一次感受到恐惧。

一千米深度啊，如果罐笼失控坠落，怎么办？

还好我学机电，懂得设备会听人的话，但我还是会有点恐惧。

下到地下一千米深的井底，看到四通八达像管路一样的巷道，让我第二次产生恐惧。

走在巷道里，向着未知的方向一点一点延伸，我总害怕会有未知的地下异形生物突然蹦到面前。

那些巷道有点像电影《异形》里的怪物巢穴。

而巷道顶部也就是顶板，是由钢架和混凝土支护。

有的地方没有混凝土，只用钢架和钢筋支撑。网状的孔洞上压满煤块和矸石，长期的压迫作用使得网状的钢筋向下凹陷。

我不知道矸石是否会掉落下来，但我必须戴好安全帽。

第三次感受到恐惧是半个月后一次深入井下工作面，工作面也就是采煤的地方。

煤层里有易燃易爆的瓦斯气体，为稀释、排走瓦斯，井下会有通风设备不断注入强劲风流。

你想象一下，当煤灰被吹得群魔乱舞时，灯光一照颗粒状黑乎乎的细小灰尘看得一清二楚，你还敢呼吸吗？

即使戴上防尘口罩，也还是无法避免会将灰尘吸入肺里。

而地下越接近地心温度越高，采煤工作面往往气温都在三十摄氏度以上，高时可达四十摄氏度。采煤工人即使脱得精光也会汗流浃背，煤灰吹过来直接粘在身上，所以上井后他们都成了非洲黑人，只能看到眼白和牙齿。

看着有点可怖。

这三种恐惧通常给新进职工带来难以克服的排斥感。

入职二十天，和我一批分来的大学生有两人辞职，还有三人以旷工的形式和公司对抗，认为给他们分配的单位不好。

其余人默默忍受。

在选择默默忍受的人群里，大家一提及入井后的恐惧便谈虎色变。而当他们问我怕不怕或能不能克服这种恐惧时，我总是微微一笑。

我怎么会不怕？

可这种恐惧跟失去小猪相比，根本就不值一提！

因为我无时无刻不在思念小猪，也无时无刻不在害怕失去小猪。无论害怕的程度还是时间长度，都远超下井。

这种害怕失去小猪的恐惧让下井产生的恐惧变得不值一提，我甚至没时间去仔细品味下井的恐惧。

有时我很希望下井的恐惧能再大点，这样可以分散我害怕失去小猪的恐惧。可是不行，无论我走在环境多么恶劣恐怖的巷道里，我都无法真正感受到恐惧。

即使巷道里有老鼠蹿来蹿去，即使黑暗阴森如同墓穴，即使因潮湿而生出满地白色发霉物并有霉味，我都不会害怕。

我只怕失去小猪。

而越怕就越想她。渐渐地，我想念小猪的频率越来越高，持续时间越来越长。只要手里没有工作，我便专心想念小猪。

我怕想她，却无法不想她，而最怕想她发生的时间是下井后独自走在斜巷的路上。

井下巷道并不都是平的。

地下煤炭的分布往往不在同一水平，所以需要开通从一个水平到另一个水平的巷道，这种巷道是斜的，叫斜巷。

在斜巷上行走其实跟上山下山没差别——往上走就像上山，而往下走是下山。

斜巷排水不利，而井下是没有厕所的，所以没办法，工人会在斜巷里随处大小便。

如果你运气好恰巧经过前面人刚刚爽过的地方，那你就会不爽。

如果前面人恰好又吃坏肚子，那你就会更不爽。

而即使没有臭弹，斜巷里的空气也是很湿的，有点霉味。

斜巷如果坡度很陡的话爬起来会很累，加上巷道闷热，走不了几步就会汗流浃背。

我最怕一个人爬这种斜巷，尤其是上山累得满头大汗时，我总会想起和小猪爬舜耕山的情形。

想起我负气登山的样子，还有她眼睛发亮贼兮兮地注视着我的样子。

那是她第一次试探我，我惊叫着伸手去拍她的头顶，她欢乐地嚷着，双手护住头顶："哎呀，被猪蹄拍过会变傻的！"

她假装委屈地嘟起嘴，眼睛先瞄我，然后又斜着看我的反方向，假装不理我。

我超喜欢看她斜眼假装生气时的眼白，有着令人心神震荡的美。

因为那眼白里有着一分怒意、两分怨意和七分笑意，加起来变得十分娇嗔，十分美丽。

想起这些，我的心好疼好疼，疼到想哭。

我会放任自己深深思念她的美，很多场景会反复重现。

我会想起很多事，也想念很多事。

我会想起第一次见面她身穿水墨色上衣，不施脂粉却仍美得如同从画里走出来一样。

我想起她用兰花指温柔拨发的样子。

我想起她身穿紫色碎花连衣裙走红地毯的样子。

我想起猫拳和我妹看到她时张大的嘴巴。

我想起楼管惊呆后的果断支持，成全了我的"终身大事在此一举"。

我想起包河河畔她娉婷的背影和读过歪诗后再见我时受惊闪躲的样子。

我想起她羞红脸斜望天空的样子。

我想起她呼吸急促胸口剧烈起伏的样子。

我想起女评委老师对我的殷切嘱咐："王斌同学，希望你记住今天自己说的话，比赛将来还可以有很多，但你的她就只有一个！"

而我想起频率最高的情景是一起携手游西湖。

我想起她身穿粉色长裙头发高高扎起的样子。

我想起她淡妆后如仙女般出现在我的面前，惊艳了我，也惊艳了众人，而我的虚荣心也在那一刻得到极大的满足。

我想起她戏水时吹弹可破让我心驰神往不知所踪的玉足。

我想起一路上她吸引无数男男女女的注目，而这种吸引的巨大杀伤力无关年龄、性别。

我想起迎面走过的男生鄙夷而忌妒的目光，而女生则用很不解的目光仔细打量我，像是想要把我看穿。

不过不管是男性的鄙夷目光还是女性的怀疑目光，这两种目光都让我心旷神怡，我拉着小猪的手从未松开过。

我在幸福的眩晕与恍惚中握紧右手，想向全世界宣布小猪是我的，然而除了空气，手里什么也没有，我的眼泪流了下来。

我失去了，这世界上最美丽迷人的女孩。

我再次变成人群中寻找不到妈妈的三岁孩童。

如果上一次是在大街上找不到妈妈的话，那么这一次，我被弃置在荒山野岭。

渐渐地，我不敢再爬斜巷，除非工作需要，否则我尽量避开。

生活还要继续，不是吗？而我想做的事还没做完，救赎也刚开始。

一天我因工作安排本来要爬一个斜巷，去了解供电线路敷设条件，但我实在饿得头昏眼花、四肢发软，所以临时改变计划，决定改天再弄。

这一天是入职后的第二十九天，还差一天就能拿到工资。

实习期工资较低，为了省钱帮助小猪，我二十九天来没有吃过一次肉。

原来，不吃肉真的可以让人发疯。

戒肉的头几天感觉不到难受，每天馒头咸菜可以对付过去。一个礼拜后心里开始痒，像有只蚂蚁在咬你，以后每吃一顿，痒的程度便增加一个层次，蚂蚁数量加十。

我记得戒肉的第二十天，蚂蚁数量瞬间增到一万。

有一万只蚂蚁在同时咬我啊！

那一瞬间我才知道小猪为了给我买衣服三个月不吃肉有多煎熬，而她为我消瘦那么多又有多伟大。

我把自己关在宿舍哭了很久，然后我的心不痒了，就这样又坚持了一个多礼拜。

而且我学习小猪的方法，不去食堂或饭店吃饭，避免闻到肉香。每天把自己关在宿舍吃饭还是起到一定效果，但今天我实在饿得头昏眼花、四肢发软，早餐吃的咸菜和稀粥根本不顶作用。

好不容易挨到中午，上井后我耗尽最后一丝力气挪到饭店，要了一份红烧肉打包带走。

回去路上我万分愧疚，觉得实在对不起小猪。她可以为我戒肉三个月，为什么我不能做到？我一定要做到！

可肉香实在让我发疯，回宿舍后我跟心里的一亿只蚂蚁浴血奋战，最后还是败下阵来。

我狠狠咬了一口红烧肉，咽下去的时候所有馋都解了，可是却觉得做了世界上最无耻的事，因为我又想起小猪。

我开始反胃，我用手指扣嗓子，把肉吐出来。吐出肉块和黄水时，我眼泪也掉下来。

我又想起很多事，也想念关于小猪的很多事。

我想起小猪为我省吃俭用，三个月下来瘦得弱不禁风。

我想起小猪吃饭时故意不去夹味道最好的那道菜。

我想起小猪吃任何东西都会把第一口先送到我的嘴巴里，从不例外。

我想起小猪路上总是抢着帮我系鞋带，而她自己却从不让我帮忙。

我想起下雨天小猪总抢着撑伞，不让我撑。她说我只要搂好她就行，她不想让我一只手在享受的同时另一只手却在干累活。

我想起小猪在任意场合都对我言听计从、千依百顺。

我想起小猪看到我病秧子的模样时瞬间掉下眼泪。

我想起小猪听闻我竞赛成功后的欢呼呐喊，还有看我时的仰慕眼神。

我想起小猪知道王宁后的泪流满面和蹲地上检查通话记录的样子。

我想起小猪等我从南京回来时眼角的泪痕和见面后信任发亮的目光。

我想起她说在我面前要先低到尘埃里，然后再开出一朵美丽无比的花。

......

我想起每一个情景，想念小猪的每一次付出。

原来我失去了，这世界上最爱我的女孩。

这一次我应该是在快要饿死时找不到妈妈的孩童，至于在哪被遗弃已不重要。

无论荒山野岭，还是黑暗地狱。

我已无力寻找，除了哭泣，便是昏睡。

66

赎罪

戒肉的第三十天我拿到实习工资。

因为少，我留下三百元孝敬老妈，再算好下个月每日三餐全吃素需要的钱数，最后总共给自己留下六百元，剩下三千多元打算全部偷偷送到小猪家。

不过想一下后决定再多留两百元给自己买茶叶，买茉莉花茶。

饭可以吃差点，茶还是坚持要喝好一点的茉莉花茶。

因为茶香可以让我想起小猪，这多少给我一点幻觉，以为她仍在身旁。

我始终觉得她像一朵生长在野地里的茉莉花，虽然这块土地很贫瘠，但她却顽强地汲取养分，让自己不断成长，散发香气。

以植物来衡量，我觉得她像茉莉。

以动物来衡量，我又觉得她是我的宠物小猪。

即使现在见不到她，但想把她养成宠物猪的愿望始终强烈，不曾减退。

我将三千多元现金用纸包好，装入黑色塑料袋并扎上口，再在袋子上贴一张字条，上面写"一点心意，请你们无论如何收下"。

我带着这些东西在夜里十点多来到小猪家的门口。

跟小猪分离后，这是我第一次来到这里。

虽然无数次想偷偷过来看她，有时恨不得立刻跑来找她，但一想起自己的过错便觉得没脸见她。

而一想起她妈妈赶我走时的情景便更觉得羞愧与害怕，毕竟杀人犯是无法面对死者家属的。

我不是杀人犯，可是却有种做帮凶的感觉。

或者也许我就是杀人犯，因为我深深伤害了小猪。

她的心是否已死，我不得而知。但从目前的迹象看，有可能她已心死，而我却不愿承认。

我没脸面对小猪。

入矿四十多天我一直不曾来过这里，每天的生活只是简单地进行重复——白天在井下待着，下班后便躲进公寓专心思念小猪。

周末休息一天，或者待在公寓，或者同猫拳和我妹出去走走。

连续六个星期，猫拳自己来过两次，和我妹一起过来四次。他们都怕我出事，一到周末就从合肥过来陪我，我很感激他们。

猫拳很细心，吃饭时问我为什么总挑素的吃，我说我罪孽深重不宜吃肉。我妹劝我多少还是得吃点，不然哪有力气赎罪。

他们有时陪我一整天，有时陪我半天，剩下半天去小猪家附近的交通要道蹲守，希望能撞见小猪，帮我做做思想工作。

不过不走运，几次去都没能遇见小猪，他们自然也不好意思主动登门找骂。

当然，也有可能他们见过小猪，但结果不理想，所以不跟我说。

小猪家门口是一条水泥路，路的两旁稀疏地分布着几户人家。

条件好的会盖起两层小楼，外面再拉上一圈大院子；条件差一点的就只有瓦房和院子，房小，院子也小。

小猪家属于后者。

夜色渐深，透过小猪家铁院门可以看到堂屋已经熄灯，两侧各一间瓦房，一间熄灯一间亮灯。

我像贼一样小心翼翼走到门外，透过门栏将袋子扔进院内，并尽量扔远一点，这样小猪家人从屋里一出来就能看到。

我没发出多大声音，扔完后迅速撤到旁边一户人家的墙角。

小猪家没发现动静，所以没动静。

我在墙角坐了很久很久，有几个小时吧。

我不知道小猪是否在家，但猜想她应该会在家里陪伴母亲，所以这是我和她距离最近的一次。

我突然觉得我没有失去小猪，而她就在我的身边。

这种错觉真好！

即使沦落到如此地步，但能离她这么近，总归是好的。

第一次救赎完成后我心里得到一点慰藉，所以第二次、第三次又如法炮制。扔完钱后我仍然躲在墙角，默默思念小猪。

即使夜间是男人最无法克制欲望的时候，可是小猪，我发现我想你时已经超越动物的本能。

无论白天黑夜，我完全脱离动物本能地想着你。

我想你，只是单纯想能看到你。

可是小猪，我曾经无比亲密的你，你在哪里？

你能原谅我吗？你真的要忘记我吗？

67

思 念

随着思念的加深，我发现夜里经常能梦到小猪。

梦境有时甜美，有时悲伤。甜美是因为梦见得到小猪的原谅，而悲伤则是因为梦见失去小猪。

前者不真实，后者真真实实。

前者可能是我内心深处的渴望，是我无法实现的愿望。而后者是我不愿接受的事实，却不得不接受的事实。

在入矿满一百一十五天后，前者累计发生十五次，后者累计发生八次。

换言之，平均每五天会梦见小猪一次。

我终于相信"日有所思，夜有所梦"是一个定律，并给予它量化结果。

但这个定律的成立有前提条件，就是白天必须思念无数次。

不知道这算不算是我的科学新发现？

我决定利用空闲时间去小猪父亲生前所在的开拓单位帮忙，了解那里的工作环境。

我说过救赎才刚开始，而每次救赎都让我觉得能减轻一点内心的疼痛与愧疚，尽管这种疼痛与愧疚在始终不断往上加。

每次下井完成分内工作后，我会去开拓头面遛遛，或者利用休息时间下井，去开拓工作面看看。

开拓工作面和采煤工作面不是一回事。采煤工作面是挖煤，而开拓工作面是挖巷道。

井下开拓，说白了就是从岩层中凿出一条巷道。

地下岩石坚硬无比，用铁器凿肯定不行，所以要先放炮把岩层炸裂，再用一种叫耙矸机的设备把岩石挖出来，这样一点一点地做出巷道。

因为我帮小猪写过一首《放炮总结》的歪诗，所以在开拓头面很快就和工人们混熟。这里的工人主要从事体力劳动，他们大多没学历，简单粗犷，淳朴善良。

我把歪诗念给他们听，很快便和他们打成一团。男人嘛，你懂的。

我说我想体验一下他们的生活，他们便热情接受。

他们会分些活给我干，比如擢矸石和放炮前的钻孔。

擢矸石就是用铁铲把矸石擢到矿车上。这个活累，对于拿惯了笔杆子的我而言，无异于蚂蚁搬豆。

每次擢过后第二天都会腰酸胳膊疼，一连几天走路都费劲。

而开拓头面往往途经斜巷，干了半天体力活筋疲力尽，再爬一个上山或者下山，你可以想象那滋味。

这时候"上山容易下山难"的定律又可以得到证实。

下山时，一只腿要支撑全部的身体重量，身体很容易打软。我一共因腿软而跌倒三次，差一点跌倒的次数超六次。

有次我好不容易下山到大巷的乘车场，结果晚点，车已经开走，于是我只好徒步六千多米走到井口。

平时步行约两小时的路程，我足足走了五小时。

整个身子一开始像铅一样沉，后来又轻得像棉絮一样能被巷道里的风流吹跑。

走完那六千多米，我真的觉得走完了我人生全部的路，以后再也不想走路了。

那天上井后我躲进宿舍偷偷流眼泪，并不是因为累，而是因为我突然想到小猪并不是娇气的女生，她是贫苦家庭出生的孩子，所以更懂得生活的辛苦和不易。

而他爸爸为了养家常年在井下工作所受的苦，小猪一定是懂得的。

所以小猪对她爸爸的爱应该会很深吧？她应该很难迈过心里的那道坎吧？她能原谅我吗？

我不敢多想，因为越想就越害怕她不肯原谅我。

这让我很担心，甚至抓狂。

小猪，也许我生命中的太阳已经落山，而我偏偏固执地要去追逐那已逝的光辉，却忘了自己根本无法从地球的这边跑到地球的那端。

我看不到你的光芒，却一直在用力奔跑，而你会像明天的太阳一样，在清晨又重新出现吗？

我们之间，还有明天吗？

终于适应这种体力劳动后，我开始给自己增加工作量。

岩层钻孔、放炮、扛风镐、抬棚腿、卧底刷帮……

所有的活都必须付出沉重的体力，伴随而来的是内心的宽慰，我甘之如饴。但一想起小猪很难原谅我，我就会难过，于是想要加大自我惩罚，拼命干活。

我总觉得如果我背负更多的苦，就能多减轻一点内疚，而尝过苦后便越觉得对不起小猪，担心她难以宽恕我，然后再次加大自我惩罚。

这好像是个死循环。

渐渐地，我成了开拓单位最受欢迎的外援。

在所有体力活里，我觉得抬棚腿最累。

井下支撑巷道顶部用的钢架也叫 U 型棚。棚腿固定在地面，安装时要先抬到合适的地点。

上百斤重的棚腿抬起来非常吃力，有次双腿没撑住直接被压跪在地。

膝盖磕在石子上，疼得我咬牙吸气，直冒冷汗。

工友都是硬汉，安慰我："没事，跟爷比，你这点伤算个屁！"

疼痛整整一个月才消除，可我心里的痛何时才能消除？

扛风镐很伤皮肤，几十斤重的铁器扛在肩上，皮肤几次磨破，疼得钻心。

而岩层钻孔得使用风钻，需要双手使劲按住风钻。

飞速旋转带来的震动使人全身颤抖，按久了会觉得即使离开风钻双臂也仍在颤抖。

很快，我尝遍开拓单位的苦，成为一名有着电气工程师头衔的优秀开拓工人，跻身跨部门人才。

在大会上，机电矿长重点表扬了我这种种别人家的地比种自己家的地还卖力的行为，我无言以对。

小猪，所有你爸爸吃过的苦我都尝了一遍，也懂得了他对你的深深的爱，虽然你已失去他，但我想让你继续拥有这种深爱！

所以我把第五个月的工资一如既往地偷偷给你，而我也可以坐在你家院外偷偷感受你的气息。

我不知道这样做能否给你补偿，但我一定咬牙坚持到底。

也许你对我的心已沉入大海，而我也不知道往哪个方向打捞，但我仍会跳进海里，在视线所能到达的范围内我不会停止寻找，哪怕最后被海水夺去我的呼吸。

海很大，海水冰凉。

但每挣扎前进一米，我便觉得离你近了一点。

68

上有计策，下有对策

第六个月的工资包好后，我再次在深夜来到小猪家院外。

院里只有淡淡的月光，几间房屋都已熄灯，小猪的家人应该已经睡下。

这个月效益不错，我包了五千元给小猪。

我美滋滋地凑近院门，院内却突然爆发凶猛的吼叫，一只四蹄动物发了疯似的想挣脱铁链，扑过来。

叫声引发连锁反应，一片片狗叫声此起彼伏。

我被突如其来的变化吓得魂飞魄散，心悸失措，透过小猪家院门，我看到堂屋两侧的房间均亮起了灯。

我拔腿就跑，跑出几步后想起还没扔钱进去，于是又折回来，顾不上那么多，直接将钱从院墙外抛进院内。

我掉头就跑，躲在附近房屋的拐角处偷偷观望。

我心里七上八下，却又忍不住想笑：小猪还是那个小猪，聪明伶俐，和我珠联璧合，总是我上有计策，她就下有对策。

想不到她居然养狗来防我！

那只四蹄动物应该是狗没错，而且是一条大狼狗。叫什么叫，不知道我在帮你主人吗？

一分钟后，我看到一个身影披着衣服出现在院外，大声问："请问是哪位好心人，请出来让我谢谢你！"

声音刻骨铭心，即使我聋了，也可以清楚地听见这个声音。

我只觉得心脏瞬间蹦到嗓子眼。

这是我半年来第一次听到小猪的声音！

声音很柔很细，带点稚嫩。

我又想起第一次约会听见她声音时内心的震惊。

即使是在嘈杂的人群里，她的声音也立刻就吸引了我。现在放在静谧的深夜，更是深深地吸引着我和我的眼泪。

亲爱的，我离你这么近，却无颜和你相见！

小猪没敢出来找我，在门口又问几声，见没动静便锁门回屋了，留下我独自黯然神伤。

那声音和身影本来是我拥有的最大骄傲，可现在却那般遥远！

不过我总算见到了她，而她也总算别来无恙。

真好！今天真好！

小猪还是我生命中的太阳，而我也似乎等来了曙光。

我还在海里奋力前游，海水冰凉，我终于发现那颗沉入海底的心……

我发誓一定要把它捧出海面！

我鼓起勇气，决定尝试回应小猪。

既然我出上策，她有对策，那我还有更妙的计策。

带着第七个月的工资，我又来到小猪家，手里提一块提前做好的红烧肉，肉香扑鼻。

这一次那条大狗应该不会再对我凶了吧？

我脱掉鞋蹑手蹑脚走近院门，没发出一点声音，那条狗也没动静。

我将红烧肉在顺风处拎起，让肉香尽情飘散，几秒钟后我听到大狗的呜咽声和铁链轻轻摩擦地面的声音。

我笑了，狗就是狗，没有用肉搞不定的！

我将红烧肉丢进院内大狗的面前，借着月光我看见那条大狗一口将肉块含住，狼吞虎咽地吃起来。

我得意地将手里的鞋放在地上，将钱袋透过院门丢进院内。

"汪！汪汪！汪汪汪汪！"

那只狗吃完后立马翻脸不认人，挣着铁链又疯叫起来。我吓得顾不上拿鞋，拔腿就跑。

畜生就是畜生，不懂人情！我心里暗骂。

这次不到半分钟，小猪就从屋里追出，我躲在远处可以看到是她。

"是谁啊？到底是谁？"

"做好事不留名的吗？是不是雷锋同志啊？"

"好心人请出来让我谢谢你啊！"

……

"喂，到底是谁？是……王斌吗？是你吗，王斌？"

听到我名字时我全身血液都沸腾了，可我还是忍住没出现。

真好！今天真好！

我确信已经看到太阳重新升起的光辉。

小猪没问是不是张三或者李四，而是问是不是我，说明她早就猜到是我了吧？她应该没那么气我了吧？

我终于露出了灿烂的笑容。

分离七个多月，我第一次露出笑容。

69

喜事

一个月后我再次露出笑容。

经过一年多爱情轰炸，猫拳和我妹步入婚姻殿堂。

婚礼上，当猫拳捧起我妹的脸深情拥吻时，我由衷地为他们高兴。

礼毕后他们来找我，我将双手搭在他俩肩上，先感谢猫拳："谢谢你！真的。非常感谢！"

"斌哥，应该我谢你才对，你干吗谢我？"

"谢谢你把我妹一路从走火入魔带到修成正果，这很不容易。所以，干得漂亮！"我拍拍猫拳肩膀。

"哥，是我感化他的好吗？"我妹嗔道。

我转头看我妹："说真的，到现在我都不明白，当初你怎么会看上他的？"

"眼瞎呗！"我妹大笑，猫拳也笑着挤挤眼。

"不过你没选错人，哥衷心祝福你们。以后的路上不论遇到什么困难，你们都要坚持，要相濡以沫，不离不弃！"

我双手用力将猫拳和我妹拉到怀里，和他们拥抱一分钟。

"斌哥，你也要坚持，一定别放弃！"猫拳湿着眼眶说。

"对！小猪嫂子一定会原谅你的，你要坚持啊，哥！"

"嗯，我会的！"

转身道别前，我认真提问二人："请告诉我当初你们一触即发，并坚决要在一起，到底因为啥？"

"因为他呆萌纯情。"

"因为她美丽热情。"

"就这么简单？"

"就这么简单！"二人异口同声。

看着他们坚定的目光，我突然领悟：其实爱，可能最初仅仅源于一种单纯的喜欢。

或喜欢她的美貌，或喜欢他的才华，或喜欢她的温柔，或喜欢他的坚强。然后在一种信仰的作用下坚定不移这份喜欢，逐渐升华为爱。

我突然想到小猪在爱情上是有着坚定信仰的人，所以我相信她一定不会那么轻易就忘记我。

我再次拍拍他们："放心吧，我一定让小猪成为你们的嫂子！"

我决定给小猪一个更大的礼物，或者说是给她已故的父亲。

如果这七个月来的自我折磨只是弥补我对小猪的亏欠，那么我觉得这份弥补还不够。毕竟比起小猪对我的好，我所做的根本不及她的十分之一。

我想用自己的所学来改善矿井生产系统，引进先进设备提高生产安全与效率。如果可以大幅降低煤矿作业的危险性，我想小猪父亲的在天之灵一定会得到安慰吧！

虽然我一直学科学、信奉科学，但这次我选择迷信，我希望用自己的努力告慰先人。

初步设计好方案后，我开始奔走于矿领导和煤矿设计院之间，说服工作做到口干舌燥、腿脚抽筋。

得益于在校期间学习不错，我终于在二十多次游说失败后取得成功。

设计院与矿领导达成共识，同意合作。

双方签订好协议后，下一步就是到井下进行现场勘察，测量各种数据，设计具体改造方案。

不过在此之前我准备先去小猪家一趟，告诉她这一切。

我相信她一定会明白我的用心。

我也相信她一定能够原谅我！

惊现

我来到小猪家附近，时间是一个周日的上午十点，这也是我和小猪第一次见面的时间，我刻意在这个时间过来。

小猪家门口不远处是一个菜市，我选择在菜市等她。

小猪很孝顺，而她妈妈中年丧偶，我相信小猪会回来陪她或帮她买菜。

我不敢上门去找小猪，因为怕撞见她妈妈。

我在菜市上来回走动，希望可以遇到小猪。

漫步街道，人流拥挤，人声嘈杂。我紧张地左右搜寻，既渴望撞见小猪，又害怕突然看见她。

我越紧张不安反而越渴望看见她，总神经质地感觉她就在我的旁边，于是我不断触电般左转、右转，甚至后转，结果弄得自己愈加紧张不安。

这好像又是死循环。

突然，一个魂牵梦萦的身影出现在不远处的菜摊，正仔细挑选蔬菜。

我又找回被高压电电击的感觉！

那一举一动，轻盈而又温柔，充满女性的美；

那一举一动，含情却又无情，死死占据我的灵魂，带来多少个令我窒息却又不愿割舍的梦魇；

那一举一动无数次出现在我梦里，而如今就在眼前！

这就是天意吗？

这就是宿命吧！

我感到自己心跳爆表，血压飙升。

分离一年零九天，我终于就要完成自我救赎。

我终于有勇气站在小猪面前，对她说："这些天我瘦了二十三斤，梦见你超过七十五次，而想你则不计其数。这些天我尝尽你爸爸的辛苦，用他的方式默默爱你，让你继续拥有他的深爱。这些天……"

我脑海里全是小猪原谅我的画面，然后我鼓起勇气，紧张地忐忑不安地向小猪身后走去。

我的心里七上八下，像打翻了五味瓶。

所有的委屈，所有的艰辛，只为这一刻能得到小猪的原谅。

鼻子有点酸，我忍住眼泪加快脚步。

就要走到小猪身后时，一个男生捷足先登，从旁边的肉摊移到小猪的身边。

明明是晴天，我却宛如被雷劈中。

因为男生的样子，虽然我只见过一次也绝不会忘。他是小猪班长，是那个在西湖被我遗弃在身后的奶油男。

　　他挑好一块肉丢到小猪面前："我爱吃肉，你能做肉给我吃吗？"

　　"行。你想吃什么我都给你做。"

　　"我还想吃……"

　　我完全听不清后面的话，眼泪瞬间滑落。我没擦，因为我没有一点力气。那一瞬间我应该是失去知觉的。

　　原地站了几秒，等意识恢复后我转身往回走。

　　我感到很多人在看我，可眼泪还是控制不住地往下掉。

　　我还是没擦，因为我知道根本擦不完。

　　我一路上六神无主，想回去问个究竟，却害怕被打脸。如果小猪跟我说他们好了甚至在一起了，我怎么面对？

　　我能接受吗？显然不能！

　　可是如果不接受，我又能怎样？

　　我告诉自己这一切不是真的，但那个画面却始终定格在眼前，像魔鬼一样撕扯我的心脏。

　　回宿舍后，我钻进被子，无声流泪。

　　一连几天，我像被挖空的躯壳，头疼，心脏也疼。

　　一想起那幅画面，我便全身直冒冷汗，心里有如刀绞。

　　我无法相信那是真的！

　　等意识稍微恢复一点，我开始尝试分析那天的画面。

　　对我有利的是，他们没有亲密动作，也没有亲密称呼对方。

　　对我不利的是，他们的对话有一点过分友好，就算不是情侣，至少关系比以前亲近很多。

　　我勉强稳住一点心神，但转而便想起前些天去小猪家送钱，她在门口问是不是王斌。

　　她为什么不问是不是八戒或猪头？她以前一直那样叫我啊！

　　难道在她的心里我真的已经疏远到只能用姓名称呼？

　　还有，小猪没在街上和他发生亲密的语言和动作，也有可能因为那是在公共场合。那么，如果不是公共场合呢？

我又开始陷入持续的恐慌、错乱，无法平静，也无法厘清思绪。

这种情绪在几天后终于彻底崩溃。

那是一天下井后，我独自走在一条鲜有人去的斜巷，巷道安静得可怕。脚下是废弃的矿车轨道，铁轨锈得面目全非，枕木也破败不堪。

我走得很慢，因为心里实在太难受。

走到一半，巷道里的照明灯忽然全灭，黑暗像潮水一样从四面八方袭来，将我瞬间吞没。

我摸出矿灯，按下开关，灯没亮。

我前几天忘记充电，应该是没电了。

我站在原地等待几分钟，巷道里的照明灯还是没亮，大概停电了。

四周一片漆黑，这是我第一次碰到井下停电。

我伸手凑近眼皮前，什么也看不见。然后我左转 90° 伸手摸索墙壁，摸到墙后，我瘫坐下来，背靠墙壁。

屁股下是黏糊糊的煤和细碎的矸石，周围一片漆黑，我一点也不怕。

除了心脏还能感觉到跳动，身体的其他部位都没知觉。

还能感觉到的就只有黑暗。

突然又想起小猪和她班长，我只觉得身上连最后一点力气也没有了。

我坐了很久，看不见东西，仅存一点知觉。

我能感到有虫子从我脚踝爬过，我不想打扰它，它也打扰不了我。

我能听到对面墙壁处有老鼠磨牙的声音和"吱吱"的叫声。

以前听别人用"唧唧"来形容鼠叫，原来真正的鼠叫不是"唧唧"而是"吱吱"。

不知道小猪爸爸有没有遇到过井下停电？

如果他遇到，他会害怕吗？

他害怕的时候想起妻子和爱女，应该就不怕了吧？或者还是会更害怕？

如果没有小猪的班长的出现，我想我应该不会害怕，但现在我怕极了。

小猪一定深爱她的父亲，所以不可能轻易就原谅我，更何况我是因为去见前女友才……

而小猪如果肯原谅我，身边又怎么会出现让她一直讨厌的班长？

所以那种亲密应该不是偶然，也不可能只有一次。

……

我再也找不到理由来安慰自己，唯一可以做的就是流泪，而即使流泪也缓解不了我内心的剧痛。

我用手按压心口，但疼痛依然不止。

过往的甜蜜不断浮现，小猪的美，小猪羞涩的眼眸和起伏的胸口，还有害羞时的闪躲，不断撕裂我的心。

这些全被我拱手让人了吗？

我紧按胸口，希望能压住心口的剧痛，但是一点儿用也没有。黑暗中我终于可以放下白天的伪装，做回一头受伤的野兽。

我嘶吼、哀号、咆哮、捶墙，仍不能减轻疼痛。既然无法止痛，也无法给疼痛找到一个出口，那么，分散它呢？

我猛地捶打墙壁，身体疼痛。

火辣辣的疼痛让我终于可以分散一些注意力。

原来那句歌词是对的，让身体的痛大过心里的苦。

这样你就暂时感觉不到心里苦了。

最后的信

我在手上的疼痛与心脏的疼痛中慢慢睡着，醒来后决定：就算失去，我也要对小猪说出一直该说却没好意思说出口的话。

小猪，在西湖，我说交工资卡是割爱而不是疼爱时，你反问不割怎么会疼，不疼哪里算爱。

现在我割了，而且也疼了，这样算爱吗？

原来爱一个人真的会疼，疼得心如刀绞，疼得撕心裂肺。

除了疼，还会心惊肉跳、六神无主和失魂落魄。

小猪，谢谢你让我知道了什么是爱，所有压在心里呼之欲出却始终不好意思说出口的话，希望现在说不会太迟。

我花了几天时间平定自己的情绪，然后托猫拳替我送一封亲笔信给小猪，信的内容是：

如果以植物来衡量你，我觉得你是一朵绝美的粉色茉莉花。

所以我坚持喝茉莉花茶。

茶香可以让我想起你，以为你始终陪在我的身旁，不曾分离！

我喜欢这种错觉，也需要这种错觉。

能得以苟延残喘地活，皆因这错觉。

还记得那首小诗吗？

我将茉莉煮成茶，任凭眼泪似水花，从此封心等待她。

原来要这样改才对。

如果以动物来衡量你，我觉得你是我的宠物小猪。

并且我知道，想做我的宠物小猪一直是你藏在心底的秘密。

我多么想拼尽全力，把你养成一只无忧无虑、好吃懒做的宠物小猪。

这个愿望始终强烈，不曾减退。

在失去你以前，它激发我所有潜能，让我一往无前，所向披靡。

在失去你以后，它撑起我全部希望，让我砥砺前行，绝处求生。

请允许我在宿舍的床头放一只猪形储钱罐，身上有多余的硬币我会放入罐中，让这只小猪慢慢变重，如同长胖。

我喜欢捧起她，感受把她养胖的自豪。

也喜欢有她做枕边人的幸福和折磨。

请原谅我无数次拥抱、亲吻她，

可我洒落的泪水没有魔法，无法变她为你。

如果以人物来衡量你，我觉得你是我的女神。

你是让我梦寐以求却求之不得、无数个夜里让我辗转反侧的女神。

曾经我无比接近你，只想单纯地守护你。

现在我无法接近你，却依然很想单纯地守护你。

我会一直守护着你！

在我心里，你是科学也不能解释的神。

我愿耗尽力气，只为守护你。

如果以事物来衡量你，我觉得你是一场最美的意外。

你的降临是上天赐予我无比珍贵的礼物。

上天为我关闭一扇门的同时，也为我打开另一扇窗，一扇通往幸福世界的天窗，而我却亲手将它关闭。

我真的不是故意的！

如果累断双手可以重新打开这扇窗，那么，我会毫不犹豫。

有人说真正的美无法比拟，不可方物。

但我还是觉得你是粉色茉莉花，是我的宠物猪，也是我的女神，更是一场无法复制的意外。

你是多少人的一生不遇，而我却暴殄天物将你拱手让人。

我是多么渴望能成为你的男人！

我想你。

小猪我很想你！

我曾无数次恶狼般渴望得到你，夜不能寐。而在认识你的三年又八个月后，我被你完全剥去动物的属性。

我想你，完全脱离动物本能地想着你。

我想你，只是单纯想能看到你。

而这种想，已经从每小时想你四十分钟、每分钟想你四十秒，变成每小时想你六十分钟、每分钟想你六十秒。

每天除去吃饭、睡觉和工作，其余的时间都在想你。

我想你，不浪费一分一秒地想着你。

可是小猪，你还想我吗？

我确定在你出现之前，我没对任何女生说过"我爱你"这三个字，哪怕是王宁。

因为我并不知道到底多深的喜欢才能算爱。

但我相信喜欢叠加到绝对的高度应该可以算爱。

而思念又代表喜欢，因为只有喜欢一个人你才会思念她。

那么，我的思念已经叠加到绝对的高度。

所以，是的，小猪，我爱你。

我真的真的很爱你！

请你原谅我好吗？

我把信交给猫拳，托他送到小猪手上，小猪看后也让猫拳给我捎回一封信。

信封上写着"王斌亲启"，而署名是"王莹"，不是"小猪"。

我意识到什么，双手颤抖，撕开信封。

信封里是一张反复折叠的 A3 纸，背面朝上，上面有胶水粘过的痕迹。我猜 A3 纸的正面应该贴有东西吧！

打开这张 A3 纸，我愣住了，那上面是小猪记录下的我们曾经对过的所有诗。小猪的诗全用手写，而我的诗则是曾经给小猪写过的字条用胶水贴上去的。

所有诗都以"天蓬"为题，意思是我是她的天蓬元帅猪八戒。

有一些诗的下面还记录着小猪写下这些诗时的心情。

而所有诗按时间排序，连起来构成我和小猪从初见到热恋的全过程。

天蓬下凡

雍容一副神仙样，大耳肥头腮更像。

背道西经会美人，将军恐把天庭忘。

天蓬艳遇

猪八戒我笑哈哈，种豆仙宫凡世瓜。

谢罢嫦娥歌玉帝，高庄有女貌惊花。

——记录于 2013 年立春。我冥思苦想，提前编首诗来捉弄他，想不到他竟天衣无缝地当场回我一首，而且才思是那么敏捷，真是难以置信！这家伙不会是上天派来的吧？糟了，突然有种不祥的预感。感觉，我会沦陷。

天蓬海量

——观天蓬元帅吃汉堡，有感而作。

麦当劳里特神奇，元帅长舌舔肉蹄。

汉堡茄汁无一剩，馋涎万丈海难及。

天蓬怀孕

龇牙捂肚口难开，误饮长河子母哀。

筋斗云随八戒去，照胎泉送小猪来。

——记录于2013年立春。再编一首诗来考验考验他，想不到这家伙又让我输得一败涂地。美好而又意外的初见，想他。

天蓬园憩

——观天蓬元帅于公园打盹，由感而作。

池荷舞破月花衣，水里白袍草上披。

呓语偏将情意泄，馋涎飞处又哼唧。

天蓬野战

——同小猪公园里追逐嬉戏，由感而作。

时时园里追骑跨，月隐月明冬复夏。

妾唤郎君心莫急，郎答夜晚何须怕。

——记录于2013年4月20日。美好的包河嬉戏，他竟然写那么色的诗给美女，还用骑跨这么变态的词，真够大胆的，也不怕我会不理他。不过，我好像已经舍不得不理他了。虽然他有时很流氓，但诗却工整而富有灵性。这家伙总是一面好一面坏，难道这就是男人的两面性？为什么我不再排斥他的流氓反而还有点喜欢？难道，我被他带坏了？

天蓬败北

一双媚眼扫千军，一声娇嗔万人晕。

国破城倾魂断日，不忘小猪石榴裙。

——记录于2013年5月1日。这猪头给我的小字条上居然写了一首这么好的诗来赞美我，说我倾国倾城。虽然是拍马屁，但他真的很会拍！今天真好。

天蓬远别

山一重来水一重，相思欲著月华浓。

望君怀妾深深处，自有银辉伴尔踪。

天蓬永在

山山水水几千重，不过相思一念中。

最怕春宵深梦里，红颜偶断负晴空。

——记录于2013年5月18日。我竟然主动暗示愿意做他的女朋友，我想我一定是脑袋抽风了。本姑娘可是有很多人追求耶！凭什么让我为他倒贴嘛！不过他的回复没让我失望，而他的回诗和我的诗真有种珠联璧合的感觉！我认定他就是今生我要找到的那个人，想他。

天蓬迷乱

寻花问柳路遥逍，偏爱山窟戏母妖。

月照霜帘生暗影，荧芳暮暮待朝朝。

天蓬悔悟

家花焉比野花香？落难方知妖物藏。

蜜语甜言亲孽畜，狼心狗肺弃糟糠。

——记录于2014年10月5日。这头没良心的笨猪坏猪，放着我这样的大美女不要，跑到南京去看前女友，是不是脑筋坏掉了？不过看在他的回诗还算诚恳的分上，原谅他了。唉，我是不是有点太不争气了？可是亲爱的，只要你能回来，我什么都愿意为你做！哪怕是，做你的女人。

八戒，我等你回来。呜呜……

天蓬正果

千山万水打妖精，千辛万苦向西行。

千言万语无从诉，明日封功上天庭。

天蓬弃仙

千般辜负欲何堪，千种相思泪满衫。

仙爵渺渺何途用？不若归得美眷安！

——记录于2014年12月2日。真担心他把工作签到很远很远的地方。不过他回诗告诉我，他愿意为我放弃外界的吸引和诱惑。我果然没爱错人！亲爱的，如果外面能让你飞得更高，那你就放心去飞吧！

看着这些诗和诗下的秘密，我泪如雨下。

小猪退回我们全部的亲密对诗，这些诗在变故发生前应该是她最珍贵的收藏吧？可现在她全都退还给我，她是不想再要了吗？

对她来说，这些已经不再重要了吗？

而她为什么要署名"王莹"而不是"小猪"？她不想再当我的小猪了吗？

我把 A3 纸的正面反反复复又看几遍，想找到能否定这种担心的证据，可是除了诗，什么也没有。

我突然发现写有《天蓬悔悟》的纸片上有泪水晕开的痕迹，而且泪水不止一滴。

她在贴这首诗时，是不是又回到等我从南京见王宁回来时的委屈和无助？她一定又掉下眼泪了吧？她一定又被我深深伤害了一次吧？

我感到自己也被刺伤，一剑穿心。

剑尖的剧毒是小猪的美丽和他班长的得意，以及我的软弱。

小猪会不会不要我了？

我颤抖地翻过 A3 纸，才发现纸的背面还写着一句话：过完今生我们再恋爱！

我双腿一软，跌倒在地。

过完今生我们再恋爱，意思是下辈子才能原谅我，才能接受我吗？

今生就此结束了吗？即使心里有我，也只能等来生才可以接受我吗？

我眼前一黑，小猪果然不要我了。

我终于失去我的小猪。

"斌哥，如果哭出来能好过点，你就哭吧。"猫拳也坐在地上，靠墙叹息。

可我竟发不出声音。

猫拳，我以后再也不是小猪的天蓬元帅猪八戒了。

72

惩罚

我跟公司请了五天假，然后买来十箱啤酒和五瓶二锅头，我只想一醉。这样我就不会再感到心痛，那种痛我无法承受。

一连五天我喝了吐、吐了喝，直到自己也不知怎样睡着。

醒后就再灌醉自己。

为小猪戒掉一年的烟也重新抽起来。

稍微有点意识时，我会幻想和小猪重归于好。

我尽量让自己想着小猪入睡，因为我希望可以将那些自欺欺人的幻想带进梦里，但我竟然先梦到的又是王宁。

梦里我烂醉如泥，趴在公寓楼外的泥地上，暴雨击打我一半脸颊，另一半贴在地面的泥水里，我感到有人将我扶起来抱到怀里。

我睁开眼睛，是王宁！

我奋力推开王宁，我们俩都摔倒在泥泞里……

再后来的梦境，我就不记得了。

我不知道为什么会梦见王宁，是因为恨吗？

我应该要恨她吧？可我还是原谅了她。

毕竟她不知道小猪的存在，虽然她自作聪明地欺骗我，但她不是故意破坏我和小猪。

而且她心脏不好，经历了那么多，她自己也很可怜了。

我不怪她，我只愿从此再也不会梦到她。

后来再做梦就全都是小猪。

梦境再美也还是会醒，醒后我就反复看那张 A3 纸，看那些诗和诗下的秘密。

然后我的心脏被撕成碎片，因为那些秘密告诉我一个答案。

我不仅失去了这世界上最美、最爱我的女孩，同时也失去了最善良、最可爱，唯一能和我心意相通的女孩。

我真该死！

五天后我走出宿舍，恢复工作。

生活还是要继续，不是吗？

猫拳频频发信息给我，劝我去找小猪一次，做最后的争取。

我明白猫拳是想让我宁可头破血流，也不要坐以待毙。

可我实在没勇气，也没力气。

无论再难，我可以接受小猪说不爱我了，也有勇气面对，但却无法接受小猪和她的班长在一起。

我害怕我所担心的结果，所以我放弃这种尝试。

小猪的意思已经很明白了，不是吗？

我理解小猪是个坚定的女孩，一旦她做出决定，不会轻易改变。所以我只能试着平复伤口，试着接受小猪不要我了。

这个接受过程的时间长度是半年，但期间伤口一直无法平复。

半年内我无时无刻不想念小猪，那张 A3 纸被我压在宿舍书桌的玻璃下，我看过无数遍。

当我不愿接受失去小猪时，我会看它，那些写在诗下的秘密让我觉得小猪一直爱着我。

当我不能接受失去小猪时，我也会看它，那些珠联璧合的对诗牢牢困住我的心，让我希望也能同样困住小猪的心，我期望她不会这么轻易就放弃我。

但我始终没有收到她的音信，这让我越来越清醒地认识到，我已经失去小猪了。

醒悟

那些诗夺走了我写诗的能力，半年内我再也没写过诗，我想我从此也不会再有灵感和力量写诗。

而那些诗不单夺走这些，也夺走我多年来自以为浪漫的情怀。

我曾经应该算是个浪漫的人吧？至少能写下这些诗就是一种浪漫。

或许对于我这种人来说，浪漫只是内心一种单纯美好的感觉，无关经济条件与外部环境。

对我来说，傻傻想一个人是一种浪漫。

在她身后用小到听不见的声音说"我很喜欢你"，是一种浪漫。

我为了省钱坐最慢的火车不远千里去看她，是一种浪漫。

我随时随地想见她便立刻不顾一切去找她，也是一种浪漫。

而为她作诗或是说出如小说中那样优美动听的话，更是一种浪漫。

但是对于王宁，情况也许不同。

我总觉得带王宁去法国看薰衣草或去马尔代夫晒日光浴，对她来说是浪漫。

或者开玛莎拉蒂跑车载她去高档饭店吃烛光晚餐，并叫上两个表演者拉小提琴，对她来说才是浪漫。

我无法给王宁提供让她怦然心动的浪漫，但对小猪却行。

我终于明白此生最大的浪漫就是遇见小猪，而遇见她后又碰撞出更多浪漫的火光。

我只有同小猪才能碰撞出浪漫的火花吧？

"八戒，你要是不想我去的话，那我就不去了，我……我可以宁负天下人也不负你哦！"

……

"八戒，什么都不说了，我等你回来！你可别被妖精吃掉哦！"

……

"八戒，那我可真是替你可惜啊！"

"为什么？"

"因为我许的愿望还跟在西湖时一样，希望你许的愿望都能实现。"

……

这些应该都算浪漫吧！

然而现在，我彻底失去小猪，失去浪漫。

没有浪漫的人虽谈不上行尸走肉，但其实跟小猫、小狗也没差别。

我想我从此也不过是行走在路上的普通动物而已。

会吃饭，会睡觉，偶尔还会说说话。

当然我还会想起一个人，想起小猪。想起她时没有浪漫，只有心痛。

痛了就再躲到宿舍，去看那些诗和小猪的秘密。

这好像又是死循环。

我突然惊觉，原来我曾被小猪变成过诗人。

从色狼变成人，再从人变成诗人的过程，是否就是从认识到喜欢，再从喜欢到爱的过程？

如果是这样，那为何我不是诗人了却感觉依然深爱小猪，而没有退回到喜欢？

曾经和小猪在一起对诗的情景，我想我永远不忘。

尤其在西湖接受小猪的刁难和她打赌作诗的情景，以及后来的一切，我永远不忘。

但半年内我再也没提笔卖弄过文字，单位要求写的任何论述性文字我都找人代笔。

我实在不敢再触碰文字，只做些与专业相关的工作。

半年内，我也没再去过小猪家，但之前决定为她做的救赎，我打算无论如何也要完成。

半年来，我的伤口始终剧烈疼痛，半年后伤口还是反复发作，剧烈疼痛。

为缓解疼痛，我加大工作量，让自己所有时间都扑在工作上。但只要我不在工作状态，我就会想起小猪。

最后我发现，虽然想念小猪的次数减少了，但想念的深度却不断加深，深到让我经常能梦到小猪。

当然，梦境还是时好时坏。

好时梦见和小猪破镜重圆，坏时则梦见失去小猪。

每当置身好的梦境我都很容易惊醒，醒来后便陷入无底的哀痛。

梦境的落空使心情陡然从幸福变为绝望和恐惧，就像站在悬崖上欣赏美景，下一秒突然失足坠崖，跌入万丈深渊。

没有人能救我，我注定粉身碎骨。

尽管这种落差会使我陷入深深的惊恐与绝望，我还是希望每天都能梦见小猪，因为至少在梦里我能短暂拥有她。

我不怕坠入深渊。

也不怕粉身碎骨。

我只怕再也看不到那崖顶的美景！

74

错乱

我发现每次梦见小猪，醒来后枕巾都会留下一块圈状的湿痕。

老妈来宿舍看我，几次看到被褥都问我是不是做噩梦了，我只好说是。后来再发现枕巾上有湿痕，我就自己动手直接洗掉，为掩盖真相我还会连带把其他衣物也洗掉。

渐渐地，我成了妈妈眼中会过日子的好孩子。

而这种流泪行为因为白天思念的加深仍在夜间偷偷进行。即便没有睡着，想她时我也会不知不觉流泪。

一个奔三的男人这样懦弱实在不应该，可每次尽情释放后都觉得心里能好过点。

直到一整年没有再见过小猪，也没收到她的任何信息，我忍不住去朋友圈翻看过往照片时，才在剧烈的疼痛和不甘中幡然醒悟：原来泪水并不能带走哀伤。

我一直以为尽情释放泪水可以减轻哀伤，却忘了泪水本由哀伤引发。

飞泻的瀑布无法摆脱地心引力，更不能减小引力。引力越大，瀑布的流量与流速也就越大。

我的眼泪同样也不能减轻内心思念的引力，我放任眼泪的流量与流速，其实只是说明内心的思念和哀伤正在加重而已。

我决定收起无用的哀伤，让它们全部化成动力，化成助我改造煤矿机电系统的动力。

日子越走越远，我在砥砺前行中距离完成救赎工程的日子也渐渐近了，但我总容易泄气。因为害怕完成这些后，我就再也没有理由为小猪做点事情了。

那时我应该就彻底失去小猪了吧？

单位开始有人说媒，想介绍女孩给我认识。毕竟我也老大不小，该考虑考虑终身大事，但我全都婉言拒绝。

也有直接拿"美女"照片给我看的，在得到我的"认同"后再问我要不要和她处处看。

其实他们并不知道，在我心里，自小猪之后再无美女。

我开始怀念小猪，深深思念小猪，而想念她时行动很容易出错。

我常触电般神经质地扭头左看、右看或后看，以为小猪正躲在我的身边。

我也常在夜间无故地抬头凝望月亮，我相信那月亮里有小猪对我深深的思念。

我还经常自言自语，回答小猪曾经问过我的问题："我真的心里只有你，没别人！"

"你不信我可以对天发誓！"我用力竖起右手三根手指。

我还时常无故背诗："一双媚眼扫千军，一声娇嗔万人晕……美酿不禁红袖添，提壶醉卧断桥边。"

每次一背到曾经和小猪对过的诗，我就会因心疼而打住，转而去背古人的诗。

渐渐地，我开始情不自禁地在任意场合背诵古诗词，有时背着古诗词眼泪就不知不觉地流下来。

那是一种不受意识控制的行为。

我知道这样不好，但我不想纠正这种行为。

因为只有在背诵古诗词时我才会更加锥心刺骨地想起小猪，那种思念的痛让我不会淡忘小猪。

而只有当我想起小猪时，我才觉得自己仍然和她在一起，不曾分离。

这种幻想跟身陷梦境一样，醒来后只会更加心痛，但我需要这种痛。

而我背诗的古怪行为也越来越严重。

有次坐公交，我在后车门等待下车时情不自禁背起《生查子·元夕》来，而且背得很大声："去年元夜时，花市灯如昼。月上柳梢头，人约黄昏后。今年元夜时，月与灯依旧。不见去年人，泪湿春衫袖。"

我刚背完便听到旁边座位上有女孩笑我："嘻嘻，你说这大叔是不是有病？"

我扭头，看到说话的是一个十五六岁穿校服的女孩，扎着羊角辫，正和一个长发女孩有说有笑。

"嘘，不要乱说！大叔没有病，只是在思念一个人。"来自长发女孩的声音。

我不想理会她们，自顾自又背诵起来："去年今日此门中，人面桃花相映红。人面不知何处去，桃花依旧笑春风。"

"他真的没病吗？"扎辫子女孩又轻声问长发女孩。

我扭头看一眼扎辫子女孩，认真对她说："你知道吗，曾经沧海难为水，除却巫山不是云。取次花丛懒回顾，半缘修道半缘君。"

我刚说完，两个女孩便笑成一团。长发女孩一边偷偷瞄我，一边称赞扎辫子女孩："你说得没错，他确实有病！"

"嗯，神经病！"

"嘻嘻……"

我懒得计较，转身默默思念小猪。

"曾经沧海难为水，除却巫山不是云！"

年轻的小女孩啊，你们还没经历过爱情，更没有失去过生命中最宝贵的恋人，所以又怎能懂得失去的痛。

这种痛就像失去眼睛，当我们拥有它时感觉不到它重要，失去后才知道没它不行。

而现在的我就好像失去双眼，没有小猪，我将从此再也看不到光明，看不到爱情。

我的世界从此将只剩黑暗。

年轻的小女孩啊，希望你们将来不要也步我的后尘。

我开始疯狂工作，不给自己一点放纵思念的时间。

一天二十四个小时，我大概有十六个小时都在工作，其余时间用来吃饭睡觉。

每天频繁奔走于井下和地面，测数据，查资料，设计方案，调研各个厂家的生产设备。

然后是大堆小堆的会议，讨论改造方案……

改造工程耗时近两年，我终于在临近尾声时病倒了。

连续发了几天热，去医院一查是急性肾炎，医生说是劳累过度引起。住院治疗几天，一直是妈妈照顾我。

在最脆弱的时候，是她老人家再一次出现在我面前。

尽管我很希望，这时候小猪能出现。

病好后，我重新投入工作，做最后的收尾，但始终进入不了状态，旧伤再次发作。

我想小猪！

小猪，我为你完成这些并不容易，请允许我再别无所求地为你付出一次，因为之后我们应该就要永远消失于生活中了吧！

我想，我永远都不会淡忘你。

但你始终没有再出现，是因为你已经有了新的幸福吗？

能把你放在心里是种幸福，却也很疼，但我会永远为你祝福。

就按你说的，过完今生我们再恋爱吧！

我会放弃对科学的信仰，等待来生。

最后的告别

最后的坚持里没有小猪的鼓励，给我完成使命最后一点力量的人仍是我妈。

那是一天下午，老妈来单位看我。

公司大门外的不远处有座桥，桥下是泥河，我站在桥心等她。

我多么希望这座桥是断桥，而来找我的人是小猪。

老妈提一个装得满满的手提袋来到我面前："儿子，看妈给你带什么来了？"

我扫一眼黑色布袋，袋面凸出来很多小疙瘩，像被东西顶着。

我妈提起布袋用力抖动，里面发出麻将摩擦的尖锐声音。

"儿子，其实人生有时就像打麻将……"

"别说了！妈，我不想听这个！"我猛地打断她。

75
最后的告别

沉默，然后是她的叹息声。

"对不起。"我说。

"儿子，其实你可以先看看这些麻将。"老妈打开布袋递到我面前。

我转头一看，被吓一跳。

布袋里几乎每张麻将都被人用工具锉掉拐角，有些有字的一面被锉得面目全非，然后我听到老妈有些哽咽的话语："我打了一辈子麻将，自以为悟出点心得可以帮到你，没想到最后还是不行。"

老妈提起布袋奋力扔下桥去，布袋掉入泥河，发出沉闷的"扑通"声。

"所以，妈妈以后再也不打麻将了，有时间就过来陪你。"

我忍不住流下眼泪，而她老人家眼里也噙满泪水。

我妈应该是怕我出事，而她故意说出"妈妈"两个字，是想让我知道我还有一个亲爱的妈妈。

而她亲手毁掉每一张深爱的麻将时，又是怎样的心情？

我鼻子发酸，眼泪再度滑落。

让我最后坚持下去的勇气，是妈妈给我的。

终于大功告成，改造工程顺利结束，公司给我颁发了"矿史十大杰出人物"的奖章和荣誉证书，并另外一次性奖励我十万元。

我终于完成心愿，也到了该跟小猪做最后告别的时刻。

我将钱用报纸包好，带上奖章和荣誉证书来到小猪家外。出来给我开门的是小猪妈妈，她坐着轮椅。

"求求您！我想给叔叔上炷香，这是我最后一次来。"

"你觉得你有资格吗？"小猪妈妈冷冷地说。

"其实每个月来给你们送钱想尽点心意的人，是我。"我不想废话，觉得这样说应该能打动她，事实上也是如此。

小猪妈妈沉默了大概一分钟，然后慢慢打开院门。

堂屋正中的桌子上供着小猪父亲的遗像，遗像前放有香炉和香袋。我从香袋里抽出三根香用火点燃，然后双手持香向先人行礼。

礼毕后，我把香插进香炉，再从口袋掏出奖章、荣誉证书和用纸包好的钱："叔叔，我通过努力实现了矿井设备改造，您的开拓单位再也不会像以前那样危险了，请您安息吧！"

"公司给我颁发了'矿史十大杰出人物'奖章和荣誉证书，可我始终认为没有您就没有这些荣誉。所以，请允许我把它烧给您！"

我掏出火机将证书点燃，让灰烬全部落入香炉。

想到马上就要永远告别小猪，我的眼泪一股脑儿全涌了出来。

我把钱和奖章放到香炉旁边："叔叔，这些奖金请您一定让阿姨收下，这也是我对小猪最后尽的一点心意。"

"我知道小猪有男朋友了，我以后……再也不会来打扰她了。"

"叔叔，谢谢您曾经挺我，夸我是男儿本色。真的，很感谢您！"

我跪下，用力给老人磕三个头。

我直起身对遗像说："请您在天之灵一定要保佑阿姨身体健康，更要保佑小猪……一生幸福！"

我抹掉眼泪，起身快步走出屋子，快到院门时听到背后有人追出来。

"八戒，你等等！"

我愣住，声音是小猪的。

我回头，看到小猪泪流满面地站在我面前，胸口剧烈起伏。她不说话，只一个劲儿地哭，而我也流着眼泪。

"你……你叫我什么？"我终于忍不住开口，因为我有太久都没有听过她叫我八戒了。

"我叫你八戒呀！八戒！八戒！八戒！"小猪又流出两股泪，很疾。

"你……"我胸口剧烈疼痛，"你不是不愿再喊我八戒了吗？"

"笨蛋！谁说我不愿再喊你八戒了？"

"你……你不是已经有男朋友了吗？"

"猪头！谁跟你说我有男朋友的？"小猪委屈地嘟起嘴巴。

"可我看到你跟班长一起买菜，你还答应做肉给他吃，我以为……"

"猪头，你误会了。"

"什么！误会？"我失声叫出，心脏狂跳。

"是呀！他根本就不配做我男朋友，他简直无耻。"

"怎么了？"我越来越晕。

"猪头，你每个月偷偷送钱过来，起初我不知道是谁，猜想可能是你。

75 最后的告别

家里出事后班长也经常过来帮忙，你知道他是富二代，所以我以为偷偷塞钱的人也可能是他。后来我问是不是他，他竟然承认，那我就请他来家里吃饭谢他。饭后他抱住我跟我表白，我当时就觉得不对，问他每次塞多少钱进来，塞钱的人字条上都写什么，他完全答不上来。我才发现差点被他骗了，气得我第一次破口骂人把他赶走，他以后再也没有来过。"

我吓一跳，倒吸一口凉气。

"可是……你，你跟我说这个是什么意思？你原谅我了吗？"我紧张、兴奋、呼吸困难，心里像擂鼓一样。

"猪头，我当然早就原谅你了呀！你被我家大黑吓跑时落下的鞋子，我后来看尺码，想起来和你的脚一样大，我当时就确信是你一直在偷偷帮忙。"

小猪又露出羞涩甜蜜的笑容，我已经整整两年没有见到过的笑容，多少个日夜回忆起时疼得让我掉下无数眼泪的笑容。

"那你为什么回信跟我说过完今生我们再恋爱？我……我以为你不肯原谅我，我以为你要下辈子才能接受我。"

"猪头，你书都白念的吗？"小猪又恨又气又好笑，"你都不会查查字典吗？"

"查字典？"

"对呀！汉语字典第 1618 页，'再'这个字的第一个注释，你都不会看的吗？'再'是'再一次'的意思，而不是'到那时才'的意思。"

"你说什么！"我犹如五雷轰顶，瞪大眼睛。

"猪头，我捎给你的那些诗记录着我们恋爱的全过程，我把它捎给你，并说'过完今生我们再恋爱'，意思是我们一直都在恋爱，下辈子我还要和你再恋爱一次，而不是说要等到下辈子才和你恋爱。"

"你说什么！？"我激动得大声呼喊，眼泪、鼻涕一起流出来，完全无法接受这是真的。

"猪头，我已经说过一遍了，我不说第二遍。"小猪红透了脸。

"可是……"我仍然不敢相信，"可是你把那些诗全都退还给我，我以为你不要了。"

"猪头，你脑袋都锈掉了吗？我自己肯定留的还有复印件啊！笨！"

"你！"我激动得无以言表，既生气又幸福，"你这样玩很容易出人命，你知道吗？"

"对不起，猪头，我以为你能理解。"

"理解？你把我玩惨了，你知道吗？你真的把我玩惨了，你知道吗？你知道我流下多少眼泪吗？"

"猪头，人家是女孩子，毕竟因为你让我没能见到爸爸最后一面，所以就算我原谅你又怎么好意思说出来？所以我只好想这个办法来暗示你。你一直很懂我，我以为你能理解，我以为你会来找我，可你一直不来。哼！"

"你！你！你！你真的把我玩惨了你知道吗？"我大声呼喊，泪流不止。

"猪头，我……"

小猪没有说完，因为我已奋力把她拉到怀里，疯狂亲吻她。

而她也热烈回应我。

"咳，咳……"

突然发出的两声咳嗽打断我和小猪，只见小猪妈妈坐着轮椅，脸色沉重地从屋里出来，径直来到小猪身边。

她老人家自始至终看也没看我一眼，脸色严肃。

"谁叫你这样的？谁允许你和他这样的？"小猪妈妈声色俱厉。

我的心瞬间凉到骨子里，我知道她老人家是很难原谅我的。

小猪也傻了眼，不敢说话，只是一个劲流泪。

突然，小猪妈妈转动轮椅，掉转方向朝院门走去，只留下两句令我和小猪瞠目结舌的话语，在耳边炸响：

"光天化日的，你们到底知不知道羞耻？不会先进屋吗？"

"我去你弟家看看，晚上不回来了。你们两个把门看好！"

……

"谢谢阿姨！谢谢阿姨！阿姨，您太伟大了！"反应过来后我激动得大声呼喊。

等她的身影彻底消失后，我和小猪才从惊诧和狂喜中回过神来。小猪深深地看着我，想说什么，却欲言又止。

我也没有再开口。

还有什么好说呢？什么都不必再说了！

热烈拥吻吧！

……

"等等！八戒，你先等等！你别着急呀，先进屋，先……"

"……啊……流氓！……"

"不行，得先进屋！"

"那你闺房是哪一间呀？"

"讨厌！"

尾声

两年后。

医院，产房外。

小猪进手术室已经半个多小时了，我心急如焚，在产房外频频踱步。

内心抑制不住的激动和期盼，让我热泪盈眶。

父母也双手握拳，来回踱着步。

"哇……哇……哇……"

一串铿锵有力、充满希望的啼哭声猛然爆发！

一片寂静，极短极短的一片寂静。

之后，欢呼声犹如雷鸣！

"男孩！肯定是男孩！"

我几乎是蹦在空中喊出这句话来，双脚重重落回地面时，泪水就热烈地流下来。

听不清周围沸腾的声音。

有那么一段时间，我脑袋嗡嗡的，完全被幸福淹没。

当医生走出产房，把襁褓中面色红润刚刚经历过血的洗礼的新生命送到我怀里时，我的眼泪再一次流出来。

我抱着小家伙爱不释手，骄傲地向父母与亲人炫耀："看呀，长得多像他妈妈！嗯，貌美如妈，智慧如爸。哈哈，哈哈哈哈……"

"是啊是啊，睫毛很长，眼线也长，一定是一双漂亮的大眼睛！"

"你们看，小家伙嘴巴小小的，好秀气！"

"鼻梁也很高呢！"

……

赞叹声还未平息的时候，手术室门开了。

小猪憔悴地躺在平车上，额头还挂着细碎的汗珠，头发也凌乱地披散着。我慌忙跑上去，一手握紧小猪的手，一手捋顺小猪额前的发丝。

"亲爱的，你辛苦了。"

"孩子呢？我的孩子呢？快，快让我看看！"

……

隔天，阳光明亮。

我疲倦地睁开眼睛，发现自己是趴在病床上睡着的。

抬起头，看到小猪那双会说话的眼睛此刻正深情地望着我，那双眸子里正流淌着无比美丽的水波。

"亲爱的，你辛苦了。"小猪温柔地握住我的手。

"我怎么睡着了？没事，宝贝，你再睡会吧！你刚动完手术，身子很虚的。"

"没关系的，我想看看宝贝。你一夜没怎么睡，再多睡一会儿吧！"

"我已经睡不着了，我们一起看看小家伙吧！"

……

"亲爱的，听爸妈说昨天候产的时候，你激动坏了，哭得简直稀里哗啦的。"

"哪有！怎么可能？"我不好意思地笑了。

"亲爱的，我有一首诗想送你。"

"哦？什么诗？"

小猪微微欠身，把放在枕边已经写好的字条拿来递给我。

我打开一看，只见上面写的是：

天蓬候产

楼道区区百步遥，双足踏破色枯憔。

一声啼闹婴儿落，笑脸如花泪如潮。

我微微一笑，从口袋里也掏出自己写给小猪的诗，我写的是：

天蓬得子

床上婴啼久未安，宁息动乱乳香山。

殷勤子母双双笑，笑眼迷蒙各自甘。

小猪的泪水从眼眶里幸福地滚落下来，几乎是用颤抖的声音对我说："猪头，我爱你！"

我起身低头，把头伸到小猪面前，轻轻地亲吻了我的小猪。

"小猪，我也爱你！"

她叫小猪。

大小的"小"，猪头的"猪"。

这两个字本身没有问题，放在一起也没问题，但是作为女生给自己取的名字，我只能说：

这是三生石上和我名字紧紧相连的两个字！

此生，已定。

来生，再续。

后续篇

十年后。

下午，雨后初晴。

我把公事包夹在腋下，打开车门准备下车。

"王总，需要把车停在店门口等您吗？"

"行，你就在这等着吧。"

我跟司机小张说完，便下了车。

抬头再看一次眼前这家钻石店的门面，店名真是奇怪，居然叫"第一次邂逅钻石店"。

不过也许正是因为它的奇怪吸引了我。

想起一直想给小猪买颗钻戒来弥补结婚时的遗憾，我决定到这家店里看看。

这应该是一家刚开业不久的店，店面很新。

和小猪结婚那会穷，没能给她戴上一颗女生都很向往的钻戒，那么今天买颗大的送她吧，给她一个惊喜。

我走进店里，一片璀璨夺目。

挨个把柜台里的钻石首饰看一遍，我被一颗形状不规则却看起来有点像猪的钻石戒指吸引了。

"先生，好像很喜欢这款吧？"

"是的。"

我抬头，看到询问我的柜台小姐一身旗袍，笑容满面。

挺漂亮的一个女人，眉清目秀，气质不俗。

"先生想买这颗吗？"

"嗯，就买这颗吧！请帮我包起来。"

订好钻戒后，我站在柜台前，随便浏览柜台内琳琅满目的钻石首饰。

柜台小姐一边包装戒指，一边职业性陪我闲聊。

"先生看样子是外地人吧？"

"是的。"

"是来旅游吗？南京有很多好玩的地方，紫金山就挺不错。不知道您去过没？"

"多年以前去过。"

"先生，可以问您一个问题吗？"柜台小姐含笑直视我，目光温和。

"可以，您请问。"

"先生，您和您的爱人一生中邂逅过几次？"

"邂逅过几次？"我微微皱眉思索，觉得这个问题好像有种似曾相识的感觉。

"应该只有一次吧！"我边思考边回答，"人与人之间的邂逅一生中只可能有一次，后面的都叫重逢。"

柜台小姐猛地一愣，像是受到了很大的惊吓。

"先生，请原谅我的冒失，我可以再问您一个问题吗？"

"行，你问吧！"

"先生，您认为您一生中最美的一次邂逅发生在什么地方？"

"这个……我想想。"我努力思考这个问题，觉得自己和小猪相识的过程应该是日久生情，至于邂逅嘛……

我突然又想起王宁！

有那么一瞬间，我的内心略微有一些震动。

如果单就第一次见面的感觉而言，我和王宁在公交车上的荒唐经历，应该算是我一生中经历过的最意外也最奇妙的初见吧！

那应该更配得上"邂逅"这种浪漫的字眼，而那也是属于我和王宁的第一次邂逅。

我有点犹豫，但还是认真回答柜台小姐："我最美的一次邂逅应该是发生在公交车上。"

柜台小姐完全愣住了，眼神充满惊吓，不可置信。

片刻后，带着异常激动的声音，仿佛石破天惊般，柜台小姐向我大声发问："先生，请问您是不是王斌？"

这次轮到我愣住。

"不错，我是！请问你是？"

"哇！真的是王斌耶！天啊，我太幸运了！"柜台小姐像疯掉一样，完全跟没听到我在问她似的，欢呼雀跃。

周围其他营业员也闻讯赶来，像饥饿的狼群遇到羔羊一样蜂拥而上，将那个柜台小姐紧紧围住。

"玲玲，恭喜你！"

"玲玲，你要请客！你必须请客！"

"必须大宴三天！"

……

那个疯掉的柜台小姐应该是叫玲玲。

除了疯狂的欢呼，众人随后齐刷刷地将目光转到我身上来，反而遗忘了被他们簇拥在中间的玲玲。

"你是王斌吗？"

"你真的是王斌吗？"

"你挑首饰为什么不来找我问价格呢？"

"天啊，老天太不公平了！"

……

我完全蒙了："怎么回事啊这是？"

那个叫玲玲的女人扒开人群挤了出来，闪着激动的泪光说："王先生，不，恩人！"

"恩人，是这样的，我们这家店的老板您一定认识吧？是王宁。"

王宁！

"我们老板一直很怀念多年前和您的第一次邂逅，也一直很期待有生之年能再邂逅您，所以在南京和合肥开了十几家钻石店。"

"所有的店名都叫'第一次邂逅钻石店'。"

"老板规定所有营业员都要向顾客，尤其是跟您年龄相仿的男性顾客询问三个问题，以确定是不是您。如果谁有幸遇到您，并留住您和她见上一面的话，老板会无条件给接待您的店员开出巨额奖金。"

"奖金根据您和她分开的年数滚雪球。"

"从她最后一次见到您的那年算起，奖金以十万元计，逐年递增，每年增加十万。老板说到现在为止你们已经有十多年没见了。"

"所以……所以奖金已经滚到一百多万啦!"

我完全呆住了,除了震惊还是震惊。

"先生,不,恩人,您真是我的再生父母啊!"

"恩人,您一定别走啊,我这就给老板打电话去!我们新店刚开张,她就在楼上的办公室里。"

"玲玲,我们已经打过电话给老板了,她马上就到!"

"玲玲,你要拉住你的恩人啊!"

"别让他走了!"

……

"等等,等等!"我从震惊中回过神来,问玲玲:"就算你们老板想确定是不是遇到我,可……就凭这三个问题不怕会弄错人吗?"

"不会错的!"玲玲兴奋无比,"老板说了,第一个问题是有没有去过紫金山,第二个问题是和爱人一生中经历过几次邂逅。如果来的人去过紫金山并且回答'人与人一生之中只可能邂逅一次'的话,那八成就不会错了。如果最后一个问题回答说认为自己最美的一次邂逅是发生在公交车上的话,那就一定是老板等的人,不会错!"

我又一次震惊,不,是震动!

一股股暖流从心间流过,温暖了我,也温柔了我。

让我仿佛又回到和王宁邂逅的公交车里,回到紫金山上……

正在这时一个记忆里熟悉的声音响起:"王斌,啊……啊是你啊?"

声音激动、颤抖。

我扭身回头,那张白皙微圆的脸再次映入眼帘。

周围一片鼓掌声和尖叫声。

我就那么清楚却不忍地看到王宁,看到泪水从她眼眶里迅速涌出,一滴一滴滑落下来。

"用一百多万换我的出现,这样值吗?"我轻声问。

"值!"

王宁干净利落地回答,然后抬起左手轻轻擦拭眼角的泪花。

王宁左手中指上戴了一颗钻戒,而无名指上却光秃秃的。

"玲玲，回头我给你开支票，记得要请你的恩人吃饭！"王宁对站在一旁看戏的那个柜台小姐说。

　　又是一阵疯狂的欢呼声！

　　王宁从欢呼声中快步走来，激动地问："王斌，我想知道，我们这样啊能……啊能算邂逅啊？"

　　"算！……算！……"周围的呼喊一浪高过一浪。

　　我看着满怀希望热切凝望我的王宁，心脏有点抽搐的感觉。

　　我沉默很久，最后对王宁说："算吧！可是，我们已经不可能了。"说完我低下头，不忍再看王宁。

　　网络虚拟，我和小猪相识于网络，从针尖对麦芒的斗嘴开始，最后坚定不移地走到一起。

　　现实真实，我和王宁于现实中浪漫相遇，实实在在接触对方，却最终镜花水月，不堪一击。

　　现在这幻境似乎又出现了。

　　只是，它再也动摇不了我心中的真实。

　　沉默。

　　又是一阵沉默。

　　王宁起身拿杯子，去饮水机那泡了杯茶给我。那浓郁的香味不用看我也知道，是茉莉花茶。

　　我无声接过，心脏被刺痛着。

　　这么多年了，原来王宁也没改变喝茉莉花茶的习惯。

　　我低下头，目光无意中从王宁的办公桌上掠过，一个许愿瓶安静地躺在那里，旁边还有一个相框。

　　相框背面对我，我看不到镶的什么照片。

　　可那个许愿瓶，明明就是当年我和王宁重逢时从紫金山上扔下去的。

　　瓶子里静静地躺着五张字条。

　　瓶子明明被我扔下山去，怎么又回来了呢？

　　我的脑海中浮现出王宁气喘吁吁、小心翼翼地拨开草丛和荆棘，到山下寻找瓶子的画面……

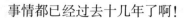

事情都已经过去十几年了啊！

鼻子突然有点酸。

我轻轻拿起瓶子旁的相框，犹豫很久，最后还是把它转过来。

我猜得不错，那里面的确是我的照片。

照片中的我烂醉如泥，躺在王宁怀里，而背景是我原来工作的煤矿公司的宿舍楼下。

看角度，应该是王宁一手抱我，一手持相机拍的。

原来我当年烂醉后醒来看到王宁并把她推倒在泥泞里并不是梦，而眼前发生的一切也不是幻境。

"你怎么有这张照片？"我问王宁。

"当年你回煤矿工作，其实我有偷偷关注你。"

王宁拿起相册，深深凝视照片里年轻的我们："那时候我很后悔，又担心你会出事，就花钱打听你的下落。

"知道你去煤矿后，我在你单位旁边租一间房子，有空了就去淮南住几天，偷偷看你。

"有时你下班出矿门，我就远远跟在后面，发现你是去小猪家塞钱救济。那段时间我才体会到煤矿工人有多辛苦，也明白了你对小猪的感情有多深。我知道，你的心里再也不会有我了。

"有次你喝醉跌倒在宿舍楼外的泥水中一动不动，我很担心就过去抱你起来，抱在怀里过很久也舍不得放开，因为我知道我就要永远失去你了。这张照片就是抱你时拍的，我想留个纪念。

"那次你醒后把我推倒，可我却觉得很幸福，因为你肯对我撒气了。

"把你送回宿舍，我回南京，过不多久就开起自己第一家钻石连锁店。

"为什么要开钻石店呢？因为钻石可以让我想起你。你就像一颗璀璨无比的钻石，善良、幽默、饱读诗书又富有才华。你只是被贫穷和自卑暂时遮住了光芒，而我却不肯给你擦拭自卑、绽放光芒的时间和机会。

"现在我有的是钻石，可它们加起来的光辉仍抵不过你给我的美好回忆。

"而且，钻石的璀璨也是对爱情最好的象征与祝福。我无法再祝福我们，却可以祝福别人，祝福那些拥有爱情的人，希望他们不会像我这般错过，所以我开了一家又一家钻石店。

"可我该给我的店取个什么样的店名呢？我突然很怀念我们的第一次邂逅，所以就叫'第一次邂逅钻石店'吧！

"怎么样，好听吗？"王宁拖着重重的鼻音问我。

我握杯子的手指，力道加重。

而王宁继续着她的倾诉："取这个店名，意思自然是希望还能像第一次邂逅你那样，与你再邂逅一次。所以我给店员定下规矩，对每个来买钻石的顾客都要询问三个问题，以确定是不是你。

"如果顾客答对全部三个问题，那自然就是你了，我会巨额奖励留住你的店员；如果顾客只回答对一个，我会给他打八折优惠当作奖励；如果顾客回答对两个，那我就给他打七折。

"这个规矩定下后，来我店里买钻石的人越来越多，我的生意也越来越好，大部分顾客好像都能回答出两个问题。这可能就是一传十十传百的效应吧！

"这些年我也赚了不少，终于明白只有付出才有收获，有时傻傻的付出反而能收获更多。这些年，我一直傻傻期待能够再次邂逅你，这种感觉真好。现在，我想我终于明白了什么才是真爱……"

我的视线变得有些模糊，好在这时玲玲进来，我趁机平复一下心情。

"老板，请问您叫我来什么事？"

"这个你收好！"王宁把办公桌上开好的支票推到玲玲面前："这里是一百五十万，是奖励你的。记住别忘了请你的恩人吃饭。对了，还要带上我噢？"

"谢谢老板！谢谢老板！宁姐，我爱你！"

玲玲拾起支票发疯一样跑出去。

"你确定要用一百五十万换一次和我的邂逅吗？"我问王宁。

"确定啊！"王宁起身用茶勺舀一勺茶叶，重新给我泡了一杯茉莉花茶。

她坐下，平静而坚定地凝视我，说："王斌，如果没有真爱，就算我有再多钱，能享受再多物质，又有什么意思？

"就好比吃饭，我能用钱买来精美丰富的满桌菜肴，可这些菜里都没有放盐，那么这些一点味道也没有的菜对我又有什么意义？"

我欣慰地凝视着王宁，她终于明白这个道理了！

"王斌，我们啊能再……再……"

王宁没有问出来，右手轻轻地仔细擦拭相框里的照片，嘴角露出一丝欣慰的笑容。

而她的眼睛，那双依旧明亮如初的大眼睛也充满微笑。

微笑中透着释然与满足。

阳光真好！

透过窗户温柔地洒在办公桌上，映出一片淡淡的金黄。

临别时，王宁送我到店门口，我给她一个轻轻的拥抱，然后转身。

背对王宁的那一刻，我在心里默默对她说："王宁，如果有来生，那么，过完今生我们再恋爱吧！"

（全书完）